La memoria

845

DELLO STESSO AUTORE

La stagione della caccia
Il birraio di Preston
Un filo di fumo
La bolla di componenda
La strage dimenticata
Il gioco della mosca
La concessione del telefono
Il corso delle cose
Il re di Girgenti
La presa di Macallè
Privo di titolo
Le pecore e il pastore
Maruzza Musumeci
Il casellante
Il sonaglio
La rizzagliata
Il nipote del Negus

LE INDAGINI DEL COMMISSARIO MONTALBANO

La forma dell'acqua
Il cane di terracotta
Il ladro di merendine
La voce del violino
La gita a Tindari
L'odore della notte
Il giro di boa
La pazienza del ragno
La luna di carta
La vampa d'agosto
Le ali della sfinge
La pista di sabbia
Il campo del vasaio
L'età del dubbio
La danza del gabbiano
La caccia al tesoro
Il sorriso di Angelica

Andrea Camilleri

Gran Circo Taddei
e altre storie di Vigàta

Sellerio editore
Palermo

2011 © Sellerio editore via Siracusa 50 Palermo
e-mail: info@sellerio.it
www.sellerio.it

Camilleri, Andrea <1925>

Gran Circo Taddei e altre storie di Vigàta / Andrea Camilleri. -
Palermo: Sellerio, 2011.
(La memoria ; 845)
EAN 978-88-389-2546-7
853.914 CDD-22   SBN Pal0232673

CIP - *Biblioteca centrale della Regione siciliana «Alberto Bombace»*

Gran Circo Taddei
e altre storie di Vigàta

*A Elvira,
nel ricordo di una profonda, e rara, amicizia*

La congiura

Uno

Nell'anni che furo 'ntorno al milli e novecento e trenta, 'na quinnicina di jorni prima di ogni cangio di stascione, ogni lunidì Ciccino Firrera, 'ntiso «Beccheggio», immancabilmenti arrivava a Vigàta col treno delle otto del matino che viniva da Palermo.

Carricava supra a 'na carrozza un baullo e dù enormi baligie chine chine ligate con lo spaco e si faciva portari all'albergo «Moderno» indove, come al solito, pigliava 'na càmmara per dormirici e affittava per tri jorni il saloni «Mussolini» per fari l'esposizioni.

Appena ghiunto in albergo, svacantava il baullo e le baligie e apparava nel saloni 'na mostra di abiti fimminili ultima moda della premiata sartoria palermitana Stella Del Pizzo, allura di grannissima fama 'n Sicilia, della quali egli s'acqualificava come l'unico rappresentanti ambulanti autorizzato alla vinnita.

Verso l'una della stissa matinata, nell'ura nella quali tutti sinni stavano 'n casa a mangiari, a bordo di un sidecar affittato da Totò Rizzo che faciva macari da autista, Ciccino si firriava coscienziosamenti tutta Vigàta gridanno dintra a un megafono di lanna:

«Beddre signure e beddre signurine! Ciccino arrivò! Arrivò Ciccino! L'esposizioni è aperta dalle quattro alle setti di doppopranzo presso l'albergo Moderno fino a mercordì. Viniti! Viniti a vidiri i meravigliosi, novissimi abiti di Stella Del Pizzo per la stascione che arriva!».

A quell'annunzio, le fìmmine schette e maritate che si potivano permittiri d'accattarisi un abito della famusa sartoria, scasavano.

Oltretutto Ciccino faciva sconti grossi assà, che erano squasi da liquitazioni.

Nei tri jorni d'apirtura, il saloni era sempri chino e Ciccino pigliava nota del vistito che ogni signura si era scigliuto, contrattava il prezzo e si mittiva 'n sacchetta il dinaro.

Po', dal jovidì matina fino alla duminica matina, annava 'n casa di ognuna col vistito scigliuto, glielo faciva provari e in un vidiri e svidiri, da bravissimo sarto quali era, tagliava, cusiva, allungava, allargava, stringiva, accorzava, assistimava seduta stante.

La duminica doppopranzo, con il baullo e le baligie vacanti, sinni tornava 'n Palermo e arrivederci tra tri misi.

Ciccino Firrera era un quarantino abbunnanti accussì laido da fari spavento.

Piluso come a 'na scimmia, la fronti vascia, con un occhio a Cristo e l'altro a San Giuvanni, àvuto sì e no un metro e cinquanta, la tistuzza nica nica da lucertola supra alla quali c'era 'na tali massa di capilli nìvuri e ricci da pariri un cappeddro, aviva un paro di gamme accussì ad arco che quanno caminava pariva preciso 'ntifico a 'na navi che beccheggiava.

La laidizza del corpo però era 'n gran parti compensata dalla biddrizza dell'occhi, lunghe ciglia squasi fimminine, pupille nìvure e profunne, e dal caratteri allegro e amicionero, sempri pronto a farisi 'na risata di cori macari supra alla sò diformità e alla 'ngiuria.

I mariti di lui si fidavano, vuoi pirchì pinsavano che manco la cchiù affamata delle fìmmine avrebbi avuto il coraggio di mittirisi con un mostro simili vuoi pirchì il contegno di Beccheggio con le clienti era sempri rispittosissimo.

Po', un vinniridia sira, doppo dù anni che Ciccino viniva a Vigàta, la trentina signura Mariuzza Sferla contò all'amica Tanina Buccè, 'n gran sigreto e con il giuramento sullenni di non parlarinni con nisciuno, pena morti 'mmidiata, quello che le era capitato nello stisso doppopranzo con Beccheggio.

Era il principio della stascione 'stiva, o meglio l'urtima simana di majo, ma già faciva un càvudo di moriri.

Ciccino s'apprisintò 'n casa della signura Mariuzza alli tri, quanno lei, finuto di mangiare, si era da 'na mezzorata stinnicchiata supra al letto con la sula fodetta e si era appinnicata.

«Cu è?».

«Ciccino sono. Il vistito ci portai».

Si era completamenti scordata che erano ristati con Ciccino che lui sarebbi vinuto a quell'ura.

Si 'nfilò la vistaglia e annò a rapriri.

Era sula 'n casa. Il marito, Ubaldo, console della milizia fascista, era a Roma da tri jorni per un raduno e ci sarebbi ristato ancora dù. La cammarera 'Mmaculata dal jorno avanti non viniva pirchì aviva il figlio malato.

La signura Mariuzza era 'na tali beddra fìmmina che l'òmini del paìsi ci pirdivano il sonno.

Àvuta un metro e ottanta, biunna, occhi cilestri, gamme che non finivano mai, era cognita per l'assoluta sirietà e l'attaccamento al marito.

«Quella non è 'na fìmmina, ma 'na lastra di ghiazzo» aviva ditto all'amici Paolino Sciabica, il seduttori del paìsi, doppo che aviva arricivuto l'ennesimo arrefuto.

Come aviva fatto le altre volte, la signura fici trasiri 'n càmmara di letto a Ciccino pirchì lì c'era l'armuàr a tri specchi.

Mentri quello scartava il vistito, lei si livò la vistaglia.

Lo fici con naturalizza, pirchì sapiva che Ciccino mai si sarebbi pirmittuto manco 'na taliata cchiù longa del dovuto.

'Ndossò il vistito, si taliò negli specchi tri o quattro volte firrianno supra a se stissa.

Po' disse:

«Abbisogna allungarlo di almeno tri centimetri e aggiustarlo darrè alle spalli pirchì indove c'è il gancetto di chiusura mi fa cannolo».

Si sfilò il vistito e lo pruì a Ciccino il quali lo posò supra al letto. Po' dalla baligetta tipo medico che si portava appresso cavò l'occorrenti e si misi a travagliare.

La signura Mariuzza fici per pigliari la vistaglia ma ci arrenunziò, faciva troppo càvudo.

Doppo un quarto d'ura, Ciccino le pruì il vistito.

«Si lo provasse».

La signura se lo 'nfilò. Si taliò di davanti e di darrè. Ora, come lunghizza, era perfetto.

Accennò a livarisillo.

«No, per favori, ristasse accussì».

Ciccino le s'avvicinò di darrè per vidiri meglio indove era che il vistito faciva la piega.

Glielo tirò in vascio all'altizza dei scianchi, glielo tirò di lato all'altizza del petto.

Po' sintinziò:

«Robba di nenti. Non è errori di taglio. Basta spostari tanticchia il gancetto».

La signura fici novamenti per livarisi il vistito.

«Nonsi, signura, se lo tinissi ancora. Devo pigliari la misura giusta».

Raprì la baligetta, cavò fora il gessetto, tornò e si bloccò 'mparpagliato col vrazzo isato.

«Che c'è?».

«Signura, non ci arrivo».

Quella lo taliò riflesso nello specchio. Maria, quant'era laido! La testa dell'omo le arrivava tanticchia supra ai scianchi.

«Vado a pigliare uno sgabello».

Niscì, tornò, si rimisi facci allo specchio.

Ciccino acchianò supra allo sgabello e appoggiò il gessetto alle spalli della signura.

Ma un minuto secunno appresso lei lo vitti allarga-

17

ri le vrazza e cataminarle violentementi che pariva un aceddro che voliva mittirisi a volari.

Aviva perso l'equilibrio e stava cadenno narrè.

Di scatto la signura si voltò e l'abbrancò a mezzaria.

Ma Ciccino era oramà troppo sbilanciato e cadì di spalli supra al letto.

E la signura cadì supra di lui, dato che aviva macari 'nciampato nello sgabello.

E allura capitò che si taliaro occhi nell'occhi e non arriniscero a lassarisi. Anzi, capitò che si stringero cchiù forti.

«Maria, Tanina mia! 'Na cosa che non ci sunno paroli per dirla! Pari 'n armàlo piluso, vero è, havi 'na forza e 'na resistenzia armalische, ma nello stisso tempo 'na ducizza, 'na tinirizza, 'n'attinzioni che mai mè marito! 'N paradiso mi portò! Quali Beccheggio! Quello si potrebbe chiamari macari rollìo, timpesta, 'ragano! Mi devi accridiri: volivo che non la finiva cchiù, che non si susiva cchiù dal letto!».

«E ora che pensi di fari?».

«Che penso? Che quanno torna per la stascioni autunnali, io vistiti minni accatto dù o tri accussì lui havi motivo di ristari con mia a longo».

Tanina Buccè passò squasi tutta la nuttata senza arrinesciri a chiuiri occhio.

E dunqui macari Mariuzza, che mai aviva tradito il signor console, ora faciva parti del circolo di quelle che 'ncoronavano il proprio marito o stabilmenti opuro occasionalmenti.

Tanina appartiniva a 'sta secunna categoria. 'Na vota con un ufficiali di marina, 'na secunna vota col vicisigritario fidirali del partito, 'na terza vota con un viddrano vintino che travagliava nella campagna di sò patre. E po' c'era stata la storia con... No, quel nomi non abbisognava manco pinsarlo!

Ma non sinni faciva 'na curpa. La curpa semmai ce l'aviva sò marito che era capace di lassarla dù misi digiuna.

Tanina non era 'na biddrizza come alla sò amica Mariuzza, era àvuta squasi quanto lei ma non c'era certo paragoni. Però, tutto sommato, non aviva da lamintarisi, il Signuruzzu l'aviva bono addotata. E di lei non si potiva diri ch'era 'na lastra di ghiazzo.

Epperciò quella notti non fici che pinsari e ripinsari alle paroli dell'amica.

Ciccino era armalisco come 'na vestia sarbaggia e nello stisso tempo duci come 'u meli. 'Na comminazioni rara a trovarisi in un omo.

Verso le quattro del matino pigliò 'na decisioni. E 'mmediatamenti doppo s'addrummiscì.

Alli setti vinni arrisbigliata da sò marito che la salutava pirchì sinni ghiva a caccia con l'amici.

Si susì alli novi. Annò 'n cucina e disse alla cammarera 'Ngilina di partiri con la correra per Montelusa ad accattarle 'na rivista che a Vigàta non arrivava.

«Ma non potrò tornari prima dell'una! Il mangiari se lo pripara vossia?».

«Sì, non ti prioccupari».

Nisciuta la cammarera, annò 'n bagno e s'alliffò,

mittennosi cipria e rossetto e profumannosi tutta di Coty.

Po' si misi 'n fodetta e tornò a corcarisi.

Alle deci e mezza spaccate, tuppiaro alla porta.

«Cu è?» spiò senza susirisi.

«Ciccino sono».

Annò a raprire.

«Scusatemi, Ciccino, ma devo rimittirimi di cursa a letto. Stanotti non mi sono sintuta bona».

«Se voli, passo dumani».

«Ma no, viniti appresso a mia».

Si ricorcò. Ciccino le ammostrò il vistito.

«Signura, dovrebbi provarisillo. Se le fa difetto, arrimedio. Se voli che mentri che se lo metti vaio nell'altra càmmara...».

Sempri rispettoso e discreto, Ciccino!

«Ma no, ristate».

Si susì lintissimamenti, facenno 'n modo che mentri scinniva dal letto la sottana le acchianasse mittenno a nudo le cosce che sapiva apprezzabili assà.

Ma Ciccino stava a taliarisi la punta delle scarpi.

Lei gli livò il vistito dalle mano e si misi davanti allo specchio dell'armuàr. Po', 'nfilannosillo, fici 'n modo che il vistito le s'impigliasse nei capilli.

«Aiutatemi, per favori».

Ciccino le si mise di darrè. Lei col corpo gli si appuiò tutta contro.

Ciccino le libbirò il vistito e fici un passo narrè senza diri nenti.

Tanina ebbi un pinsero maligno: forsi Mariuzza se

l'era sporpato tanto che quello si sentiva ancora svacantato.

Il vistito le stava a pinnello, pariva che era stato tagliato apposta per lei.

«Mi pari che non c'è bisogno di mia» disse Beccheggio.

Sì, che ce n'era bisogno, mannaggia! La 'ndiffirenzia di Ciccino l'aviva fatta 'ncaniare.

A 'sto punto Tanina non aviva che da jocarisi 'na su la carta.

E se la jocò.

Due

Appena che finì di sfilarisi il vistito, lo lassò cadiri 'n terra come se non aviva cchiù la forza per tinirlo, chiuì l'occhi, si portò 'na mano alla fronti e piegò le ginocchia.

Facenno un sàvuto, Beccheggio l'affirrò per la vita prima che sbattissi 'n terra.

Allura Tanina gli s'abbannunò a corpo morto fingennosi sbinuta.

E nello stisso tempo, come per un movimento atomatico, gli passò un vrazzo 'ntorno al collo.

Beccheggio la sollivò tra le sò vrazza come se era 'na pagliuzza (Dio mio, com'era forti! Com'era potenti!), fici dù passi, la posò amorevolmenti supra al letto, si libbirò con la maggiori sdilicatizza possibbili del vrazzo di lei, le passò a leggio 'na mano supra alla fronti squasi a farle 'na carizza (Dio mio, com'era tenniro! Com'era duci!), si piegò verso di lei e squasi vucca a vucca la chiamò:

«Signura! Signura!».

Tanina non arrispunnì.

Allura Beccheggio niscì dalla càmmara. Lei sintì che diciva a voci àvuta nel silenzio della casa:

«C'è qualichiduno?».
Raprì l'occhi. Ma indove stava annanno? Che circava? Si convincì, dalla rumorata, ch'era ghiuto 'n cucina.
Capenno che stava per tornari, richiuì l'occhi.
Beccheggio misi un ginocchio supra al letto e po' Tanina avvirtì il sciauro dell'acìto che quello gli passava sutta al naso.
Che grannissimo 'mbicilli che era quell'omo!
Proprio 'na scimmia senza ciriveddro!
Come faciva a non accapiri che non era l'acìto che le abbisognava, ma tutt'altra cosa? Opuro faciva finta di non capirlo?
Le vinni 'na gran botta di raggia.
Fingì che lo sbinimento le era passato. Sbattì cchiù volte le palpibri, raprì l'occhi.
«Ora sto beni, grazii. Jativinni e chiuiti la porta. Bongiorno».
Lo strunzo!
In un modo o nell'altro gliela avrebbe fatta scottari.
Ma come si pirmittiva 'sta carricatura d'omo?
A Mariuzza sì e a lei no?

Il marito di Tanina, Adolfo, squatrista e marcia su Roma, era il sigritario politico fascista del paìsi.
E di consiguenzia sò mogliere era stata fatta capa delle fìmmine fasciste di Vigàta.
Della carrica Tanina però sinni era approfittata facenno e strafacenno quello che voliva, a secunna delle simpatie e delle 'ntipatie.
Era 'na fìmmina 'nvidiusa e fàvusa, sgarbata e superba.

'Na vota che aviva sintuto alla signura Germanà, che le stava 'ntipatica, sparlari di Mussolini, non ci aviva perso un minuto di tempo a dinunziarla al sigritario fidirali.

Il signor Germanà aviva pirduto il posto di casceri in banca e sò mogliere era stata diffidata dalla questura.

Un'altra volta aviva fatto livari il sussiddio di maternità a una povirazza che non l'aviva salutata per prima.

'Na terza vota...

Ma era troppo longo fari l'elenco dei soprusi e delle malifatte di Tanina Buccè.

A picca a picca, per il caratteri fituso che aviva, era stata abbannunata dall'amiche. Gliene ristavano sulamenti dù, Mariuzza Sferla e Agata Pingitore. Ma le altre fìmmine la odiavano.

Ogni duminica doppopranzo, nella casa del fascio, dalli quattro alli sei, c'era la riunioni delle donne fasciste di Vigàta presieduta da Tanina.

Alli sei, quanno la riunioni finì, Agata Pingitore s'avvicinò a Tanina e le disse:

«Ti devo parlari».

«Ora non posso. M'aspetta mè marito pirchì doppo 'nzemmula dovemo annare...».

«Vidi che è 'na cosa seria».

Tanina taliò nell'occhi all'amica e si fici pirsuasa che non si trattava di cosa di sgherzo.

«Minni puoi parlari ccà?».

«Troppa genti».

«Talè, potemo fari dumani matino alle deci?».

«Vabbeni».
«Veni tu 'nni mia o vegnu io 'nni tia?».
«Vegnu io 'nni tia. Ma semo sule?».
«Sì, a quell'ura Adolfo è in ufficio e la cammarera di sicuro è fora a fari la spisa».

Agata Pingitore, mogliere del Potestà, era 'na fìmmina piacenti della stissa età di Tanina.
S'apprisintò puntuali, si vippi la tazza di cafè che l'amica le offrì e sinni ristò muta.
«Beh?» la sollecitò Tanina.
«È 'na cosa sdilicata assà».
«Minni vuoi parlari o no?».
«Sì, ma la cosa devi ristari tra noi dù. Giuramillo».
«Ti lo giuro».
«Aieri doppopranzo alla riunioni m'accompagnò Mariagrazia Bellavista. Dato che semo vicine di casa...».
Se c'era un cognomi sbagliato per la povira Mariagrazia era propio Bellavista.
Non era bella a vidirisi, 'na speci di nana baffuta, sgraziata, con l'occhiali spissi e coi denti storti.
Ma era ricchissima, e per questo Filippo Cusumano, figlio del vicisigritario nazionali del partito fascista, che pariva priciso un angilo scinnuto dal celo di quanto era beddro, e le meglio picciotte lo disiavano sonnannosillo la notti, se l'era maritata e ora campava allegramenti alle spalli della mogliere.
«Mentri vinivamo alla casa del fascio, vìttimo a Ciccino Beccheggio 'n carrozza che annava alla stazioni».

A sintiri il nomi odiato dell'unico omo che l'aviva arrefutata, Tanina, che s'era persa tutta la nuttata a ghittarigli gastime di morti violenta e dulurusa, appizzò l'oricchi.

«E che successi?».

«Che doveva succediri? Nenti. Però...».

«Però?».

«M'addunai che Mariagrazia lo taliava in un modo... in un modo... e a un certo momento gli sorridì, macari. E quello le arrispunnì allo stisso modo, sorridennole».

«Beccheggio?!» strammò Tanina.

«Sissignura. Allura io subito pinsai che Mariagrazia non me la contava giusta. Che m'ammucciava qualichi cosa. E tanto fici e tanto dissi che alla fini Mariagrazia sbracò».

«Che veni a diri che sbracò?».

Tanina era aggiarniata, già sospittava l'orrenda verità.

«Veni a diri che mi confissò tutto. Vuoi che ti conto la cosa 'n ginirali o 'n dittaglio?».

«'N dittaglio, 'n dittaglio».

«Vabbeni. Mariagrazia doviva vidirisi con Beccheggio per la prova del vistito alli tri di doppopranzo di jovidì nel sò albergo».

«Pirchì nel sò albergo?».

«Pirchì Filippo, sò marito, era corcato con qualichi linia di fevri e 'n salotto momintaniamenti ci dormivano la soro di Mariagrazia e sò figlio di tri anni».

«Vai avanti».

«Dato che Beccheggio aviva disdetto l'affitto del saloni, la prova di nicissità la dovittiro fari nella càmmara di lui. E ccà capitò 'na cosa perlomeno 'ncrisciosa».

«Dai, parla!».

«Che Mariagrazia, ancora non sapi come, s'attrovò a fari all'amuri con Beccheggio. Dice che è stata 'na facenna miravigliosa, un sogno, 'na magarìa».

«Ennò! Mi devi contare i dittagli!».

«Lei si stava sfilanno dalla testa il vistito che portava quanno qualichi cosa s'impigliò nell'occhiali e glieli fici cadiri 'n terra. Senza occhiali, Mariagrazia è orba totali. Fici un passo, 'nciampicò e Beccheggio l'affirrò stringennola forti. E non si lassaro cchiù».

«Tutto ccà?».

«Mi disse macari, te lo ripeto con le sò stisse paroli, che a Ciccino un toro lo fa ridiri».

Tanina agliuttì la bili che le era acchianata 'n vucca.

«E mi disse macari che era stato come fari all'amuri con l'omo cchiù 'nnamurato, gentili e affittuoso del munno».

«E pirchì ti sei sintuta 'n doviri di vinirimi a contari 'sta facenna?» spiò Tanina sgarbata.

Aviva gana di pigliari a càvuci 'na seggia, di rutuliarisi 'n terra facenno voci, di tirarisi i capilli.

Perfino con uno sgorbio come Mariagrazia era stato quel grannissimo figlio di buttana e con lei no!

«Pirchì Mariagrazia m'arrifirì un'altra storia».

«Un'altra?!» spiò Tanina annichiluta.

«Sì, che a lei gliela contò, il doppopranzo del jorno appresso, la sò amica Giovanna Martino».

Giovanna era la mogliere di Amedeo Martino, sigritario amministrativo fascista di Vigàta.

Cchiù granni di loro di setti o otto anni, si mantiniva sempri 'n forma facenno sport assà. Annava a cavaddro, natava, tirava di scherma.

Aviva un corpo accussì sodo da fari 'nvidia a 'na picciotta vintina.

'N paìsi si sostiniva a mezza vucca che non faciva tanta distinzioni tra mascoli e fìmmine. Ma erano chiacchiere, pirchì di priciso, contro di lei, non c'era nenti.

«Arrifiriscila macari a mia».

«Dunqui, Giovanna era puntata con Beccheggio jovidì matina alle unnici. Siccome che 'n bagno lei teni un granni specchio, se lo portò ddrà. Sò marito era 'n casa, 'n salotto, che aviva 'na riunioni. 'N cucina ci stava la cammarera. Trasenno, chiuì a chiavi la porta, si scantava che qualichiduno dell'òmini che erano con sò marito, passanno per annare nell'altro bagno, la vidiva 'n fodetta. La prova si svolgì regolarmenti, c'era sulo d'aggiustari l'orlo d'una manica e Beccheggio se la sbrogliò in cinco minuti. Po' Giovanna si livò il vistito e fici per rimittirisi la vistaglia. Ma truppicò nel tappiteddro e cadì tra le vrazza dell'omo. "È come se avissi la colla sulla pelli" disse Giovanna a Mariagrazia "appena che la tocchi, ti ci attacchi". E ficiro all'amuri. Lei appuiata al lavabo e lui di darrè. "Foro sulo 'na vintina di minuti" disse ancora Giovanna all'amica "ma in quei vinti minuti sprufunnai prima allo 'nfernu e po' acchianai 'n paradiso". Chi tinni pari?».

«Mi veni di vommitari» fici Tanina.

Ed era vero. Non ce la faciva cchiù a reggiri. Aviva la vava alla vucca.

Ma come?

Alle altre era abbastata appena 'na sciddricatina, appena 'na truppicatina e a lei, che gli era addirittura caduta nelle vrazza fingennosi sbinuta, nenti di nenti?

L'acìto sutta al naso e ti saluto?

«Pirchì mi hai contato 'ste storie?».

«Pirchì sei la capa delle fìmmine fasciste di ccà».

«E che ci trase il fascismo con le corna che 'na para di buttane mettino ai mariti?».

«Ci trase, ci trase».

«Spiegati meglio».

«Scusami, Tanina. Ma Mariagrazia non è la mogliere del figlio del vicisigritario nazionali del partito? E Giovanna non è la mogliere del sigritario amministrativo di ccà?».

E Mariuzza non è la mogliere del consoli delle camicie nere Ubaldo Sferla? si spiò dintra di sé Tanina. Ma disse sulamenti:

«E che veni a significari?».

Tre

Non ci stava accapenno cchiù nenti.

«È solo 'na supposizioni, abbada» fici Agata come a mittiri le mano avanti. «Non saccio manco se è il caso».

«Dimmela lo stisso».

«E tu dovresti 'nformariti».

Tanina, che già era al limiti, si misi a parlari spartano.

«Ma su che minchia di cosa mi devo 'nformari, mi lo dici sì o no?».

«Su Beccheggio».

«E che devo sapiri oltre alle belle 'mprise che combina e che tu mi hai contate?».

«Se è un fascista opuro no».

«Ma che 'mportanza havi?».

«Come fai a non capiri? Se Beccheggio, metti caso, è uno che era ed è ristato comunista, e non lo sapi nisciuno, ti rendi conto che può portari il vanto d'aviri mittuto le corna a tutta la gerarchia fascista di Vigàta?».

«Vero è».

«E te l'immagini se dici mezza parola? Se si metti a contari? Lui va 'n galera, vabbeni, ma succedi 'no scannalo che 'nni parlirà l'Italia 'ntera!».

«Forsi hai raggiuni».

Tanina, di colpo, si era sintuta assugliari da 'na gioia profunna. Capace che ora c'era il modo di vinnicarisi di Beccheggio.

«T'arringrazio, Agata. Ci penso e po' ti dico».

Appena ristata sula, prima Tanina si sfogò ghittanno un vaso contro il muro, po' si misi a ridiri giranno càmmara càmmara che pariva 'na jena affamata.

Ora ci avrebbe pinsato lei ad arrovinari per sempri a Beccheggio.

Beccheggio!

La 'ngiuria che gli avivano data sarebbi stato cchiù giusto arrifirirla no al sò modo di caminare, ma al fatto che aviva fatto becchi 'na gran quantità dei mariti del paìsi!

'Nfatti, a quanto pariva, sutta a quel riguardo, era 'na machina 'nfaticabili.

Tanina si misi a contari sulle dita.

Jovidì matina era stato con Giovanna Martino, il doppopranzo dello stisso jorno con Mariagrazia Bellavista, il vinniridia doppopranzo con Mariuzza Sferla e il sabato matina l'aviva 'mpiegato a perdiri tempo con lei, il grannissimo fituso.

Quindi, visto e considerato che si faciva dù fìmmine al jorno, con chi era stato il vinniridia matina e il sabato doppopranzo e la duminica matina?

E dato che non voliva perdiri tempo, arsa com'era dalla gana di minnitta, approfittannosi del fatto che i giornali arriportavano un discurso che Mussolini aviva fatto a Predappio, il paìsi indove era nasciuto, con una circolari a mano convocò un'adunata straordinaria delle fìmmine fasciste per il mercordì che viniva, al solito orario.

Tema dell'adunata: «Commento al discorso di Predappio di S. E. Benito Mussolini, Capo del Governo e Duce del Fascismo». E sutta: «La vostra presenza è obbligatoria».

Si priparò bona. Vinniro tutte le centovintidù iscritte. E lei parlò per un'orata e mezza, senza firmarisi mai. Po' disse:

«Camerate! Prima di sciogliere questa bella adunata, voglio chiedervi un'informazione. Chi tra voi si è provata il vestito con Ciccino Beccheggio la settimana appena trascorsa?».

«Oltre me, naturalmente» aggiungì sorridenno.

Si era mittuta nel mazzo per non fari nasciri sospetti.

Giovanna, Mariagrazia e Mariuzza isaro il vrazzo.

E con loro lo isaro macari Michela Passatore, Agostina D'Angelo e Marianna Molfetta.

«Vi ringrazio. L'adunata è sciolta. Saluto al Duce!».

«A noi!» arrispunnero tutte facenno il saluto romano.

L'indomani matino, 'n gran segreto, si fici viniri 'n casa quanno non c'era nisciuno a Michela Passatore.

Michela era 'na beddra picciotta di vintisei anni che era stata maritata a diciott'anni al sissantino commendatori Costantino, granni ufficiali del Regno, midaglia d'oro al merito «per il contributo arrecato alla Causa della Rivoluzione Fascista».

Il commendatori non aviva contribuito di persona, ma col sò dinaro.

Pare che aviva virsato un milioni nelle cascie del partito.

In cangio, essenno che era propietario di minere di sùrfaro, aviva cchiù volte reclutato le squatracce di cammise nìvure per manganellare i minatori in sciopero.

«Michela, quanno è vinuto alla tò casa Beccheggio?».

«Vinniridia matina».

«Aviti fatto la prova vistito?».

«Certamenti».

«E basta?» spiò taliannola nell'occhi.

La picciotta sostinni la taliata. Po' cavò fora dalla vurzetta un pacchetto di sicarette Serraglio e se ne addrumò una. Era l'unica fìmmina che fumava a Vigàta.

«Avemo fatto come a 'u solitu» disse doppo la prima tirata.

«Spiegati meglio».

«Che c'è da spiegari?».

«Dimmi che significa come 'u solitu».

«Senti, ogni tri misi, con Ciccino, mi piglio tanticchia d'arricrìo. Ti sta beni? Lo capisti ora? E minni futto se lo vai a contare 'n giro. Si mè marito mi lassa, un piaciri mi fa».

«Da quando dura?».

«Da dù anni».

«Forsi sarebbe vinuta l'ora di finirla».

«E pirchì?».

«Pirchì 'na sposa fascista non...».

«Senti, non mi fari la predica, masannò io la fazzo a tia!».

Tanina s'offinnì e isò la voci.

«A mia nisciuno...».

«Stattinni muta, va'. E tri anni fa, tu con l'ufficiali di marina, tutti e dù nudi dintra alla varca, ti lo scordasti? Io stava natanno e pinsai che la varca era vacante. Mi ci affirrai, mi isai... Manco m'aviti veduto, tanto eravati applicati a fari la cosa».

Tanina aggiarniò.

«Senti, cerca di capiri...».

«E tu cerca di capiri a mia. D'accordu?».

«D'accordu».

L'indomani si fici viniri ad Agostina D'Angelo.

Agostina, di facci, pariva 'na zingara di quelle che leggino la mano strata strata. Occhi granni e profunni, labbra russe, capilli nìvuri che le arrivavano 'n funno alla schina.

Aviva trentasetti anni sonati, ma non parivano, anzi n'addimostrava deci di meno.

Sò marito Attilio era ginovisi ed era frati di un martiri fascista, ammazzato a revorberate duranti uno scontro coi comunisti.

Al loro primo figlio ci avivano mittuto di nomi Balilla, al secunno Benito e alla fimminuzza Racheli, come la mogliere del Duce.

Faciva la pittrice e a Vigàta aviva fatto già dù mostre inaugurate dal sigritario fidirali di Montelusa. Il quali si era macari accattato un ritratto di Mussolini.

«Per livarlo di mezzo, tanto era laido» dissiro le malelingue.

«Quanno hai provato il vistito con Beccheggio?».

«Sabato doppopranzo».

«E non capitò nenti duranti 'sta prova?».

«Nenti. Che aviva a capitari?» fici Agostina.

Ma abbasciò l'occhi, chiaramenti 'mpacciata.

Con una pugnalata al cori, Tanina accapì subito che Ciccino era stato macari con lei.

Ma ci pirdì mezz'ora prima di convincirla a parlari.

«È cchiù forti di mia. Lo sai, Tanina, a quanti òmini ho saputo diri di no? Ma con lui...».

«È stato Ciccino a volirlo?».

«Ma quanno mai! Lui è sempri accussì rispittoso! Fui io che non seppi staccarimi 'na vota che per caso truppicai...».

Macari lei aviva truppicato!

Ma come succidiva che tutte truppicavano o 'nciampicavano accussì facili? Sulo a lei non capitava mai?

«... e per non cadiri m'affirrai a lui. E m'arritrovai che non lo potivo cchiù lassari. Forsi è l'attrazioni per il laido, per l'osceno, per l'orrido, che t'haio a diri? Gli ho macari fatto un ritratto nudo che tegno ammucciato. È priciso 'ntifico a 'na scimmia, ma havi un fascino particolari, potenti. Macari sarà un richiamo ancestrali, va a sapiri. Ma è 'na cosa magica, cridimi. Comunque, da allura...».

«Da quand'è che dura 'sta magia?».

«Da un anno».

Prima di addecidirisi di convocari a Marianna Molfetta ci pinsò a longo.
Di sicuro sarebbi stata 'na perdita di tempo e basta.
Ma potiva non chiamarla avennolo già fatto con le altre dù?
L'esclusioni di Marianna, se si viniva a sapiri, potiva addivintari motivo di sparla e di chiacchiera.
Fu solo per questa scascione che se la fici viniri 'n casa.
Marianna aviva quarantasetti anni e tiniva 'na putìa di frutta e virdura al mircato. Sò marito si chiamava Pasquali e faciva il muratori.
Marianna sinni era fujuta con Pasquali che manco aviva sidici anni. E l'anno appresso aviva avuto il primo figlio.
Ora di figli ne aviva novi, cinco mascoli e quattro fìmmine.
Erano stati arricivuti dal Duce a Roma, a Palazzo Venezia, e Mussolini in pirsona aviva pubblicamente ditto che Marianna e Pasquali erano 'na coppia da portari a esempio, 'na coppia prolifica veramenti fascista. E si era fatto fotografari 'nzemmula a loro.
L'assigno famigliare che ogni misi arricivivano era pari a dù boni stipendi e a ogni nova nascita il premio di natalità si faciva sempri cchiù consistenti.
Pasquali annava dicenno che il decimo figlio era già 'n canteri. E questo viniva a significari che l'assigno mensili sarebbi aumentato assà.

'N sostanza, se Pasquali e Marianna ancora travagliavano, era pirchì a loro piaciva accussì. Ma non ne avivano certo di bisogno.

Marianna aviva il corpo sformato dalle nascite. Mentri 'n gioventù era stata 'na beddra picciotta ora era cchiù simili a 'na vutti che a 'na fìmmina.

Aviva 'na sula civetteria: quella di farisi un vistito novo a ogni cangio di stascione.

Ed era perciò 'na clienti stabili di Ciccino Beccheggio che però doviva travagliare assà a ogni prova vistito data la considerevoli stazza di Marianna.

«Senti, tu il vistito te lo sei provato duminica matina, vero?».

«Sì, pirchì prima avivo da abbadari alla putìa».

«Quanto durò la prova?».

«Dalli otto e mezza a mezzojorno e mezza».

«Quattro uri? Tutto 'sto tempo?».

«Abbisognò allargarlo».

«Chi c'era 'n casa cu tia?».

«Nisciuno».

«Con tutta la caterva di figli che hai...».

«Beddra mia, non lo sai che il Duci ha assistimato a tutti i mè figli? C'è chi va all'asilo, chi alle alimentari, chi al ginnasio, chi è 'n collegio, e la duminica matina adunata col fidirali».

«Vabbeni, vabbeni. E facistivo sulo la prova?».

Marianna non arrispunnì.

«Dimmi la virità» 'nsistì Tanina.

Allura Marianna la taliò sbalorduta.

«Come facisti a sapirlo? Chi te lo dissi?».

«Nisciuno mi dissi nenti. Allura capitò sì o no?».
«Capitò».
«In pricidenza macari?».
«In pricidenza, mai».
«E come fu che duminica matina...».
«Fu che prima di duminica matina c'erano stati tanti sabato notti».
«Che veni a diri?».
«Veni a diri che Pasquali ogni sabato notti si metti nudo, 'ndossa sulo la cammisa nìvura e mentri che è con mia mi dici all'oricchio: fallo per il Duce! Fallo per il Duce!».
«Embè?».
«Io mi sono stuffata e 'na vota tanto 'nveci di farlo per il Duci l'ho voluto fari per mia».

Quattro

Stavota la raggia di Tanina annò fora limiti.
Rompì un altro vaso, la sveglia, un ralogio a muro e strazzò cinco nummari del «Popolo d'Italia», il jornale dei fascisti ch'era come il vangelo e che lei e sò marito raccoglivano e riligavano annata appresso annata.
Beccheggio era stato persino con un sacco di patati come a Marianna e con lei no! L'aviva disprezzata, l'aviva! Come 'na merci senza valori! Ma come si pirmittiva, 'sto grannissimo morto di fami?
E a pinsarici bono, tanticchia a menti fridda, Agata aviva raggiuni.
Pirchì Beccheggio annava sulo con le fìmmine i cui mariti avivano carriche 'mportanti nel fascismo o ne erano benemeriti e non si concidiva alla mogliere di un semprici camerata gregario?
Che voliva addimostrari? Che le mogliere dei gerarchi erano tutte buttane?

A mezzojorno non arriniscì a 'nfilarisi 'n vucca manco 'na forchittata di spachetti.
«Non ti senti bona?» le spiò Adolfo, sò marito.

«Sugno nirbùsa».

«E pirchì?».

Diriccillo o non diriccillo? Forsi era meglio aspittari ancora 'na picca.

«Boh! Lo sai che ogni tanto mi succedi».

«Senti, stasira devo partiri per Roma. C'è 'n'adunata dei sigritari politici».

«E quanto stai fora?».

«Quattro jorni».

Macari quella notti Adolfo non la toccò. Lei si fici un ràpito calcolo: era da dù misi e vintitri jorni che sò marito non la praticava.

E fu allura che le tornò a menti un nomi... Che però scancillò subito, quel nomi era meglio manco pinsarlo.

Però avrebbi potuto esserle di granni aiuto. Avrebbi potuto consigliarla bono riguardo alla facenna di Beccheggio.

Pirchì non approfittava della partenza d'Adolfo e non l'annava a trovari?

Potiva pigliari la correra delle novi che arrivava alle deci e tornari con quella delle cinco.

E, se ci stava attenta, nisciuno ne avrebbi saputo nenti.

Quanno doppo un'orata che caminava l'autista della correra spiò ai passiggeri se qualichiduno scinniva al bivio Cannatello, Tanina arrispunnì di sì. Il bivio era in aperta campagna, lei pigliò a pedi la trazzera che portava alla muntagna Arnoni. Doppo mezzorata di strata, la trazzera addivintava un sintero di capri che sinni acchianava muntagna muntagna.

Il loco era completamenti diserto, non aviva 'ncontrato manco un picoraro.

Ancora un'altra mezzorata e po' vitti la trasuta della grutta indove bitava l'erimita.

Un tempo l'erimita, il cinquantino Titillo Caruso, era stato un parrino, cappillano della squatrazza fascista cchiù manisca di Montelusa. Era un omo violento, un giganti di dù metri d'altizza, con certe spalli e certi muscoli che manco Maciste. Duranti un'azzuffatina coi comunisti, ne aviva acciuncato a uno mannannolo allo spitali per tri misi.

Sospiso a divinisi, si era per ripicca spogliato della tonaca ed era addivintato ispettori nazionali del partito. Un jorno, avenno 'na discussioni col fidirali di Catellonisetta, gli aviva ammollato un cazzotto 'n facci spaccannogli tutti i denti di davanti. Ghittato fora dal partito, per protesta si era fatto erimita.

Annarlo a trovari era proibitissimo, nisciuno lo doviva frequentari pirchì ritenuto «indegno del consorzio umano». 'Nzumma, era 'nfetto e chi lo praticava si 'nfittava.

Tanina aviva avuto con lui 'na storia che era durata squasi sei misi quanno Titillo era ancora ispettori.

Dintra alla grutta c'erano un paglioni, un tavolino, 'na seggia, un lumi a pitroglio, un cintinaro di libri e inoltri il ritratto di Mussolini e un crocifisso appizzati a 'na pareti.

Quanno Tanina s'affacciò, Titillo, 'n mutanne, si stava frustanno le spalli.

Ma appena che la vitti, fici un urlo tali che la picciotta 'ntronò.

Quanno finì di contargli tutta la facenna, Tanina spiò:
«Che devo fari? Me lo dicisse vossia. Io haio bisogno di un consigliu, di 'na spinta».
«Te la dugnu la spinta, eccome se te la dugnu!» fici Titillo susennosi dal paglioni con l'occhi spirdati da pazzo. «Li vidi a questi dù?».
E 'ndicò a Mussolini e al crocifisso.
«Iddri sunno che ti parlano per vucca mia! E ti dicino: Tanina, non c'è un minuto da perdiri! Il pericolo è grosso! La tò amica havi raggiuni! Chisto è un complotto, 'na congiura dei comunisti per arrovinari il fascismo! Tu non hai idea, Tanina, della malvagità, della sdisonistà dei comunisti! Siccome che non cridino alla santità della famiglia, la vonno 'nfangari! La vonno riddicolizzari! E siccome noi fascisti rapprisentamo il meglio dell'Italia, sputtananno a noi sputtanano all'Italia 'ntera! Mussolini è stato troppo bono coi comunisti! Doviva farinnilli stirminari a tutti senza pietà! Comprese le loro famiglie! Al rogo! Al rogo! Loro e le loro bannere russe, le loro falci e martello, le loro càmmare del lavoro! A morti!».
«Mi dicisse che devo fari e lo fazzo» disse Tanina, addecisa, susennosi dalla seggia.
«Tu domani a matino vai a Montelusa dal fidirali e gli conti tutto!».
«Ma accussì devo fari il nomi di quelle che...».
«E tu lo fai! Senza sitazioni! La fìmmina fascista non devi aviri scrupoli borgisi! La fìmmina fascista dici pa-

ni al pani e vino al vino! Apertamenti! Senza scantarisi di nisciuno! E po' tu hai l'aiuto, il sostegno di chisti dù!». Indicò novamenti a Mussolini e al crocifisso, s'assittò supra alla seggia, si vippi un bicchieri di vino. Po' lo inchì novamenti e lo pruì a Tanina. Quella s'avvicinò, lo pigliò, accomenzò a viviri.

Titillo allura isò un vrazzo e le accarizzò il darrè con la sò mano di giganti.

«Da quant'è che non alliscio 'ste naticuzze beddre, eh?».

Tanina si sintì 'ntiniriri il cori e ammuddrari le gamme.

Dato che la secunna parti dell'incontro durò a longo, Tanina arriniscì a malappena a pigliari la correra delle novi di sira, l'urtima. Arrivò a la sò casa che erano le deci passate. Non era per nenti stanca, anzi si sintiva rinvigorita nel corpo e nello spirito.

Si lavò, si cangiò, si mangiò 'na cotoletta e po', stinnicchiata supra al letto, accomenzò a raggiunari supra a quello che le aviva ditto Titillo.

Che si trattava di 'na congiura comunista oramà non c'era cchiù dubbio.

E lei aviva il doveri di addenunziari la cosa senza taliare 'n facci a nisciuno.

Ma non era meglio se 'nveci di annari ad attrovari al fidirali di prisenza, gli scriviva 'na littra longa?

Quello era sempri accussì 'mpignato nel travaglio che l'avrebbi ascutata sì e no 'na decina di minuti tra tilefonate e usceri che trasivano e niscivano. E non ci avrebbi accaputo nenti.

Sì, scrivirigli era la cosa cchiù giusta da fari.

'Mpiegò tutta la matinata del jorno appresso a scriviri e a riscriviri la littra. Alla fini le parse che era vinuta bona. Se la riliggì per la decima volta.

Camerata Federale!
Con la presente, assumendomene la piena e totale responsabilità come si addice ad una donna fascista orgogliosa di potersi definire così, vengo a denunziare una serie di gravissimi fatti accaduti a Vigàta che rischiano di compromettere il buon nome, l'integrità, l'onore e l'altissima moralità del fascismo vigàtese.
Si tratta di questo.
Il rappresentante viaggiante della nota sartoria palermitana Stella Del Pizzo, tale Francesco Firrera, soprannominato Beccheggio, è riuscito, con arti subdole e malvagie e con diabolica abilità, a sedurre, introducendosi nelle loro case con la scusa di far la prova vestito e annientandone la volontà, alcune sue clienti, tutte appartenenti, com'è risultato da una mia pronta e discreta indagine, alla locale sezione femminile del Partito Nazionale Fascista della quale mi onoro d'essere a capo.
Ma c'è di più.
Tutte le donne che il Firrera ha piegato alle sue basse brame, nonostante l'iniziale resistenza da esse opposta, non risultano essere mogli di semplici camerati gregari, ma fedeli e, fino ad allora, devote spose di gerarchi o di persone altamente benemerite del P.N.F.

Questo modo d'agire sembra sottintendere un preciso disegno da parte del Firrera.

Tanto è vero che questo losco figuro non esita a sedurre anche donne che non hanno nessuna attrattiva femminile, purché rispondano ai requisiti del piano criminale da lui messo in atto.

Vi compiego l'elenco delle camerate sedotte da questo infame individuo, acciocché voi possiate convocarle per ulteriori conferme.

Sicché, chiedendomi perché il Firrera operasse seguendo una particolare e attenta scelta delle vittime, mi è sorto un orribile sospetto che non esito a comunicarvi.

E cioè che il Firrera sia uno sporco comunista superstite che intenda con questa sua azione disgregatrice della famiglia, dimostrare come le donne fasciste più in vista di Vigàta, le più stimate e considerate dalla popolazione intera, non siano altro che delle femmine facili.

Certo, egli agisce da solo, e non potrebbe essere altrimenti, ma sono portata a credere che alle sue spalle vi siano altri individui come lui che ne guidano l'azione.

Non esito insomma a pensare a una vasta congiura comunista.

Il nocumento, il danno che il Partito potrebbe riceverne sarebbe incalcolabile!

Lascio a voi ogni decisione in merito.

Certa di un pronto riscontro, vi invio i miei più sentiti saluti fascisti.

GAETANA BUCCÈ
SEGRETARIA DELLA SEZIONE FEMMINILE FASCISTA
DI VIGÀTA

Di 'sta littra non ne dissi nenti né ad Adolfo né a nisciuna delle sò camerate. Nei primi jorni sinni stetti calma, ma po', passata 'na simanata senza aviri arricivuto risposta e senza che si era cataminata 'na foglia, le pigliò la preoccupazioni che il fidirali non aviva arricivuto la littra spiduta per posta.

Al settimo jorno s'addecise a chiamarlo per tilefono. Dalli novi del matino fino alli setti di sira 'na voci gli arrispunnì che il camerata fidirali era occupato. Po', al quinnicesimo tintativo, quello arrispunnì.

«Sì, sì, la lettera l'ho ricevuta. Avrete presto mie notizie».

E ti saluto e sono. Manco 'na parola d'elogio o di ringrazio. Aviva raggiuni Titillo a diri che tutti i gerarchi erano borgisi pantofolai che manco sapivano che cosa era la vera rivoluzioni!

Nei jorni che vinniro addivintò 'ntrattabili. Nirbùsa, sgarbata, rispustera, persino Adolfo, che era bono e caro, 'na vota persi la pacienza e le detti un ammuttuni che la fici cadiri 'n terra.

Finalmente, passati 'na vintina di jorni che Tanina non mangiava e non dormiva cchiù e si era arridotta sicca pejo di 'na sarda, la risposta arrivò.

Camerata Buccè,
in seguito alla vostra lettera ho interrogato tutte, dico tutte, le camerate da voi indicatemi ed esse hanno fermamente negato non solo d'avere avuto rapporti intimi col Firrera, ma anche di avervene fatto cenno.

D'altra parte, che motivo avrebbero avuto di parlarvene se tra loro e il Firrera non era successo niente?

E niente infatti sarebbe potuto succedere. Il Firrera è stato un eroico combattente di guerra che, malgrado la sua deformità, è riuscito a farsi arruolare come volontario. Sul Carso è stato gravemente ferito dallo scoppio di una granata. In seguito a tale ferita, che l'ha costretto a lunghe e dolorose degenze, il Firrera, come risulta da tutti gli attestati medici, non è assolutamente in grado d'avere rapporti sessuali.

Egli è insignito di Medaglia di bronzo al V. M. ed è iscritto al Partito Nazionale Fascista sin dalla fondazione.

L'asserita congiura è dunque esistita solo nel vostro cervello malato.

In attesa di ulteriori provvedimenti, siete destituita d'autorità dalla carica di segretaria della locale Sezione delle Donne Fasciste.

IL SEGRETARIO FEDERALE DEL PNF DI MONTELUSA
MARCO TULLIO SCORNAFUOCO

In un lampo, accapì ogni cosa. Si sbagliava, il signor sigritario fidirali!

La congiura c'era stata, eccome se c'era stata! Sulo che 'nveci d'essiri 'na congiura comunista, era stata 'na congiura fascista. O meglio, delle fìmmine fasciste di Vigàta, tutte appattate, macari quelle che cridiva amiche, per farle fari la figura di 'na povira pazza e farle perdiri il prestigio e l'autorità. L'avivano consumata per sempri!

E ora che potiva fari?

Forsi, come prima cosa, la meglio era sbiniri. E sbinni.

Regali di Natale

Uno

Dicino che doppo 'na guerra che ha fatto caterve di morti, ridotto a pruvolazzo intere cità, abbrusciato campi e fabbriche, l'umanità superstiti si voli pigliari 'na speci di rivincita. Accussì si metti a figliare a tinchitè, a spassarisilla, a godirisi quella vita che tante volte rischiò di perdiri.

A Vigàta, indove i miricani trasirono nel luglio del 1943 mittenno fini alla guerra, si replicò lo stisso priciso 'ntifico fenomeno. Cinco misi appresso non c'era fìmmina, dai diciotto ai cinquanta, che non fossi gravita del marito, dell'amanti o di qualichi miricano di passaggio. Il fascismo nell'anni di guerra aviva proibito il ballo e il joco d'azzardo. Di conseguenzia ci fu 'n'esplosioni di festi da ballo e di jochi di carte, macari torno torno a tavolini assistimati in strata.

A Vigàta, il joco d'azzardo con le carti che sotto il fascio si era sempri praticato, se non pubblicamenti al circolo «Patria & Fascismo», almeno ammucciuni o in qualichi magazzino di comercianti a sira tarda con alla porta sempri qualichiduno di guardia, accanoscì di colpo rinnovata fortuna.

Si raprirono altri dù novi circoli, il «Circolo operaio» e il «Circolo del popolo»; quello vecchio 'nveci cangiò nomi, addivintanno «Famiglia & Democrazia». Dovitti macari cangiare sedi, pirchì il palazzo indove stava prima era stato distrutto da 'na bumma tri jorni avanti lo sbarco. Il circolo s'assistimò al primo piano di Palazzo Lomascolo che aviva dù granni saloni. Era meglio assà della vecchia sede, cchiù commodo e arioso, l'unica camurria era che, essenno stata distrutta la loro caserma, i carrabbineri si erano allocati al piano terra dello stisso palazzo.

Camurria in quanto la liggi che proibiva il joco d'azzardo non essenno mai stata cancillata, ora era tacitamenti tollerata, 'nzumma si potiva jocare sulo pirchì i carrabbineri chiuivano un occhio. Ma se un jorno quell'occhio avissiro addeciso di mantinirlo aperto? Va a sapiri come se la possono pinsari, i carrabbineri! Mai fidarisi di loro né quanno sunno 'n divisa né quanno sunno in borgisi.

Nei dù novi circoli si jocava puro d'azzardo, soprattutto la zicchinetta o lo sfilapipi, ma trattannosi di operai o carritteri o scarricatori del porto, il dinaro che circolava non era mai gran cosa.

Diversamenti annavano le facenne nel circolo «Famiglia & Democrazia».

Frequentato com'era da ricchi borgisi, da comercianti, da possidenti, o da genti che comunqui aviva case e tirreni, ccà i jochi avivano nomi straneri, bacarà, scemen de fer, poker, e le poste erano sempri àvute.

E c'era macari un'altra diffirenzia. Nell'altri dù circoli si jocava tanto per jocari, per passari tempo, ccà 'nveci gli scontri tra i jocatori, che s'accanoscivano da anni e anni, spisso erano arraggiati e avivano qualichi cosa di pirsonali. Come duelli all'ultimo sangue. Vecchie liti, antichi rancori, tradizionali 'nimicizie o semplici 'ntipatie rifiorivano ogni sira al virdi del tavolo da joco.

Don Manuele Potino, per esempio, mai e po' mai avrebbi accettato per compagno a don Paolino Sileci: cent'anni avanti, don Francesco, nonno di don Manuele, e don Salvatore, nonno di don Paolino, si erano fatti causa per via di un aulivo che s'attrovava propio 'n mezzo al confine tra i loro tirreni. La causa era durata vintidù anni e nel frattempo l'àrbolo, colpito da un furmine, era morto. La causa aviva prosecutato lo stisso e l'aviva vinciuta don Salvatore. Ma da allura le dù famiglie Potino e Sileci non si scangiaro cchiù parola. E i Potino avivano pigliato a considerari i judici come la 'spressioni cchiù fitusa dell'umanità.

C'erano macari regole non scrivute ma rispittate da tutti i soci. Il ragiuneri Milazzo doviva sempri trovari posto supra a 'na seggia dalla quali si potiva vidiri chi s'affacciava nel saloni; il dottor Cusumano doviva attrovarisi a tri seggie di distanza dal sò collega Jacopino; tutti quelli che trasivano nel saloni dovivano farlo mittenno avanti il pedi dritto masannò don Gerlando Nuara si susiva e sinni tornava a la casa santianno dato che, secunnu lui, uno che trasiva col pedi mancino gli avrebbi portato sfortuna.

Sulo dù novi soci erano stati ammessi doppo che la guerra era finita.

Si trattava di Liborio Siracusano, addivintato ricco col mircato nero, e di don Giovanni Lomascolo, «per i servigi resi alla Democrazia», secunno quanto stava scrivuto in un cirtificato rilassatogli dai miricani.

Don Giovanni, pirsona di rispetto, da tutti accanosciuto meglio come 'u zù Ninì, si era fatto quinnici anni di galera sutta ai fascisti, accusato dagli sbirri del prifetto Mori di aviri ammazzato a uno. In realtà 'u zù Ninì aviva ammazzato o fatto ammazzari chiossà di 'na decina di pirsone, ma a quello propio no. E i sò abbocati l'avrebbiro potuto addimostrari facilmenti in tribunali. Ma a 'sto punto il prifetto Mori fici sapiri all'abbocati che era pronto ad accusari 'u zù Ninì di altri tri omicidi. Che vinivano a significari o la fucilazioni o l'ergastolo. Non era meglio se si chiantava col vintotto pigliannosi quinnici anni? 'U zù Ninì attrovò la proposta raggiunevoli e sinni annò in càrzaro. Era nisciuto nel 1942, giusto 'n tempo per aiutari lo sbarco dei miricani.

Dal primo jorno di dicembriro e fino al setti di ghinnaro, per antica usanza, il joco, da grosso che era, addivintava grossissimo. La puntata minima a bacarà sinni acchianava a milli liri. Lo stipendio minsili di un impiegato comunali. Le milli liri dell'ebica erano granni squasi quanto un fazzoletto, vinivano 'nfatti chiamati «linzòla». Se uno dei soci, nel corso del joco, fagliava a dinari, veni a diri che aviva pirduto fino all'ultimo cintesimo che aviva 'n sacchetta, potiva continuari a jocari puntanno metti un pacchetto di sicaretti o un mazzo di chiavi o 'na pinna stilografica dicenno:

«'Sto pacchetto vali cincomila».
«'Ste chiavi significano decimila».
Nisciuno potiva mettiri in discussioni la palora di un socio. Il quali avrebbi anurato il debito entro le vintiquattro ori, questo era sicuro come la morti.
La porta del circolo era sempri chiusa, per farisilla raprire abbisognava sonari il campanello. Il porteri si chiamava Ciccino Butera, un cinquantino stazzuto, russo di capilli, mutanghero, che aviva un occhio a Cristo e l'altro a San Giuvanni. Ciccino non aviva sulo il compito di rapriri e chiuiri la porta, ma macari quello di pigliari in custoddia le pistole e i revorbari di cui i soci erano obbligati a privarisi appena dintra al circolo. Ciccino mittiva le armi dintra a un armuàr di ligno massiccio che stava nell'anticàmmara e che tiniva sempri 'nserrato con chiavi che portava appinnute al collo. L'armamintario viniva ristituito ai propietari alla nisciuta.
'Sta regola era stata votata dai soci il jorno stisso della riapirtura del circolo, vali a diri il 15 settembriro 1943. Il presidenti aviva voluto fari 'na cosa sullenne pronunzianno un saluto ai soci vecchi e a quelli novi e un ricordo dei soci morti nel frattempo. Alla fini ci sarebbi stato un brindisi.
Il burdello si scatinò quanno che il presidenti accomenzò a pronunziari l'elogio funebri di don Tanino Cottone, un sissantino tutto casa e chiesa, d'austeri costumi, morto sutta alle macerie della sò casa nel bummardamento del primo luglio 1943.
Il presidenti aviva appena ditto:

«Voglio ora ricordare don Tanino Cottone che è stato...».

«... un grannissimo cornuto e figlio di buttana!» l'interrompì 'na voci.

Appartiniva, la voci, a don Filippo Smecca.

E tutti i prisenti, in quel momento, s'arricordaro di come era stato arritrovato sutta alle macerie don Tanino dai soccorritori. Morto era, nudo sutta al linzòlo, dintra al sò letto. E fino a qua, tutto normali. Però, essenno vidovo, avrebbi dovuto essiri sulo, dintra a quel letto. 'Nveci, abbrazzata a lui e macari lei nuda, ci stava la sidicina Nicoletta Giummarà che, con la famiglia, abitava al piano di supra a quello di don Tanino.

Subito il paìsi si spartì in dù scole di pinsero. La prima, della quali era portabannera don Filippo Smecca, sostiniva che la picciotta da quanno aviva tridici anni era l'amanti del vecchio porco il quali pagava le sò pristazioni a piso d'oro, e inoltre don Filippo giurava e spirgiurava che il patre e la matre di Nicoletta, morti macari loro a scascione dello stisso bommardamento, erano a canuscenza della facenna ma sinni stavano muti e boni pirchì ci avivano il loro guadagno.

L'altra scola di pinsero sostiniva 'nveci che la povira, 'nnuccenti picciotta sinni stava a dormiri come un angileddro al piano di supra ed era annata a finiri a quello di sutta e propio dintra al letto di don Tanino per effetto del crollo del casamento. E macari il fatto che era stata attrovata nuda sutta al linzòlo e abbrazzata a don Tanino viniva spiegato con lo spostamento d'aria provocato sempri dalla bumma. Il linzòlo si sarebbi isato all'aria mentri lei cadiva allato a don Tanino e po' sarebbi ricaduto cummiglianno, squasi sudario, a tutti e dù.

Don Filippo non aviva finuto la frasi che don Angelino Pullara, il teorico maggiori di questa secunna scola di pinsero e omo chiuttosto collerico, senza pinsarici dù vote, scocciò il revorbaro e lo puntò contro a don Filippo 'ntimannogli con voci ferma:

«Ritiri l'infame calunnia!».

«Non ritiro 'na minchia!» arrispunnì don Filippo scoccianno macari lui un revorbaro di mezzo metro, faciva scanto sulo a vidirlo.

In un vidiri e svidiri, quattro amici di don Angelino e tri di don Filippo si schieraro, armi alla mano, in dù file contrapposte che si fronteggiavano.

Tanti e tanti anni appresso avrebbi potuto pariri 'na scena di un film di Quentin Tarantino. Ma era chiaro che nisciuno aviva gana di sparari, si trattava di puro e semprici tiatro. Senonché in quel priciso momento arrivò dalla cucina il vecchio cammareri Lisandro il quali, alla vista dell'armi, scantato, lassò cadiri 'n terra la guantera coi bicchieri per il brindisi. Il botto fu priciso 'ntifico a un colpo di revorbaro. Di conseguenzia, tutti si misiro automaticamenti a sparari che parse d'attrovarisi dintra a un saloni di 'na pillicula di covviboisi. Tutti, naturalmenti, sparro verso l'alto.

E il grannissimo lampadario di vitro prezioso si staccò dal soffitto e cadì facenno quattro firiti liggeri. Per fortuna i carrabbineri erano tutti fora alla cerca di un latitanti e accussì la cosa non ebbi altre conseguenzie.

Ma da allura in po' ci fu l'obbligo di consignari le armi a Ciccino.

C'era macari un'altra bitudini nel circolo, chiamata «la franchigia».

Nei jorni compresi tra il vinti di dicembriro e il primo di ghinnaro, e sulo limitatamenti a quel periodo, ogni socio potiva portari al circolo uno o cchiù amici. Che pagavano 'na quota e vinivano detti «soci avventizi».

Naturalmenti, si trattava di pirsone che avivano portafogli granni quanto 'na casa.

La sira avanti dell'apertura della franchigia, il 19 dicembriro 1943, don Filippo Smecca chiamò sparte il presidenti.

«Domani vegno accompagnato da un amico».

«Paesano?».

«Forasteri. Di Fiacca, mi pare».

«Non c'è problema».

«Ma non è solo».

«Embè? Durante la franchigia non c'è limitazione. Abbasta che garantisce lei e non vedo che...».

«L'accompagnano dù pirsone».

«Ma caro don Filippo ho appena finito di dirle che...».

«'Ste dù pirsone però non jocano».

Il presidenti lo taliò 'mparpagliato.

«Ah, no? E che vengono a fare allora?».

«Gliel'ho detto. Ad accompagnare 'sta pirsona. Lui joca, l'altri dù no».

«E che bisogno ha 'sta pirsona di essiri accompagnata? Non si può cataminare da sulo?».

«Sì, a malgrado che la gamma dritta gli è ristata tisa per una firita di guerra, camina lo stisso. Ma non fa un passo senza i sò dù òmini».

Finalmenti il presidenti accapì.

«Guardaspalli?».

Don Filippo fici 'nzinga di sì con la testa. Il presidenti ci pinsò supra tanticchia.

«Dovrebbe sottoporre al suo amico una condizione».

«Mi dica».

«I due guardaspalli, doppo aviri dato le armi a Ciccino, restano nell'anticàmmara, non devono trasire nei saloni».

«Non credo che farà difficoltà».

«Come si chiama il suo amico?».

«Antonio Ferlito».

Il presidenti tussiculiò avanti di parlari.

«Non che io voglia, vero, entrare in merito... ma il signor Ferlito lo sa che a pianoterra ci stanno i carrabbineri?».

«Lo sa, lo sa» disse don Filippo.

Due

Il presidenti il jorno appresso, quanno alle deci di sira si raprero i jochi seri, era tanticchia squieto per via che non lo sapiva come se la sarebbiro pinsata i soci alla vista dei dù guardaspalli stazionanti nell'anticàmmara.

I jocatori, è cosa cognita, sono sensibili assà alle novità che attrovano nelle vicinanze del tavolo virdi, ci sono cose che judicano sfavorevoli senza nisciuna raggiuni apparenti e allura non c'è verso, quelle cose abbisogna farle scompariri. E se a qualichiduno viniva 'n testa che i dù guardaspalli non erano cosa, lui come si sarebbi dovuto comportari?

Diri al signor Ferlito di mannarli a spasso? E se quello s'arrefutava e attaccava turilla? D'altra parti, se a protestari era un socio, come avrebbi potuto non tiniri conto del sò desiderio?

Quanno il ralogio del Municipio battiva la mezzannotti, quello era il signali che da quel momento il joco 'ncaniava e le puntate addivintavano grosse.

Il presidenti, all'una di notti, s'avvicinò a don Filippo Smecca, che stava vincenno 'na varca di soldi al bacarà, e gli spiò in un oricchio:

«Ma il suo amico non viene?».
«Nenti saccio».
Al contrario di don Filippo, don Matteo Cumella stava pirdenno assà.
Per cui all'una e mezza si susì dal tavolo e annò fora nel balconi a pigliari 'na vuccata d'aria frisca che gli avrebbi calmato il nirbùso. L'aria non era frisca, ma fridda e c'era un venticeddro che tagliava la facci. Strata strata non passava anima criata. Si era allura allura addrumato il sicarro che don Matteo vitti avanzari dal funno della strata 'na speci di catafalco ambulanti, enormi, che via via che s'avvicinava si rivilava essiri 'na Rollisiroici preistorica, lentissima, certo a causa del motori che doviva essiri oramà consunto. Il machinone nìvuro passò sutta al balconi e firriò a mano dritta nella strata chiamata via del Mare che costeggiava il palazzo del circolo. Nel silenzio della notti, don Matteo sintì la machina firmarisi appena 'mboccata via del Mare, po' 'na rumorata di sportelli aperti e chiusi, appresso ancora 'na poco di voci di pirsone che parlavano e appresso ancora vitti compariri dall'angolo a tri òmini che s'addiriggivano verso il portoni del palazzo che s'attrovava proprio sutta al balconi.
L'omo in mezzo portava un cappotto e 'n testa un borsalino, l'altri dù avivano giubbuna e coppola. L'omo col borsalino caminava in modo strammo. Mittiva avanti il pedi mancino, po', piegannosi tutto di lato a mano manca, sollivava la gamma destra che era rigita, le faciva fari un passo avanti sollivannola a mezzaria e appresso faciva un altro passo ripartenno col

pedi mancino. Di conseguenzia, i dù òmini che gli caminavano allato dovivano mantinirisi a 'na certa distanza. Quello a mano manca per non arriciviri 'na tistata quanno l'omo col borsalino si calava tutto a sinistra, quello a dritta per non pigliarisi 'na pidata 'n culo quanno la gamma rigita si spostava a mezzaria in avanti.

Po' scomparsero alla vista di don Matteo dato che erano trasuti nel portoni.

Ciccino Butera sintì sonari, annò a rapriri e s'attrovò davanti a tri òmini scanosciuti. Siccome che era stato avvirtuto dal presidenti, spiò:

«Cu è il signor Antonio Ferlito?».

Arrispunnì il guardaspalli che stava a mano manca dell'omo col borsalino.

«Iddru è».

«Accomidativi. Livativi la robba».

I dù guardaspalli pigliaro uno il borsalino e l'altro il cappotto di Ferlito e li misiro supra a un attaccapanni indove ancora c'era tanticchia di posto, po' si livaro i giubbuna.

«Ccà c'è la regola che chi trase...» principiò Ciccino.

«'Nformati semo» dissi il guardaspalli che aviva parlato prima.

Tirò fora dalla sacchetta di darrè dei cazùna un revorbaro e lo pruì a Ciccino. L'istisso fici l'altro guardaspalli. Il signor Ferlito 'nveci non si era cataminato e Ciccino lo taliò 'nterrogativo.

«Don Antonio non porta mai armi» fici il solito guardaspalli.

62

Ciccino ristò dubbitoso. Potiva fidarisi? Ferlito accapì a volo l'esitanza dell'altro. Senza diri 'na parola, allargò le vrazza. Il guardaspalli parlante s'apprecipitò ad aiutarlo a livarisi la giacchetta. La cammisa del signor Ferlito era di sita finissima e il papiglion era aliganti. Ciccino ristò ammirativo di quel gesto: don Antonio era uno che sapiva stari al munno. Per addimostrari a tutti che non era omo d'azzuffatine, avrebbi jocato in maniche di cammisa.

«Voi potiti assittarivi ccà» disse ai dù ammostranno il divaneddro che stava nell'anticàmmara. E po', arrivolto a don Antonio Ferlito:

«Vossia può accomidarisi».

Della sò trasuta nel saloni granni, quello indove c'erano i tavoli di bacarà e di scemen de fer si addunaro in dù: don Filippo Smecca, che si susì per annarlo a riciviri, e don Gerlando Nuara, che si susì addritta macari lui santianno come un pazzo. Don Antonio Ferlito era trasuto nel saloni col pedi mancino. Cosa gravissima, all'occhi di don Gerlando, signo certo di mala sirata. D'altra parti don Antonio non potiva caminare diversamenti, dato che la gamma offisa era dipindenti da quella sana.

Don Gerlando, annannosi a pigliari il cappotto per tornarisinni a la sò casa, gli passò vicino e, taliannolo malamenti, gli sibilò:

«Impari l'educazioni!».

Don Antonio non dissi né ai né bai, si lisciò i baffetti che tiniva sottilissimi e taliò 'nterrogativo a don Filippo.

«Lo lassassi perdiri. Venga, la presento al presidente».

Don Antonio travirsò il saloni caminanno a modo sò e dando ogni tanto qualichi pidata alla seggia di qualichiduno. Era chiaro che al povirazzo il ghinocchio destro non gli si potiva piegari. Doppo, a don Antonio s'appresentò il casciere Luigi Sommatino che compilò la scheda di socio avvintizio. La quota era milli liri. Allura don Antonio portò la mano nella sacchetta di darrè dei cazùna per pigliari il dinaro e, dato che era senza giacchetta, tutti si addunaro che i cazùna di don Antonio non avivano dù sacchette posteriori come tutti i cazùna, ma una sula, da un scianco all'altro, longa perciò quanto tri sacchette in fila, in modo che i biglietti da milli potivano starici dintra belli e stisi come 'na mazzetta di banca. A occhio e croci, i prisenti stimaro che don Antonio si portava appresso un carrico di almeno centomila liri. Era arrivato armato di bone 'ntinzioni. Don Antonio appresso vinni accompagnato al tavolo di bacarà. S'assittò e jocò ininterrottamenti fino alli tri e mezza del matino. Perse trentamila liri.

Fino a quanno jocò, non raprì mai la vucca. Era un quarantacinchino di gamme longhe e di busto curto, ralogio d'oro al polso, 'na facci che arricordava quella di Amedeo Nazzari. Ma era 'na facci senza 'spressioni, non ci compariva supra né divertimento né raggia, nenti. L'unico gesto che ogni tanto faciva era quello d'allisciarisi i baffetti. Parlò sulo al momento di ghirisinni:

«Bon proseguimento».

Nell'anticàmmara, detti cento liri di mancia a Ciccino che s'inchinò fino a toccari 'n terra con la fronti.

Ciccino ora però sapiva i nomi dei dù guardaspalli, aviva parlato con l'unico che parlava e che aviva ditto di chiamarisi Melino. E fu lo stisso Melino a diri a Ciccino che il quallequa di nomi faciva Salvino. Pirchì Salvino, di rapriri vucca, manco a parlarinni.

Però, fora dal circolo, era capitata 'na cosa che nisciuno sapiva. Amedeo Lozito aviva passato la sirata al circolo operaio, aviva jocato a zicchinetta ed era stato spoluto, non tiniva cchiù un cintesimo 'n sacchetta.
Amedeo, che era un beddro picciotto vintino, però non sinni prioccupava, pirchì aviva lassato squasi tutta la paga della cintrali lettrica, indove travagliava, a sò matre. Non se l'era portata appresso per non jocarisilla. Sinni stava tornanno a la casa che potivano essiri le dù di notti quanno, passanno per via del Mare, notò un machinone nìvuro posteggiato vicino al marciapedi. Accapì che era 'na Rollisiroici pirchì ne aviva viduta una pricisa 'ntifica al ginematò. S'avvicinò per taliarla meglio. Dintra non c'era nisciuno, si vidi che il propietario sinni era ghiuto a jocare al circolo dei ricchi. Gli vinni gana di vidiri com'era fatta dintra, però i dù sportelli di davanti erano chiusi. Ma quanno posò la mano supra alla maniglia di uno dei dù sportelli di darrè, quello si raprì. Prima di trasire, Amedeo si calò a taliare. Supra al posto di darrè, che lo pigliava squasi tutto per longo, ci stava stinnicchiata qualichi cosa, forsi 'na statua, completamenti cummigliata da 'na coperta militari miricana. Trasì, scavalcò il sedili, s'assittò al posto di guida. Vabbeni, la machina doviva essiri vecchia assà e doviva consumari mi-

nimo deci litra di benzina al chilometro, ma avirla a disposizioni sarebbi stata 'na billizza! Con una machina accussì, uno si carricava quante fìmmine voliva. Pirchì le fìmmine, ad Amedeo, non ci abbastavano mai. Si perse a pinsari cosa avrebbi potuto fari con una picciotta nel sedili di darrè che era squasi granni quanto un letto.

Po' addecise che era inutili ristarisinni là dintra a mangiarisi il ficato per la 'nvidia. Riscavalcò il sedili, ma il pedi mancino gli ristò 'mpigliato e cadì nel sedili di darrè. 'Stintivamenti aviva mittuto le mano avanti che s'annarono ad appuiari supra alla coperta. Di colpo, Amedeo s'apparalizzò, ristanno ad arco tra il sedili di davanti e quello di darrè. Pirchì sutta alla coperta aviva sintuto non il duro del marmaro o del ligno, ma un corpo umano. Che non si era cataminato. E se non si era cataminato viniva a diri che non lo potiva fari. E se non lo potiva fari, viniva a diri che era morto.

E se era morto, viniva a diri che lui doviva 'mmediatamenti mettiri cchiù distanza che potiva tra sé e quella fottuta machina. Finì di scavalcare il sedili, niscì fora e si firmò.

Pirchì aviri vint'anni significa che la curiosità è ancora granni assà. Ristannosinni con le gamme di fora, si calò, trasì con la testa e il busto e sollivò con le dù mano un lato della coperta. Gli comparse 'na testa di fìmmina biunna, picciotta, beddra. Ma non gli parse morta. Si calò chiossà accostannole un oricchio al naso e sintì che respirava profunnamenti.

L'avivano alloppiata? La tinivano prigionera? Avivano fatto un sequestro di pirsona? Ma com'è che lo sportello era aperto? Comunqui, non la potiva lassare accussì. Che fari? Annare ad arrisbigliare i carrabbineri che erano a dù passi, al pianoterra del circolo dei ricchi? O tirarla subito fora?

Mentri se la stava a pinsari, la picciotta, sempri tinenno l'occhi 'nserrati e senza avvirtiri la sò prisenza, cangiò posizioni. Si susì a mezzo, livannosi la coperta di supra e arrotoliannola allato a lei. Ad Amedeo parse di stari 'nsugnannosi. Pirchì la picciotta portava sulo mutandine e reggipetto. E ammostrava un corpo che manco un pittori. Quella vista gli fici ammancari lo sciato. E gli fici macari ammancari la raggiuni. Senza manco rinnirisinni conto, trasì 'n machina, s'assittò allato a lei.

La picciotta sintì allura per la prima volta la sò prisenza e 'nveci di rapriri l'occhi e mittirisi a fari voci d'aiuto, appuiò la testa supra alla sò spalla.

A malgrado che faciva un friddo da assintomare, Amedeo era vagnato di sudori. Le sò vrazza e le sò mano accomenzaro a cataminarisi per conto loro. Il vrazzo destro circondò i scianchi della picciotta, la mano mancina annò a posarisi supra al reggipetto.

«Ora m'ammolla un pagnittuni che mi stacca la testa» pinsò Amedeo videnno che la picciotta isava la mano dritta.

'Nveci quella mano annò a posarisi supra alla sò, era un invito silinziuso a procediri oltre il reggipetto.

E Amedeo bidì.

Mai aviva viduto e toccato 'na simili grazia di Dio! Gli vinni gana di vasarla, ma quella appena che sintì avvicinarisi la sò vucca, scostò la facci.

67

Un'orata appresso, la picciotta stava stinnicchiata nel sedili di darrè novamenti cummigliata dalla coperta. Amedeo scinnì dalla machina e chiuì lo sportello. Si sintiva 'mbriaco come doppo 'na gran vivuta, le gamme non lo riggivano. Fici cinco passi e s'appostò dintra a un portoni dal quali potiva tiniri d'occhio la Rollisiroici. Verso le tri e mezza del matino, che era oramà 'nsallanuto dal friddo, vitti arrivari a tri òmini che s'addiriggivano verso la machina. Quello in mezzo, col cappotto e il borsalino, aviva 'na gamma tisa. Uno raprì con la chiavi lo sportello e si misi al posto di guida. L'omo col borsalino gli si assistimò allato. Per farlo stari commodo con quella gamma tisa, avivano tirato il sedili tutto narrè.

Il terzo omo trasì darrè, ammuttò di lato la picciotta con malo garbo e s'assittò. La machina partì.

Attrovò a sò matre vigliante. Non c'era verso, quella non toccava letto se non lo sintiva tornari.
«Friddo pigliasti, Amedè?».
«Essì».
«Ti fazzo tanticchia di pasta con l'aglio e l'oglio?».
Era 'na bella pinsata, a malgrado che erano le quattro del matino, gli era smorcato un gran pititto. Sò matre, mentri priparava 'n cucina, gli spiò:
«Che rigalo ti fazzo per Natali?».
«Nenti, mamà» arrispunnì.
Il rigalo di Natali lui l'aviva già arricivuto quella notti, sia pure tanticchia in anticipo.

Tre

La sira appresso s'arripitì la stissa pricisa 'ntifica scena della sira avanti: don Antonio Ferlito trasì nel saloni in maniche di cammisa, Melino e Salvino sinni arristaro in anticàmmara. Don Antonio jocò quateloso, non pariva essiri omo azzardoso, era chiaro che non gli piaciva rischiari.

Dalla mezzannotti alli tri, perse sulo decimila liri.

Chi 'nveci perse ori ammatula fu Amedeo. Era dalle unnici che sinni stava appostato in via del Mare aspittanno di vidiri compariri la Rollisiroici. Che finalmenti arrivò doppo un'orata. Scinnero i soliti tri òmini e s'addiriggero verso la trasuta del circolo. Amedeo aspittò ancora cinco minuti per sicurizza, po' s'avvicinò alla machina. Tutti e quattro gli sportelli erano chiusi a chiavi e il posto di darrè era vacanti. La picciotta non c'era. Si sintì moriri il cori. Po' pinsò che capace che sarebbi arrivata a pedi doppo tanticchia e tornò ad appostarisi. Alle tri di notti ricomparero i tri òmini, trasero 'n machina e sinni partero. Lui tornò a la casa che pariva 'na lastra di ghiazzo e sò matre lo quadiò con dù ova fritte.

La sira del 22 dicembriro, a mezzannotti precisa, don Antonio s'appresentò con Melino e Salvino. Al solito, don Antonio si misi in maniche di cammisa, ma i dù guardaspalli non consegnaro le armi.

«Ce ne annamo subito» spiegò Melino a Ciccino.

E 'nfatti, appena che don Antonio trasì nel saloni, i dù niscero fora.

Amedeo, che aviva aspittato i soliti cinco minuti di sicurizza prima d'avvicinarisi alla Rollisiroici, fici un passo verso la machina e sintì il cori principiare a battirigli all'impazzata pirchì la picciotta stavolta c'era. Vistuta di tutto punto, ma c'era. Ebbi appena il tempo di fari un altro passo che vitti compariri dall'angolo della strata a dù dei tri òmini. L'unica era continuari a caminari, facenno finta di nenti. Incrociò i dù che manco lo taliaro e trasero 'n machina. La quali, doppo tanticchia, partì.

Don Antonio jocò le solite tri ori e vincì vintimila liri. Nell'anticàmmara, mentri si mittiva giacchetta e cappotto, vinni raggiunto da 'u zù Ninì che macari lui sinni voliva ghiri a la casa.

«Come mai stasira i sò dù amici non ci sunno?» spiò 'u zù Ninì.

«Mi aspettano di sutta. Ho capito che qua m'attrovo tra amici e di loro non ci ho bisogno».

«Lei ha fatto la cosa giusta» disse 'u zù Ninì.

Con lui nel circolo, nisciuno si sarebbi mai 'nsugnato di fari uno sgarbo a un socio, macari se avventizio. La cosa l'avrebbi pigliata come un'offisa pirsonale e le conseguenzie sarebbiro state pisanti assà per chi aviva fatto lo sgarbo. Era cognito che 'u zù Ninì non la pirdonava manco a Cristo.

Accomenzò a chioviri un'acqua ghiazzata verso le setti di doppopranzo del 23 dicembriro e a mezzannotti, quanno don Antonio arrivò al circolo, fora non sulo c'era un gelo, ma si era livato un vento friddo che tagliava la carni come un cuteddro. Fu forsi per questo motivo che Melino e Salvino consignaro le armi e sinni ristaro in anticàmmara. La prima cosa che don Antonio fici trasenno nel saloni fu quella di avvicinarisi a 'u zù Ninì.

«Bonasira. Mi scusasse se la disturbo» disse a vuci àvuta.

Tutti lo sintero. I jochi, per rispetto verso 'u zù Ninì, si firmaro.

«Dicisse».

«Siccome che fa tutto questo friddo, mi sono permisso di diri ai mè dù amici d'acchianare e ristari in anticàmmara».

«Vabbeni» disse 'u zù Ninì.

Tutti accapero che le palori di don Antonio erano 'na speci di atto di sottomissioni all'autorità di 'u zù Ninì. I jochi ripigliaro.

Dato che doviva aspittari l'arrivo della Rollisiroici con quel malottempo addannato, Amedeo, prima di nesciri di casa, si era vivuto un quarto di vino e 'n autro quarto se l'era mittuto dintra a 'na buttiglietta 'nfilata nella sacchetta del giubboni pisanti. Quanno la machina arrivò, la buttiglietta era vacanti. A stari fermi, macari dintra al portoni, non si riggiva. Scinnuti i tri òmini, aspittò deci minuti, po' con quattro sàvuti arrivò allo sportello di darrè, affirrò la maniglia, la girò, raprì, trasì. La picciotta era lì, vistuta, la coperta allato a lei e lo taliava con l'occhi sbarracati.

«Io sugno, Amedeo. Non t'arricordi di mia? L'altra sira che tu stavi sutta alla coperta addrummisciuta e...».

«Ah, tu eri?» fici la picciotta.

Passata la sorprisa, ora pariva addivintata 'ndifferenti.

«Pirchì, chi ti cridivi che era?» spiò lui sorridenti.

«Boh. Forsi Melino. Forsi Salvino».

Il sorriso di Amedeo scomparse, fu come se aviva arricivuto dù cazzotti 'n facci a tradimento. Lei continuò:

«Fanno sempri accussì quanno non c'è don Antonio. Di iddro si scantano, pirchì io sugno cosa di don Antonio. E po' avivo troppo sonno, erano tri notti che non dormivo, manco accapivo se ero viva o morta. Mi ero spogliata per dormiri».

Amedeo si sintì sdignari. Perciò si sirvivano della picciotta quanno volivano? E lei non s'arribbillava?

«Come ti chiami?».

«Teresa. Teresa Punzo».

«Quanti anni hai?».

«Diciannovi».

«Pirchì aieri a sira non sei vinuta?».

«Pirchì don Antonio mi 'mpristò a un sò amico. Mi detti milli liri».

«Ma comu? È giluso di Melino e di Salvino e dell'amico no?».

«Che ci trase? Melino e Salvino sunno dù guardaspalli pagati, mentri l'amico di don Antonio è uno ricco sfunnato».

Amedeo si sintiva pigliato dai turchi. Ma com'era fatta quella picciotta?

Come raggiunava? Diciva quello che faciva, e non erano certo belle cose, senza affruntarisi, con semplicità e naturalizza.

«Unni abiti?».

«A Montaperto, in via Calibardi».

«Con don Antonio?».

«No. In una casuzza che lui m'accattò vicina alla sò casa».

«Da quant'è che stai con lui?».

«Da tri anni».

«Ma non ce l'hai un patre, 'na matre?».

«Orfana sugno. L'ammazzaro».

«Ammazzaro a tò patre e a tò matre? E cu fu?».

«Boh».

'Mprovisa, gli vinni 'na grannissima pena per quella picciotta, 'na povira criatura arridotta squasi come 'na vestia. E subito gli tornò a menti quello che le aviva fatto macari lui dù notti avanti e sinni vrigugnò. Pena per lei e vrigogna di sé si cangiarono in raggia. E perciò gli niscì senza volirlo 'na dimanna offinsiva:

«E tu vai sulamenti con l'òmini ricchi che ti presenta don Antonio?».

Lei lo taliò e non arrispunnì.

«Quanto vuoi per stare un'ora con mia che non sugno ricco?».

Lei non gli staccava l'occhi di supra. Non arrispunnì manco stavolta.

«Avanti, parla!».

«Con tia? M'abbasta un centesimo. E se non ce l'hai, pacienza».

E doppo arridì. E tutto 'nzemmula, a quel sò sorriso, la picca luci che viniva da un lampioni poco distanti si moltiplicò per centomila, un miliardo, parse che il soli fossi trasuto dintra alla machina. Amedeo si sintì allargari il cori come quanno si respira aria bona di prima matina. Pirchì a malgrado tutto quella picciotta era ristata pulita come 'na jornata chiara. Allungò 'na mano e pigliò quella di lei. Lei gliela stringì forti.

Stettiro un'orata accussì, 'n silenzio, senza cataminarisi, tinennosi per mano, sintenno il loro sciatare e provanno piaciri a sintirisi sciatare 'nzemmula. Po' Amedeo disse:

«Forsi è vinuta l'ura di ghiriminni».

Allura Teresa avvicinò la vucca a quella d'Amedeo. Si vasaro a longo. Po' Amedeo, facennosi forza, si staccò da lei.

«A dumani sira» disse.

«A dumani sira» arripitì Teresa.

Amedeo scinnì dalla machina e s'avviò verso casa. A malgrado del gelo, sintiva un gran càvudo.

Don Antonio livò di jocare alle tri di notti. Aviva perso settimila liri.

La nuttata della vigilia, per tradizioni, era quella indove le puntate raggiungivano il picco massimo. Memorabili la nuttata del 24 dicembrio 1939, quanno ancora non c'era la guerra e il fascismo pirmittiva il joco, alla fini della quali don Casimiro Vella, senza cchiù contante, aviva perso la villa di campagna, tri case, e 'na mannara di cincocento pecori.

I jochi accomenzavano doppo la missa di mezzannotti durante la quali nasciva il Bamminello e alla quali annava tutta Vigàta. Siccome che quella sira del 24 dicembrio 1943 faciva ancora cchiù friddo della sira avanti, Melino e Salvino consignaro le armi e s'assittaro nell'anticàmmara. Don Antonio s'avvicinò a 'u zù Ninì.

«I mè amici...» principiò.

«Vabbeni, vabbeni» fici 'nfastiduto 'u zù Ninì.

E il joco principiò.

Amedeo niscì dal portoni e corrì verso la machina. La sdillusioni fu potenti. Teresa non c'era. Accapì che non era cosa di ristari ad aspittarla e sinni tornò a la casa. Sò matre voliva priparariglli qualichi cosa di mangiari, ma lui non aviva pitittu. Si annò a corcari subito, però non arriniscì a pigliari sonno. Maria, quanto gli ammancava Teresa!

Alli dù nisciun socio, normali o avventizio, aviva ancora lassato il circolo.

Il joco era 'ncaniato tanto che i jocatori oramà erano tutti in maniche di cammisa, russi in facci, sudati, e Lisandro aviva dovuto astutare le stufe a ligna pirchì, a malgrado che fora parivano essirici l'orsi polari, dintra faciva un gran càvudo. Alli dù e cinco don Antonio si susì dal tavolo.

«Mi scusassiro un momento. Devo diri 'na cosa ai mè amici».

Caminanno faticoso con la gamma tisa e addimannanno scusa a dritta e a manca, s'affacciò alla porta dell'anticàmmara. Subito Melino e Salvino si susero, s'avvicinaro a Ciccino che stava assittato darrè al sò tavolino, Melino senza diri né scu né passiddrà gli ammollò 'n facci un cazzotto che l'assintomò mentri Salvino gli strappava dal collo la chiavi dell'armuàr, lo rapriva, pigliava il sò revorbaro e quello di Melino, richiuiva l'armuàr con la chiavi che si mittiva 'n sacchetta. Intanto Melino aviva portato a Ciccino dintra a uno sgabbuzzino e, doppo avirigli dato un altro cazzotto, lo chiuiva dintra. Ora erano pronti.

Don Antonio si misi 'n mezzo al saloni, s'allintò la cintura, 'nfilò la mano tra la cammisa e il principio del cazùni della gamma destra e sfilò 'na bella lupara puntannola verso i prisenti. I quali manco se ne addunaro, erano troppo pigliati dal joco. Allura, mentri Melino annava nel secunno saloni col revorbaro 'n mano e Salvino satava supra a un tavolino in manera di tiniri a tutti sutta punteria, don Antonio disse a voci àvuta:

«Signori, un momento d'attenzioni. Questa è 'na rapina e il primo che si catamina è un omo morto».

Nel silenzio che calò, si sintì sulo la voci di don Gerlando Nuara:

«L'avivo ditto io che era un gran maleducato!».

Nisciuno s'azzardò a cataminarisi nel quarto d'ura e passa che durò la facenna. Prima don Antonio, caminanno normalmenti per via che non aviva cchiù la lupara attaccata alla gamma, puliziò tutti i tavolini del dinaro che c'era supra, l'ammucchiò 'n mezzo a 'na granni tovaglia in dotazione del circolo e ne fici 'na prima truscia. Doppo posò 'n'altra tovaglia supra allo stisso tavolino e disse:

«Mettete qua i portafogli, i ralogi e il dinaro che avite 'n sacchetta».

Accomenzaro a sfilari tutti davanti al tavolino alliggirennosi. Però, quanno toccò a don Paolino Sileci, don Manuele Potino, che aviva già dato, disse:

«Fategli livari i stivali».

Don Paolino taliò 'nterrogativo a don Antonio.

«Facisse come dice il signore» gli ordinò don Antonio puntannogli nella panza la lupara.

Con la vava alla vucca per la raggia, don Paolino si livò i stivali. Dintra a ognuno, tiniva ammucciati deci biglietti di milli. Don Manuele aviva fatto la spia, l'antica 'nimicizia aviva pigliato a volo la bona occasioni.

Penultimo a passari fu don Filippo Smecca, che trimava come 'na foglia e che tutti taliavano malamenti pirchì era stato lui a portare il forasteri nel circolo. Ultimo, virdi 'n facci per lo scorno, fu 'u zù Ninì.

«Grazie per 'sti bellissimi rigali di Natali!» gli fici don Antonio per sconcicarlo.

«A buon rendere» arrispunnì l'altro taliannolo nel funno dell'occhi.

Fatta la secunna truscia, don Antonio acchianò supra a un tavolino.

«Ora io e l'amici mè togliamo il disturbo. Voglio arricordarvi che non vi conveni scinniri al pianoterra e avvisari i carrabbineri. Che gli annate a contare? Che jocavate d'azzardo? E quelli allura per forza vi devono denunziare al judice. 'Ntanto, grazie e bon Natali a tutti».

Satò 'n terra, traversò tranquillo il saloni con Melino e Salvino i quali, ognuno con una truscia, caminavano di spalli tinenno sempri i revorbari puntati. Po', nisciuti nel pianerottolo, con le chiavi pigliate dalla sacchetta di Ciccino chiuiero la porta di trasuta del circolo.

Appena che il terzetto fu fora, tri o quattro soci s'apprecipitaro verso l'armuàr con le armi e tintaro di raprirlo. Ma quello era fatto di noci massiccia e non ci fu verso.

Contemporaneamenti, Liborio Siracusano, scocciato un revorbaro nico nico che tiniva in una fondina attaccata al polpaccio e che si portava appresso fino dai tempi della borsa nìvura, era curruto verso il balconi della cucina che dava in via del Mare. Arrivò a tempo per sintiri il motori della Rollisiroici che si mittiva 'n moto. Fici per sparari, ma la mano di 'u zù Ninì si posò supra al sò vrazzo.

«Non facciamo rumorate inutili. Volemo fari ridiri tutto il paìsi?».

'Ntanto, la vecchia machina era partita che pariva un furmine. Evidentementi, aviva il motori truccato.

'Ntanto, Amedeo, allo scuro di quanto stava capitanno, s'arramazzava nel sò letto passanno da 'na botta di gilusia firoci, fatto pirsuaso che Teresa non era vinuta pirchì 'mpristata da don Antonio a qualichi sò amico ricco, a 'na botta di compassioni lacrimiante per la vita 'nfilici che era obbligata a fari quella povira picciotta.

Quattro

Non fu il sulo ad arramazzarisi nel letto. Tutti i soci del circolo «Famiglia & Democrazia», per esempio, non pigliarono sonno, chi per lo scanto provato, chi per lo scorno patito, chi per il dinaro arrubbato. A dù di loro, per motivi diversi, smorcò macari la fevri a quaranta. A don Filippo Smecca pirchì si scantava dei soci che gli avrebbiro addimannato arraggiati conto e raggiuni del forasteri da lui prisintato, e macari qualichi figlio di buttana avrebbi pinsato che lui e il forasteri erano appattati, ma cchiù di tutti si scantava di 'u zù Ninì, alle cui palori avrebbi prifirito un intirrogatorio con torture fantasiose e prolungate da parti degli sbirri. E allo stisso zù Ninì vinni la fevri àvuta pirchì la perdita di pristigio da parti sò era stata immensa. Se la cosa non l'arrisolviva entro un dù, tri jorni massimo, avrebbi dovuto cangiari paìsi, non c'erano santi, macari annannosinni a Novajorca indove ancora aviva tante bone amicizie.

A malgrado del trimolizzo delle mano, don Filippo verso le deci del matino tilefonò a Nicolò Ferro che era quello che l'aviva prigato di fari addivintari ad Antonio Ferlito socio avventizio. Nicolò Ferro arrispunnì che gliene aviva parlato Pippo Cosentino. Il quali disse che era stato Franco Lopiparo a fargliene palora. E Lopiparo fici il nomi di Marco Roppolo. Il quali Roppolo tirò in ballo a Masino Sirchia. E Masino Sirchia... 'Nzumma, a mezzojorno e mezza fu chiaro a don Filippo che nisciuno di pirsona aviva mai viduto 'n facci a Ferlito. Ognuno ne aviva 'ntiso parlari da un amico. E non sulo: a Fiacca non arrisultava l'esistenzia di un tali Antonio Ferlito. Se 'u zù Ninì l'interrogava, gli avrebbi arrifirito la catina di Sant'Antonio, non potiva fari altro. E po' gli si sarebbi agginocchiato davanti addimannannogli pirdono per l'errori fatto.

A parlari di quello che era capitato nel circolo la notti avanti, non fu nisciuno dei soci. Abbastò che ne parlassiro Ciccino Butera il portonaro, col naso che parìva 'na milinciana, e il vecchio cammareri Lisandro pirchì, tempo un tri orate, il paìsi intero ne vinissi a canuscenza. La notizia fici ridiri a tutti quelli che non erano soci del circolo, vali a diri il novantanovi e novantanovi per cento della popolazioni di Vigàta. I soci del circolo, quella matina, non niscero dalle loro case pur essenno il jorno di Natale, non accattaro cannoli e cassate, non si scangiaro aguri con granni scappillate e inchini 'ncrociannosi nel corso per la passiata di prima della mangiata. Se per il resto del paìsi era festa, per loro era quaresima fitta.

'U zù Ninì, a cui nel doppopranzo la fevri era tanticchia calata, alle cinque fici riunioni, tinennosi 'na vurza di ghiazzo supra alla testa, con Totò 'u sdintato e Mimì Lanzafame. Erano il vrazzo esecutivo di 'u zù

Ninì ed erano pirsone che era meglio non incontrari di notti. E forsi manco di jorno. Ai dù, che già però l'accanoscivano, 'u zù Ninì contò quello che era capitato nel circolo con tutti i dittagli.

«Pigliamo a don Filippo Smecca e facemogli vidiri i sorci virdi fino a quanno non ci dici come e qualmenti accanoscì al forasteri» fu la proposta di Totò 'u sdintato.

'U zù Ninì fici un gesto di fastiddio.

«Smecca non sapi nenti di nenti, l'hanno mittuto 'n mezzo, ne sugno sicuro. Totò, da tia, in sirata, voglio sapiri tutto della machina. È 'na Rollisiroici che è un casciabanco, non è che non si nota. E da tia, Mimì, voglio accanosciri d'urgenza vita morti e miracoli dei dù guardaspalli».

Alli otto di sira, Totò 'u sdintato tilefonò a 'u zù Ninì per comunicargli che aviva arritrovato la machina. S'attrovava in una viuzza di campagna, 'na traversa della strata per Montelusa. Era stata abbrusciata, ne ristava lo scheletro. Avrebbi continuato a dimannare 'nformazioni.

Mentri 'ù zù Ninì arriciviva la tilefonata, Amedeo si susiva dal letto dintra al quali era stato corcato tutto il santo jorno senza mangiare, con grannissima prioccupazioni di sò matre.

«Mamà, ora mi lavo e nescio».

«Ma unni vai con 'sto gran friddo? Talè, Amedè, tu non nesci da 'sta casa se non ti vivi almeno un cicarone di brodo càvudo».

Sò matre era bona e cara, ma quanno 'ntistava, non c'era verso. Obbidì.

Il brodo però gli fici smorcare il pititto e si mangiò mezzo pollo. E si vippi quattro bicchieri rasi di vino. Po', siccome era sicuro che avrebbi arrividuto a Teresa, si livò i vistiti che si era mittuto e si vistì bono.

D'altra parti, a Natali, tutti si vistivano bono. Tra 'na cosa e l'altra, finì che niscì che erano le deci di sira. Addecidì di passari dal circolo operaio. Si era portato appresso 'na trintina di liri.

Passanno davanti al circolo dei ricchi s'addunò che dai balcuni e dalle finestri non trapilava luci, tutto era allo scuro. Come mai non aviva ancora rapruto? Per tradizioni, il jorno di Natali i jochi accomenzavano alle novi spaccate. E in via del Mare il machinone non era arrivato, ma questo non l'ammaravigliò, sapiva che prima di mezzannotti non sarebbi comparso. Perciò, la prima dimanna che fici trasenno al circolo operaio fu:

«Lo sapiti pirchì il circolo dei ricchi ancora non ha rapruto?».

Lo taliarono strammati.

«Ma da indove arrivi?» gli spiò un amico.

«Sono ristato a la mè casa tutto il jorno. Pirchì?».

Gli arrispunnero squasi in coro. Amedeo ascutò e cadì 'n terra, sbinuto.

Doppo 'na mezzorata, e doppo dù cognacchini, Amedeo niscì dal circolo.

All'amici aviva spiegato che il mancamento era dovuto al fatto che dalla sira avanti non mangiava per via di un fastiddio allo stommaco. Sinni annò a passiare al molo di livanti e l'aria fridda a picca a picca gli raprì la menti.

Ora sapiva quello che doviva fari. Tornò al circolo operaio e chiamò sparte al sò amico Manuele.

«Mi devi 'mpristari il sidecar. Domani a matino te lo riporto».

Prima di partirisinni, passò da casa.

«Mamà, non m'aspittari, torno nelle matinate. Vaio a Montaperto».

«E che ci vai a fari?».

«A pigliariti 'u rigalo di Natali».

Arrivò a Montaperto che erano le quattro passate del matino. Teresa aviva ditto che bitava in una casuzza di via Garibaldi. L'attrovò squasi subito, tutte le case di quella strata erano a dù piani, sulo una era 'na speci di dado a pianoterra. Tuppiò a longo, ma nisciuno arrispunnì. 'Nsistì, era sicuro che Teresa non era nella casa di Antonio Ferlito, pirchì per Ferlito ancora non era cosa di farisi vidiri nei paraggi. E gli pariva strammo che i tri sdilinquenti se l'erano portata appresso. E 'nfatti, quanno ci stava per perdiri le spranze, sintì la voci di Teresa:

«Cu è?».

«Io sugno, Amedeo».

Teresa raprì e s'attrovaro abbrazzati. Non ficiro manco a tempo a chiuiri la porta che si brancichiavano supra al letto. Doppo, Amedeo le disse:

«Vestiti, piglia la tò robba e veni con mia».

Lei non addimannò nisciuna spiegazioni. Possidiva un vistito, tri mutanne, dù reggipetti, tri para di quasette

83

e un cappotto. Quanno furono fora, Amedeo volli ammostrata la casa di Antonio Ferlito. Teresa gli 'ndicò quella allato alla sò.

«Ma non si chiama Ferlito».

«Ah, no?».

«No, si chiama Antonio Pullara».

Erano le otto del matino quanno tornò a la casa. Sò matre naturalmenti era viglianti e s'ammaravigliò videnno a Teresa.

«E cu è 'sta beddra picciotta?».

«Il rigalo di Natali, mamà. La mè zita».

Chiossà di sò matre, fu Teresa a strammare. S'assittò supra a 'na seggia e si misi a chiangiri 'n silenzio.

Alli novi del matino, Amedeo s'appresentò dai carrabbineri e addimannò di parlari col mariscillo Scurria. Il quali, naturalmenti, aviva saputo la facenna capitata al piano di supra, ma dato che non c'era stata nisciuna denunzia, non si potiva cataminare.

«Vegno a dirle nomi e 'ndirizzo di quello che ha sbaligiato il circolo».

«Il nomi lo saccio, Ferlito».

«Nonsi, il nomi vero è Pullara, Antonio Pullara».

Il mariscillo appizzò l'oricchi.

«E indove abiterebbe?».

«Abita a Montaperto, in via Garibaldi. La casa subito appresso a 'na casuzza a mano manca».

«E tu come hai fatto a saperlo?».

«Mariscià, la notti della vigilia tornavo dal circolo operaio quanno mi scappò un bisogno. Trasii dintra a un portone e vitti a Pullara con altri dù che niscivano di cursa dal circolo e sinni partivano con una Rollisiroici».

«Pirchì accanoscevi a Pullara?».

«Pirchì fui io ad aggiustari l'impianto lettrico di via Garibaldi a Montaperto».

Era 'na farfantaria. Ma figurati se il mariciallo annava a controllari.

Amedeo si pigliò il ringrazio di Scurria e sinni niscì.

Arrivò doppo un quarto d'ura, col sciato grosso, nella bitazioni di 'u zù Ninì. Il quali stava riunito con Totò 'u sdintato e Mimì Lanzafame. Nisciuno dei dù aviva portato notizie bone, Totò non era arrinisciuto a sapiri da indove era nisciuta fora la Rollisiroici e Mimì aviva avuto descritti da Ciccino i dù guardaspalli, ma oltre non era potuto annare.

A 'u zù Ninì, per la raggia, nisciva fumo dalle nasche, come fanno i tori 'nfuriati.

Fu in quel momento che Agatino, cammareri tuttofari, gli annunziò la visita di un picciotto che si chiamava Amedeo.

«Digli di non scassarimi i cabasisi».

«Dice che può essiri utili per la facenna del circolo».

'U zù Ninì satò supra alla pultruna.

«Fallo trasire».

Amedeo aviva il cori che gli battiva a milli. Il joco con 'u zù Ninì potiva essiri periglioso assà e non doviva permittirisi di sgarrare.

«Baciamolemano, zù Ninì. E bongiorno a tutti».

Nisciuno s'addignò d'arrispunniri.

«Dimmi quello che devi dirimi».

«Se io ci dico a vossia come si chiama veramenti Ferlito e unni abita, posso spirari che minni veni qualichi cosa 'n sacchetta?».

'U zù Ninì lo taliò con l'occhi a fissura, 'n silenzio. Po' spiò:

«Chi lo sapi che sei vinuto ccà?».

Amedeo s'aspittava la dimanna e si era priparato. Vitti, con la cuda dell'occhio, che i dù òmini ch'erano con 'u zù Ninì si erano susuti a mezzo pronti ad affirrarlo e a farlo parlari a forza di straminii, sparagnanno accussì la ricompensa.

«Lo sanno mè matre, 'a mè zita, il mè amico Filiberto, mè zio Luigi...».

«Picciotti, boni!» ordinò 'u zù Ninì.

Amedeo spirò che il sudori che gli stava assammaranno cammisa e mutanne non si vidissi di fora.

«Abbastano vintimila?» spiò 'u zù Ninì.

Dato che era trasuto nel ballo, tanto valiva abballari, pinsò Amedeo.

«Facemo trenta? Dicino che Ferlito si è portato via, tra contanti e ralogi, chiossà di cincocentomila liri».

'U zù Ninì raprì il cascione della scrivania, pigliò tri mazzette da decimila ancora con la fascetta della banca e le pruì ad Amedeo.

«Ora parla».

Amedeo gli contò la stissa cosa che aviva contato al marisciallo. Alla fini, 'u zù Ninì gli disse:

«La tò vinuta ccà non la devi sapiri nisciuno».

Amedeo doviva tiniri il punto, epperciò replicò:

«Ma io già lo dissi a...».

«Tu, che vinivi 'nni mia, non l'hai ditto né a tò matre, né al tò amico, né a tò zio... Io l'intendo a volo quanno uno mi dici 'na farfantaria. Fici finta di cridiriti pirchì sei un picciotto sperto, e a mia mi piacino le pirsone sperte. Perciò avrai già accapito che se conti d'essiri vinuto nella mè casa, ti puoi considerari morto».

«Baciolemano» fici Amedeo niscennosinni di cursa.

Era chiaro che 'u zù Ninì, facenno pariri d'aviri arrisolvuta da sulo la facenna, si riguadagnava il pristigio perso. E con trentamila liri l'aviva pagato picca.

Antonio Pullara fici l'errori di tornari nella sò casa di Montaperto la notti appresso, 'nzemmula a Melino e a Salvino. Non seppiro, quanno i carrabbineri sfonnarono la porta e l'arristaro, quanto erano stati fortunati. Totò 'u sdintato e Mimì Lanzafame arrivaro 'nfatti cinco minuti doppo i carrabbineri. Loro non avrebbiro certo mittuto le manette ai tri, ma come minimo 'na corda al collo. La refurtiva vinni ricuperata che ancora stava dintra alle dù trusce. E accussì il maresciallo Scurria potì addenunziari i soci del circolo per joco d'azzardo.

Amedeo e Teresa si maritaro il dù d'aprili. Il primo figlio mascolo gli nascì il 25 dicembriro 1944. Lo chiamaro Natalino.

Il merlo parlante

Uno

Il jorno stisso che Ninuzzo Laganà fici vintott'anni, sò patre Nunziato morse cadenno da un'impalcatura del palazzo di otto piani che la sò ditta stava flabbicanno.

Nunziato aviva accomenzato a guadagnarisi il pani a sidici anni come apprendista muratori, trent'anni appresso era addivintato il cchiù ricco e 'mportanti costruttori di Vigàta. Le malelingue dicivano che Nunziato era bravo nel misteri sò, ma che non avrebbi mai potuto fari la fortuna che aviva fatto senza l'appoggio di don Balduccio Sinagra, capo di una delle dù famiglie mafiose del paìsi. Don Balduccio l'aviva pigliato a cori pirchì Nunziato si era maritato con Sariddra Gangitano, che era la sò nipoteddra prifirita. Dal matrimonio era vinuto fora un figlio unico, Ninuzzo, che Nunziato aviva fatto studiari fino a farlo addivintari 'ngigneri.

Tempo quattro anni dalla morti del patre, Ninuzzo, beddro picciotto che pariva 'n atleta, aducato, aliganti, ed aliganti macari nel parlari, raddoppiò l'affari e si vinni ad attrovari a capo di tri o quattro ditte che pigliavano appalti non sulo nell'isola, ma macari 'n continenti e all'estiro.

Ristata vidova, Sariddra Gangitano cadì malata di 'na malatia che nisciun medico arrinisciva a capiri, il pititto le era passato di colpo, mangiava picca e nenti, 'nsicchiva a vista d'occhio, parlava, quanno parlava, cchiù a gesti che a paroli, sinni ristava corcata a longo e allo scuro.

Un jorno chiamò a Ninuzzo.

«Ti devi maritari subito».

«E pirchì?».

«Pirchì voglio aviri un nipoti prima di moriri».

Ninuzzo, già dai tempi del liceo, non arrinisciva ad accapire tutta la smania dei sò compagni per le fimmine. E macari all'università, doppo che fici l'amuri per la prima volta con una picciotta, e fu tutto merito di lei, non è che provò tutta 'sta gran miraviglia che l'altri contavano. La cosa non gli fici né càvudo né friddo. La secunna volta la facenna gli piacì, questo sì, ma come può fari piaciri mangiarisi un cannolo di tanto in tanto.

'Nzumma, fino a trentadù anni non fu lui che annò a caccia di fìmmine, erano le fìmmine che annavano a caccia di lui. E lui si faciva pigliare dalle cacciatrici sì e no 'na vota al misi e in certe occasioni s'addimostrava accussì svogliato, accussì assenti che la cacciatrice alla fini si spiava se non sarebbi stato meglio sparagnare le cartucce sparate.

Certo, beddro e ricco com'era, proposte di matrimonio ne aviva arricivute tante. Dato che continuava ad abitari con sò matre, le proposte, subito appresso la laurea, gli avivano accomenzato ad arrivari per mezzo della vecchia cammarera di casa, Rosalia, che l'aviva visto nasciri e crisciri, ma da un'oricchia gli trasivano e dall'altra gli niscivano. E a un certo punto la cammarera si era arrinnuta.

Ora però la situazioni era cangiata, se sò matre voliva un nipoteddro, lui 'sta soddisfazioni avrebbi dovuto dargliela.

Perciò un jorno, mentri la cammarera lo stava sirvenno a tavola, le disse:

«Rosalì, 'a mamà voli che mi marito. Cercami 'na mogliere».

Per la filicità, a Rosalia gli cadì di mano il piatto.

Nel 1960 i tempi erano rapidamente cangiati e le picciotte che dovivano servirisi di 'na sinsali di matrimonio per circari marito si erano fatte rare. Le fìmmine il loro mascolo ora se lo sciglivano 'ncontrannolo ai bagni di mari, alle feste, ai cafè, al cinema, al tiatro, tutti posti che Ninuzzo non frequentava.

E siccome che non aviva manco amici, non partecipava a quelle riunioni indove è facili accanosciri qualichi picciotta. Perciò detti l'ordini a Rosalia che ogni proposta che gli avrebbi fatta doviva essiri accompagnata da 'na fotografia che delle picciotte ammostrava non sulo la facci, ma il corpo 'ntero. Tempo un misi, Rosalia gli sottopose tri proposte e Ninuzzo ne scartò subito dù.

La terza gli suscitò un certo 'ntiresse.

Si chiamava Daniela Protonicola, aviva vinticinco anni, si era laureata in liggi ma non esercitava, non era fornita di 'na gran doti, ma aviva 'n compenso 'na rassicurante facci di mogliere.

Facci di mogliere, per Ninuzzo, stava a significari che la picciotta non era né beddra né laida e che aviva un corpo graziuso ma non tali da fare voltari i mascoli. 'Nzumma, una che sarebbi stata capace d'abbadari matina e sira alla casa e ai figli senza aviri mali pinseri verso qualichi altro omo.

«Come mai ancora non si è maritata?» spiò a Rosalia.

«Questo non ce lo saccio diri».

«'Nformati».

Era 'mportanti accanoscirne la scascione. Pirchì 'na laureata graziusa e brava picciotta a vinticinco anni non ha ancora attrovato un marito? 'N casi simili, la raggiuni è sempre da circarisi in qualichi difetto di carattiri che veni tinuto accuratamenti ammucciato. E prima di fari qualisisiasi passo avanti, era beni sapiri come stavano le cose.

La risposta l'ebbi il jorno appresso.

«La signurina si fici zita a vint'anni, quanno studiava all'università. Ma doppo dù anni...».

«Aspetta. Unni studiava?».

«A Palermu».

«E indove abitava?».

«Si era affittata un appartamento nicareddro».

«E ci stava sula?».

«Sissi».

Questo viniva a significari che il sò zito potiva annarla a trovari quanno gli piaciva e macari passava la nottata corcato con lei. Signò nella sò testa un punto a sfavori della picciotta.

«Vai avanti».

«Doppo dù anni si spartì e da allura non volli cchiù sintiri parlari di matrimonio».

«Tu lo sai pirchì si spartì?».

«Nonsi».

«'Nformati».

La risposta l'ebbi il jorno appresso.

«Pari che lui voliva un assaggio».

«Non ho capito».

«Voliva provarla».

Che significava?

«Non ti puoi spiegari meglio?».

«Vossia, se si va ad accattare un milone d'acqua che addimanna a quello che lo vinni?».

«Gli addimanno di farici una caseddra per vidiri se dintra è bono o no».

«Ed era priciso 'ntifico a quello che lo zito addimannava a lei. Mi spiegai?».

Finalmenti Ninuzzo accapì.

«E lei non volle farisi fari la caseddra?».

«Non ci fu verso. Disse che il sò zito doppo il matrimonio potiva fari quello che voliva, ma prima non era cosa. E quello alla fini si stuffò e la lassò perdiri».

Scancillò il punto a sfavori e ne signò uno grosso a favori. Le cose non erano annate come si era immaginato.

«C'è modo di vidirla di prisenza?».

«Come la voli vidiri?».

«Rosalì, la voglio vidiri mentri camina, mentri parla...».

«Dumani ce lo dico».

Il jorno appresso, che era un sabato, Rosalia gli disse:

«Dumani a matino, a mezzojorno e mezza, vossia si va ad assittare al cafè Castiglione. Alla nisciuta della missa, la picciotta, con sò patre e sò matre, trasirà nel cafè per accattare 'na cassata. Accussì vossia la potrà vidiri di pirsona».

«Che disidira?» gli spiò il cammareri.

Ninuzzo non era bituato ad annare nei cafè. Era stemio e i cosi duci non gli piacivano. Dato che s'attrovava dintra a un cafè, ordinò un cafè.

Aviva avuto la fortuna d'attrovari un tavolino dal quali, oltre la vitrata, si potiva vidiri la facciata della chiesa. Tra le prime a nesciri alla fini della missa fu la famiglia Protonicola.

Daniela era meglio che 'n fotografia, aviva 'na certa naturali eleganza e 'na spigliatizza di movimenti che l'immagini fissa non dava a immaginari.

A mità della scalinata si misi a ridiri per qualichi cosa che le disse sò patre e quella risata fu come un proiettore che tutto 'nzemmula si fossi addrumato illuminannola.

Continuò a ridiri fino alla porta del cafè, ma quanno trasì dintra la sò facci addivintò seria, compunta. Ristò ferma all'ingresso, l'occhi vasci, aspittanno che la matre sciglisse la cassata e il patre annasse a pagarla alla cassa.

Po', un minuto prima che i sò la raggiungessero, isò

l'occhi, taliò torno torno, e 'nfini il sò sguardo si posò supra a Ninuzzo.

Ancora una volta la fotografia s'ammostrò 'ngannevoli.

Daniela aviva granni occhi virdi, come 'na speci di laco capace di fari annigari.

E il mezzo sorriso che 'ncrespò le sò belle labbra c'era per davero o si trattò di un'illusioni di Ninuzzo?

Quanno tornò a la casa, trovò la tavola conzata.
«Pronto è» gli fici Rosalia.
«Vaio prima a salutari 'a mamà».
«Nonsi, sta dormenno. Stanotti passò 'na mala nottata, non chiuì occhio. Mangiasse».

Gli sirvì la pasta 'ncasciata senza addimannari come gli era parsa la picciotta.

Sulo alla fini, Ninuzzo le disse:
«Come posso fari per parlari con Daniela?».
«A sula?».
«A sula».
«M'informo».

La risposta l'ebbi il jorno appresso.
«La signurina dice accussì che da sulo a sula con vossia non ci voli parlari».

Manco parlari si potiva con lei? E che era, la regina Taitù? La vergini 'mmacolata? Il sò respiro la potiva 'nfittari? Vabbeni il pudori, la decenza, ma a tutto c'è un limiti! Ninuzzo accomenzò a compatiri l'ex zito di Daniela. Ma comunque dovitti signari un secunno punto a favori della picciotta.

«Ti puoi fari fari 'na proposta da lei?».
«Ce lo spio».
La proposta l'arricivì il jorno appresso.
«La signurina dice accussì che se vossia le voli parlari lo pò fari in prisenza di sò cuscina Lidia».
Meno mali che non aviva preteso la prisenza del patre o della matre.
«E indove ci possiamo 'ncontrare?».
«Al cafè, come l'altra volta. Vossia s'assetta, po' arrivano la signurina e sò cuscina e s'assettano con vossia».
«Tu l'accanosci a questa cugina?».
«Nonsi».
«E vabbeni. D'accordo».

La duminica che vinni s'assittò al solito tavolino.
Era tanticchia nirbùso, macari pirchì si era pintuto d'aviri addimannato quell'incontro. Di che avrebbiro potuto parlari dù pirsone che non si erano mai vidute prima? Del tempo? Della televisioni?
L'aviva però dovuto fari per una raggiuni assolutamenti personali, 'na speci di sigreto che non aviva mai confidato a nisciuno.
Era cchiù che sensibili alle voci delle pirsone.
C'erano voci che non arrinisciva a reggiri, di mascolo o di fìmmina non faciva differenzia, per lui erano come la rumorata raschianti di un'unghia supra al vitro, ne soffriva fisicamente.
Perciò aviva la nicissità assoluta, prima di decidiri ogni cosa, di sintiri com'era la voci di Daniela.

Po' accomenzò a vidiri la genti che nisciva dalla chiesa e doppo 'na decina di minuti non ci fu cchiù nisciuno davanti alle scali. Allura Daniela non era annata alla missa?

E pirchì tardava?

Questo era un punto a sfavori della picciotta, pirchì lui era di 'na puntualità che faciva spavento.

Passaro ancora altri cinque minuti e Ninuzzo principiò ad addivintari cchiù nirbùso di quanno era arrivato.

Gli pariva che tutti quelli che trasivano e niscivano dal cafè taliavano a lui, sulo, con una tazza di cafè vacante davanti.

«Ci scusiamo per il ritardo» fici 'na voci fimminina alle sò spalli.

Due

Si voltò di scatto, si susì. La voci gli aviva fatto viniri subito la pelli d'oca, era 'nsupportabili.

Daniela e sò cuscina dovivano essiri trasute dalla porta laterali e lui non si era addunato del loro arrivo. Lo taliavano tutte e dù con un mezzo sorriso. Ma quali delle dù aviva parlato? Pruì la mano per prima a Daniela.

«Antonio Laganà. Piacere di conoscerla».

«Daniela Protonicola. Piacere mio».

Tirò un sospiro di sollievo. Non era stata lei a parlari. Pruì la mano alla cuscina.

«Antonio Laganà. Piacere».

«Lidia Persico».

E meno mali che non aggiungì altro.

«Si vogliono accomodare?».

«Grazie» fici Daniela.

S'assittaro. Ci fu un momento nel quali nisciuno parlò. Per fortuna arrivò il cammareri.

«Pigliano qualichi cosa?».

«Niente, grazie, andiamo via subito» arrispunnì Daniela.

E immediatamenti appresso accomenzò a parlari.

«Come salute, non mi posso lamentare. Fino ad oggi, non ho avuto malattie serie».

Ninuzzo ristò 'ntronato a taliarla. La vucca di lei si spalancò ammostranno i denti. Ma non stava arridenno.

«Ho una dentatura perfetta».

Chiuì la vucca.

«Credo di essere in grado di figliare senza problemi. So cucinare benino. Sono dotata di un alto grado di pazienza e di sopportazione. Non fumo, non bevo, non mi piacciono i giochi di carte. Ho la patente, uso spesso la macchina di papà. Mi piace leggere. Romanzi d'amore. Vado a dormire quasi sempre a mezzanotte, raro che mi svegli nel corso della notte, la mattina alle otto mi alzo. Un'ultima cosa: mi sposo perché i miei genitori lo desiderano. Stesse in me...».

Lassò a mezzo la frasi. Aviva parlato sempri talianno il tavolino. Ora isò l'occhi e li fissò in quelli di Ninuzzo.

La facci della picciotta era seria, ma Ninuzzo vitti 'n funno alle sò pupille uno sbrilluccichio d'addivertimento.

«Credo che possa bastare» disse Daniela susennosi.

Lo stisso fici la cuscina che non aviva cchiù raputo vucca. Ninuzzo si misi addritta con una certa fatica. Daniela gli pruì la mano e lui la stringì. L'istisso fici Lidia.

Ristò addritta fino a quanno le dù picciotte niscero dal cafè, po' crollò supra alla seggia.

'Mparpagliato, strammato, ma soprattutto affatato dalla voci di Daniela.

Appena tornato a la casa spiò a Rosalia se sò matre era vigliante.
«Sissi».
Trasì nella càmmara di letto completamenti allo scuro.
«Mamà?».
«Sì, Ninù?».
«Mamà, attrovavo 'na bona picciotta».
«Filici mi stai facenno, Ninù».
«Voi vidirla 'n fotografia?».
«No. Come si chiama?».
«Daniela».
«Fatti zito presto».
«Duminica che veni vaio a prisintarimi alla sò famiglia».
«Tutto bono e biniditto, figlio mè».
Vasò la fronti della matre, annò nella càmmara di mangiare.
«Rosalì, oggi stisso spia ai signori Protonicola se duminicadia, verso le cinque di doppopranzo, ponno arricivirmi».
«Zito si fa?».
«Sì».
«Maria che bello!».

Per tutto il tempo dello zitaggio, che durò quattro misi, Ninuzzo annò a trovari a Daniela ogni duminica doppopranzo dalle cinque alle otto.

'Na sula vota niscero per farisi 'na passiata, ma Daniela 'nsistì e ottenni che sò patre e sò matre l'accompagnassiro, mantinennosi narrè a un passo di distanzia. La cosa a Ninuzzo parse accussì riddicola che fici in modo di non nesciri cchiù. Sorvigliata voliva essiri Daniela, come se lui era un picciotteddro sbintato che con una scusa qualisisiasi se la portava in un loco solitario e sinni approfittava!

Niscero, per doviri, sulo un'altra volta, ma quella volta Ninuzzo si carricò a tutti nella sò machina, che era grossa. Fu quanno portò a Daniela da sò matre per fargliela accanosciri.

Per l'occasione sò matre si fici attrovari assittata supra a 'na pultruna e spiccicò qualichi parola di cortesia.

Ma Ninuzzo accapì che era ristata contenta.

In quelle tri ore che passava 'n casa della zita, la difficortà maggiori per Ninuzzo era attrovari argomenti di conversazioni.

La matre di Daniela, la signura Ernestina, era mutanghera e stava sempri a travagliari all'uncinetto.

Il patre, Agostino, era stato 'mpiegato al Comune, po' aviva ereditato tanticchia di terra e parlava sulo di frumento e di fave.

Naturalmenti, nei rari momenti che ristavano suli, tra loro dù non capitava nenti, 'na vasata, 'na tuccata, nenti di nenti.

Ninuzzo, a parti la sò natura 'ndiffirenti verso le fìmmine, aviva prisenti il fatto che l'ex zito di Daniela l'aviva lassata pirchì la picciotta non aggradiva di fari cose fora dal matrimonio. Eppercio non si cataminava, non s'azzardava a farle manco 'na carizza supra alla mano.

Sulo al momento che lui nisciva dall'appartamento, propio davanti alla porta, Daniela gli porgiva 'na guancia e lui ci posava supra le labbra sdilicatamenti. Come a 'na soro.

Per forza di cosi al matrimonio arrivaro un cintinaro d'invitati. C'erano parenti di tutti e dù le parti e amiche di Daniela, ma il grosso era rapprisintato dall'impiegati delle società di Ninuzzo e da pirsone con le quali era in rapporti d'affari. Arricivero belli rigali. La mangiata durò fino alle cinco di doppopranzo, alle cinco e mezza gli sposi sinni partero per l'aeroporto di Palermo.

Il viaggio di nozzi consistiva in una simana da passari a Barcellona, indove Ninuzzo aviva un appalto 'mportanti. Di cchiù non si potiva fari, pirchì il travaglio lo costringiva a dovirisinni partiri praticamenti tri o quattro volte al misi per una delle città indove c'era un sò cantiere.

Arrivaro a Barcellona che era sira tardo.

L'albergo era di gran lusso, annarono in càmmara, si cangiaro, scinnero al ristoranti, mangiaro senza parlari.

Ogni tanto si taliavano e si sorridivano.

«Vuoi che ti faccia fare un giro in città?».

Lei stetti un attimo a pinsarici, po' s'addecise.

«Mi sento un pochino stanca».

Tornaro nella loro càmmara.

«Vado in bagno prima io?» spiò Daniela.

«Va bene».

Sò mogliere cavò fora dalla baligia 'na speci di sacco, trasì 'n bagno.

Ninuzzo sinni stette tanticchia assittato supra a 'na pultruna, si sintiva frastornato, non per la faticata della jornata, ma pirchì era la prima volta che avrebbi passato 'na nottata 'ntera con una fìmmina allato. 'N pricidenza, era ristato corcato appena il tempo che gli abbastava, massimo massimo un'orata.

Po' si susì, si livò la cravatta, la giacchetta, ristò in maniche di cammisa. Appresso raprì la baligia, pigliò il pigiama e lo misi supra al letto, po' le pantofole che si portava sempri appresso e che posò 'n terra, 'nfini tirò fora il nicesser per la varba. Tornò ad assittarisi, si livò le scarpi e le quasette e si 'nfilò le pantofole.

In quel momento la porta del bagno si raprì e Daniela vinni fora, completamenti nuda. Non era 'mpacciata per nenti.

Ninuzzo 'ntanto era ristato paralizzato a taliarla.

Non c'era che diri, era veramenti 'na beddra fìmmina.

Un pinsero gli passò per la testa come un fulmine: ma se Daniela era la prima volta che si faciva vidiri nuda da un omo, come mai non ammostrava la minima vrigogna?

«Scusami, ma non sono mai riuscita a dormire con qualcosa addosso. Non posseggo nemmeno una camicia da notte».

'Ndicò il letto.

105

«È questo il mio lato?».
«Sì» arriniscì a spiccicari Ninuzzo.
Lei sollivò la coperta e si 'nfilò sutta.
Ninuzzo trasì 'n bagno, si fici la varba, la doccia, si misi il pigiama. Ma ristò ancora dintra a tambasiare.
Era chiuttosto prioccupato pirchì non provava nisciun desiderio d'aviri tra le vrazza il corpo di Daniela. E come si spiegava 'sta facenna? Verso quella che ora era sò mogliere aviva sintuto un'attrazioni mai avuta prima. E allura com'è che il pinsero di lei che l'aspittava nuda nel letto non gli provocava nisciuna reazioni?
Po' dovitti nesciri.
Daniela dormiva della bella.
Ninuzzo sollivò la coperta adascio adascio per non arrisbigliarla, astutò la luci e doppo cinco minuti macari lui s'addrummiscì.

L'indomani a matino Ninuzzo s'arrisbigliò che erano le novi. Cosa 'nsolita, pirchì usava susirisi alle sei. Si voltò verso Daniela.
Sò mogliere era vigliante, lo taliava e gli sorridiva. Ninuzzo ricambiò il sorriso.
«Buongiorno» disse lei.
«Buongiorno» arrispunnì.
«Vado in bagno io?».
E che aviva, sulo 'sta prioccupazioni su chi doviva annare in bagno prima?
Però, che voci che aviva appena arrisbigliata! A Ninuzzo vinni d'abbrazzarla e arrispunnirle che 'n bagno ci sarebbi annata doppo. 'Nveci disse:

106

«Come vuoi».

Stavolta Daniela lassò la porta mezza aperta. Lui tornò ad appinnicarisi.

Po' vinni arrisbigliato dalla voci di lei che lo chiamava. Si susì, trasì nel bagno.

Daniela era dintra alla vasca, ma non si era 'nsaponata, l'acqua era limpita.

«Levati il pigiama che facciamo il bagno insieme».

Che era 'sta fantasia? Ma pinsò che era meglio acconsintiri. Si livò il pigiama, lei si fici di lato per lassargli spazio. Lui sollivò 'na gamma, la 'nfilò nella vasca e in quel momento il pedi gli sciddricò. Cadì supra di lei, mentri l'acqua schizzava fora da tutte le parti.

Si misiro a ridiri.

E fu arridenno che ficiro per la prima volta l'amuri.

Appresso, lui accennò a rivistirisi, ma Daniela gli disse di rimittirisi il pigiama. Lei 'ndossò la vistaglia.

«Ordina la colazione».

Appena che ebbiro finuto di mangiare, Daniela lo pigliò per una mano e se lo portò a letto.

Niscero, firriaro a pedi per Barcellona, tornaro per il pranzo e doppo Daniela spiò:

«Facciamo un riposino?».

Ma era chiaro che non aviva nisciuna 'ntinzioni d'arriposarisi.

«Va bene» fici Ninuzzo rassignato.

Alle cinque niscero novamenti, annaro a passiare supra le ramblas, visitaro la boqueria, tornaro tanticchia stanchi in albergo, acchianaro 'n càmmara per darisi 'na rilavata e mentri Ninuzzo stava calato supra al lavandino, Daniela gli si misi davanti nuda voltannogli le spalli.

Ninuzzo accapì quello che lei voliva e fici il doviri sò.

Tre

Per la cena, addecisero di annare in un altro ristoranti.

Daniela, che prima non le aviva mangiate mai, provò gusto alle ostriche e sinni abbuffò.

«Mangiane un po' anche tu. Dicono che sono afrodisiache».

A Ninuzzo però non piacivano. Tornaro in albergo, si annaro a corcare. Daniela lo tinni 'mpignato sino alle tri di notti.

Po', prima di nesciri dalle sò vrazza, murmuriò qualichi cosa che lui non accapì.

«Che hai detto?».

«Ho detto che me lo sentivo».

«Che cosa?».

«Una cosa mia».

«Non me la puoi dire?».

«E va bene, te la dico. Me lo sentivo che mi sarebbe piaciuto così tanto stare con un uomo».

Daniela l'aviva lassato senza forze, non sarebbi stato capace di sollevari 'na seggia. Eppuro non arriniscì ad addrummiscirisi subito.

Dù dimanne l'assillavano, non gli davano paci.

La fami d'omo che sò mogliere aviva addimostrato, era cosa naturali per una sposina o no?

E lui sarebbi stato 'n condizioni di continuari a sfamarla?

Comunqui la facenna prisintava un lato positivo.

E cioè che, annanno avanti di questo passo, Daniela di sicuro sarebbi ristata presto 'ncinta e avrebbi di nicissità dovuto dari 'na calmata alla sò smania.

Ma l'indomani a matino, per il sì o per il no, tilefonò al capocanteri. E po' comunicò a Daniela che sarebbi dovuto ristari fora tutto il jorno. Si sarebbiro rividuti in albergo per l'ora di cena. Accussì arripigliava tanticchia di forze.

Quanno s'arricampò alle otto di sira in albergo, attrovò a Daniela in vistaglia.

«Sei andata a spasso?».

«Sì».

«Che hai visto?».

«Tutto Gaudì».

«Ti è piaciuto?».

«Così così».

«Hai appetito?».

«Abbastanza».

«Dai, vestiti che andiamo a cena».

«Ce la portano in camera».

«Perché?».

In quel momento tuppiaro alla porta e trasì il cammareri col carrello.

Alla finuta, Daniela disse:
«Mentre tu vai in bagno, io faccio portare via tutto».
«Non vuoi che andiamo a fare quattro passi?».
«No».
Quanno niscì, Daniela era stinnicchiata nuda supra al letto.
«Vieni, che mi voglio rifare del tempo perso».

La prima cosa che sò matre gli disse quanno che tornò dal viaggio di nozze, fu:
«T'attrovo sciupateddro».
Certo che era sciupato, con Daniela che non gli aviva dato requie!
«Mamà, lo strapazzo del viaggio fu».
Naturalmenti erano annati ad abitare nella casa di Ninuzzo il quali non aviva voluto lassari sula la matre. La casa che il patre si era flabbicata era enormi, tanto che Ninuzzo aviva potuto facilmenti spartirla a mità con ingressi diversi. Tra i dù appartamenti aviva fatto rapriri 'na porta di comunicazioni. Rosalia però da sula non ce l'avrebbi fatta cchiù a dari adenzia a tutta la casa eppercciò Daniela si fici viniri 'na cammarera picciotta e graziusa che s'acchiamava Anita.

Tornato a Vigàta, Ninuzzo ripigliò la vita che faciva prima. Nisciva alle otto del matino, s'arricampava all'una per mangiare, alle dù era novamenti fora, all'otto rincasava. Almeno 'na vota al misi sinni partiva e stava luntano 'na simanata.

111

Ma questo vinni a significari che Daniela, non potennosi cchiù sfogari lungo tutta la jornata, la sira, subito appresso che avivano finuto di cenari, se lo portava 'n càmmara di letto e ti saluto e sono. Verso le tri del matino s'addecidiva a lassari a Ninuzzo che ristava a longo a boccheggiare come un pisci fora dall'acqua.

Passati i primi dù misi di matrimonio, 'na sira, mentri stavano mangianno, al pinsero della mattanza che da lì a poco sarebbi accomenzata, Ninuzzo spiò ansioso:
«Ancora niente?».
«Niente che cosa, scusa?».
«Tutto normale?».
Daniela accapì.
«Ancora tutto normale».
Annò a dari la vasata di bonanotti a sò matre.
«Ninuzzo, nenti mi dici?».
«Ancora nenti, mamà».
«Ma com'è che addiventi sempri cchiù sicco ogni jorno che passa?».

Al terzo misi pigliò 'na decisioni, accussì non potiva annare avanti.
«Daniela, domani parto. Starò via un bel po', mi dispiace».
«Dove vai?».
«Guarda, è un giro lungo. Prima a Palermo, poi a Roma e dopo devo tornare a Barcellona».

Stetti fora vintitri jorni. Per rifarisi, Daniela prolungò le sedute notturne fino alle cinque del matino. Resistì 'na simana, po' le disse che doviva partire per Novajorca e ci sarebbi ristato 'na misata. 'Nveci ci ristò dù misi e mezzo fagliannogli il coraggio di farisi aggrampare da Daniela.

Quanno, il jorno stisso che tornò da Novajorca, ebbiro finuto di cenari, Daniela, 'nveci di portarisillo di cursa a letto, disse che voliva taliarisi un film 'n televisioni.

«Guardalo con me. È una bella storia d'amore».

Ninuzzo respirò sollivato.

E appena che si corcaro, Daniela certo che pretese il tributo, ma si accontintò di 'na sula passata. Come mai? Ebbe un sospetto.

«Ancora niente?».

«Mi dispiace, niente».

Ninuzzo accomenzò però lo stisso a travidiri uno spiraglio di quiete. Se sò mogliere si sarebbi d'ora in poi contintata di 'na limitata attività notturna, lui non sarebbi cchiù dovuto partiri per cità lontane indove passava la maggior parti del tempo a tambasiare dintra a 'na càmmara d'albergo.

Ninuzzo a Vigàta aviva un ufficio con deci 'mpiegati e la sò sigritaria pirsonali che di nomi faciva Lina. Dù jorna doppo che era tornato da Novajorca, trasenno in ufficio vitti che supra alla scrivania di Lina c'era 'na granni gaggia con dintra un aceddro grosso.

113

«Che è?».
«'Ngigneri, a me pare un merlo indiano, sa, di quelli che parlano...».
«Quanto l'hai pagato?».
«Ma 'ngigneri, è suo!».
«Mio?».
«Sì, è un regalo. L'ha portato un tale che poi ha detto che quello che glielo regalava le avrebbe telefonato».
«E l'ha fatto?».
«Ancora no».
«Quindi non sappiamo chi ce l'ha mandato?».
«No».
«Ha parlato?».
«Il merlo? Sì, dice qualcosa, ma non si capisce bene».

Addecise di portarisillo a casa, ma prima doviva avvirtiri a Daniela.

Lo fici quanno tornò a mangiare.

«Senti, mi hanno regalato un merlo, di quelli parlanti, stasera te lo porto».

Daniela reagì malamenti. Posò la forchetta e lo taliò 'nfuscata.

«Non lo voglio!».
«Perché?».
«Detesto gli animali».
«Ma dai! È così...».
«Guarda, ti parlo chiaro: o lui o io».

Ma potiva tiniri quella gran gaggia supra alla scrivania della sigritaria?

114

Perciò se la fici appenniri nella sò càmmara, vicino alla finestra. A puliziarla e ad accattare il mangime ci avrebbi pinsato Lina.

Doppo tri jorni, un doppopranzo che Ninuzzo sinni stava assittato alla scrivania a leggiri un contratto 'mportanti, 'na voci tutto 'nzemmula disse:
«L'onorevoli Sferlazza mangia a tinchitè».
Era stato il merlo a parlari. La frasi viniva a significari che l'onorevoli era ingordo di mazzette. E Ninuzzo s'arricordò che quelle paroli le aviva ditte nella stissa matinata l'avvocato Nicotra, sò rapprisintanti legali, che gli faciva da tramite per ottiniri certi appalti. Quell'aceddro dunqui pigliava come la menta, 'mparava 'mmidiato 'na frasi e l'arripitiva. Ma era un piricolo, non potiva ristare dintra al sò ufficio. Chiamò a Lina.
«Non te lo puoi portare a casa tua 'sto merlo?».
«Perché?».
E in quel priciso momento il merlo arripitì:
«L'onorevole Sferlazza mangia a tinchitè».
Lina allucchì.
«Ora lo capisci perché non può stare qua dentro?».
«'Ngigneri, a casa mia non posso, mia madre è allergica».
«Vedi se tra gli impiegati c'è qualcuno».
Lina tornò doppo deci minuti, sdisolata.
«Nessuno. Uno ha due gatti, un altro ha cinque canarini...».
«Dove lo possiamo mettere?».

«Forse nello stanzino dove teniamo l'archivio. C'è una finestrella».

Ninuzzo annò a fari un sopralloco. Certo, c'era meno luci e meno aria che nel sò ufficio, ma al merlo potiva abbastare.

Doppo il trasloco dell'aceddro, appena che arrivava in ufficio annava a rapriri la porta dello stanzino per dargli un saluto. 'Na matina il merlo, appena che lo vitti, disse:

«Ah... ah... Agatì... piglialo tutto, Agatì... ah... ah...».

Chiuì la porta, annò nella càmmara della sigritaria:

«Tra le nostre impiegate ce n'è una che si chiama Agata o Agatina?».

«Sì, 'ngigneri, Agatina Scuccimarra».

«Falla venire subito da me».

Era 'na beddra picciotta trentina.

«Lei è sposata?».

«Sì, 'ngigneri».

«Suo marito lavora da noi?».

«No, 'ngigneri».

«Quindi la persona con la quale si chiude nello stanzino per farci l'amore non è suo marito?».

Agatina aggiarniò.

«Io non...».

«Venga con me».

Appena che raprì la porta, il merlo ansimò:

«Ah... ah... Agatì... Piglialo tutto, Agatì... ah... ah...».

Agatina sbinni. E quanno rinvinni, fici il nomi del sò amanti, un altro 'mpiegato. Foro licinziati tutti e dù. Ma gli altri non seppero che la causa del licenziamento era stato il merlo parlanti.

'Ntanto il pititto di Daniela pariva calare di notti in notti. Certe volte, e sempri cchiù spisso, appena che si erano corcati, Daniela gli dava 'na vasata, gli augurava la bonanotti e s'addrummisciva. Rosalia gli contava che la signura aviva pigliato la bitudini di stari corcata fino a mezzojorno. Po' rapriva la porta di comunicazioni e annava a salutari la socira. Nel doppopranzo si chiuiva di novo nel sò appartamento e ricompariva verso le sei. L'unica sò compagnia era la cammarera Anita.

Una matina, come al solito, Ninuzzo raprì la porta dello stanzino.

E il merlo, squasi scandendo le sillabe, gli spiò:

«Lo sai che all'ingigneri sò mogliere gli mette le corna?».

Quattro

Ebbe 'na liggera virtigine. Chiuì la porta dello stanzino con la chiavi e se la misi 'n sacchetta.

Lina gli fici:

«'Ngigneri, tra un quarto d'ora dovrebbe venire...».

«Stamattina non voglio vedere nessuno. E non passarmi telefonate».

S'assittò alla scrivania, si pigliò la testa tra le mano.

Doppo 'na decina di minuti accapì che era novamenti in grado di raggiunari.

Non c'era dubbio che l'ingigneri del quali aviva parlato il merlo era lui pirchì in ufficio non c'erano altri 'ngigneri.

Ed era chiaro che il merlo arripitiva 'na frasi che aviva sintuta. Ma come e quanno?

E tutto 'nzemmula si detti la risposta: proprio allato allo stanzino aviva fatto mettiri, da un anno, 'na machina per il cafè in modo che l'impiegati non avivano bisogno di nesciri fora per annare al bar vicino.

Si vidi che qualichiduno aviva pronunziato quelle paroli mentri la porta dello stanzino era aperta e il merlo l'aviva pigliata a volo.

Su deci 'mpiegati, tri erano fìmmine, e cinco mascoli, dato che Agatina e il sò amanti non erano stati ancora rimpiazzati. Addecise d'accomenzare dai mascoli. Orazio Giarratana non pigliava mai cafè, il medico glielo aviva proibito. Ristavano Filippo Tornatore, Angelo Gaudioso, Marco Piscopo e Valerio Zito.

Ma come avrebbi potuto fari per sapiri chi era stato?

Un momento. Non potiva escludiri manco a Orazio Giarratana pirchì qualichi volta l'aviva viduto accompagnari un collega che annava a vivirisi un cafè. Raggiunamu ancora tanticchia, si disse.

Valerio Zito aviva cinco figli e 'na mogliere tirribbili. Quanno tornava a casa dopo il travaglio, non mittiva cchiù il naso fora. Marco Piscopo era un omo sgarbato e malatizzo che non dava confidenza a nisciuno. Orazio Giarratana era il cchiù anziano di tutti ed era sempri stata 'na pirsona seria.

Ristavano Filippo Tornatore e Angelo Gaudioso, tutti e dù giometri trentini, che lui sapiva picciotti di bella vita. Solamenti uno dei dù potiva aviri raccolto 'sta malignità.

Pirchì era certo che si trattava di 'na falsità. La vita che faciva Daniela, a quanto gli contava Rosalia, era cchiù simiglianti a quella di 'na monaca di clausura che di una mogliere. Ogni tanto arriciviva la visita di sò cuscina e di qualichi amica, nisciva sulo per annare a trovare a sò patre e a sò matre, po' tornava subito e si mittiva a taliare la televisioni. Questo Rosalia lo sapiva pirchì Daniela tiniva il volumi alto e si sintiva tutto attraverso la porta di comunicazioni, macari se era chiusa.

Perciò, se Daniela non nisciva quasi mai da casa, come faciva a mittirigli le corna?

Ma comunqui, e a maggior raggiuni, abbisognava scopriri chi aviva ditto quelle paroli 'nfami e fargliele rimangiari.

«Lina? Dì a Tornatore di venire da me».

Doppo un minuto sintì tuppiare con discrezioni.

«Avanti».

«Mi dica, 'ngigneri».

Capì 'mmediato che stava piglianno 'na strata sbagliata. Si sarebbi cummigliato di riddicolo. Quello avrebbe nigato, Gaudioso avrebbi fatto l'istisso e in brevi non sulo l'ufficio, ma tutto il paìsi sarebbi vinuto a canoscenza della facenna del merlo parlanti.

«Senta, del progetto della nuova scuola elementare di Fiacca se ne è occupato lei?».

«Che hai fatto stamattina?».

Daniela lo taliò 'mparpagliata.

«Che volevi che facessi? Quello che faccio sempre».

«Cioè?».

«Sto a poltrire a letto fino a mezzogiorno, poi mi alzo, vado a salutare tua madre e...».

«Non ti annoi?».

Lei sorridì. Nell'ultimi misi si era fatta addirittura beddra, la facci di mogliere le era scomparsa.

«No».

Quella sira stissa, quanno si annaro a corcari doppo che finero di cenari e di taliare la televisioni, Daniela lo vasò e gli voltò le spalli per addrummiscirisi.

Ma per la prima volta nella sò vita Ninuzzo ebbi gana di fìmmina e non di 'na fìmmina qualisisiasi, ma di sò mogliere. L'abbrazzò, 'mpiccicanno il sò corpo a quello di lei.

«Che ti piglia?» spiò Daniela.

Ma era gradevolmenti sorprisa.

All'indomani matino, la sigritaria gli parse tanticchia agitata.

«Che c'è?».

«'Ngigneri, non riesco ad aprire lo stanzino. Non trovo la chiave. Dovrei dar da mangiare al merlo e...».

«La chiave? Ah, ieri sera me la sono trovata in tasca. Eccola qua. Dai a me il mangime, ci penso io».

«Ma bisogna pulire la gabbia!».

«Ti ho detto che penso a tutto io».

Raprì la porta dello stanzino, se la chiuì alli spalli.

«Lo sai che all'ingigneri sò mogliere gli mette le corna?» gli spiò il merlo.

Puliziò la gabbietta, cangiò il mangime. Ma non potiva fari ogni matina accussì, abbisognava trovari un rimeddio. Si misi davanti al merlo e per deci minuti boni gli arripitì sempri la stissa frasi.

«Oggi è una bella giornata».

Po' niscì, chiuì la porta rimittennosi 'n sacchetta la chiavi.

Quanno vinni l'ura di annare a mangiare, tornò nello stanzino, raprì.

«Oggi è una bella giornata» disse il merlo.
Allura riconsegnò la chiavi a Lina.

Manco tri jorni appresso, era appena trasuto nella sò càmmara che s'appresentò la sigritaria. Aviva 'n'ariata 'mpacciata.
«'Ngigneri, io non so se...».
«Dimmi».
«Senta, potrebbe venire con me?».
La seguì. Lina raprì la porta dello stanzino. Ninuzzo trasì con lei. Lina chiuì la porta. E il merlo spiò:
«Lo sai che all'ingigneri sò mogliere gli mette le corna?».
Ninuzzo barcollò come sutta a 'na mazzata. Si dovitti appuiare al muro per non cadiri. Come funzionava quel merlo? Non avrebbi dovuto diri che era 'na bella jornata? E manco a farlo apposta l'aceddro continuò:
«Oggi è una bella giornata e l'onorevole Sferlazza mangia a tinchitè».
«Che facciamo?» spiò Lina angosciata.
«Guarda, nessuno deve più entrare qua dentro, al merlo da ora in poi baderò io. E se devo partire, ci penserai tu».
«E se qualcuno ha bisogno di una pratica?».
«Ti fai dire di cosa si tratta e gliela cerchi tu».
Mentri nisciva, il merlo accomenzò ad ansimari.
«Ah... ah... Agatì... Piglialo tutto, Agatì...».
Si stava ripassanno l'intero repertorio.

«Ancora nenti?» gli spiava sò matre un jorno sì e uno no.

«Nenti, mamà».

«Fate lesto, che io sto morenno».

Ma com'è che Daniela non ristava 'ncinta? 'Na sira gli capitò di vidiri 'n televisioni un film indovi un marito accusava la mogliere d'essiri sterili e po' si scopriva che lo sterili era lui. Quella notti non dormì, gli era vinuto un pinsero.

All'indomani telefonò a un dottori specialista che era stato sò compagno di scola fino al liceo e che si chiamava Filiberto Marcuzzo. Il dottori gli detti un appuntamento per lo stisso doppopranzo. A tavola, non disse a Daniela che annava dal medico. Contò a Marcuzzo la storia dei sò rapporti matrimoniali e quello concludì che, dato che c'era, avrebbi accomenzato col visitari lui. Gli fici, come dire, un prelievo e gli disse di farisi vivo tra quattro jorni.

La sira avanti di tornari dal medico, Ninuzzo si era appena corcato che sò mogliere l'abbrazzò stritto stritto e gli annunziò:

«Sono incinta».

Ninuzzo si sintì allargari il cori.

«Davvero?».

«Certissimo. Sono andata dal ginecologo».

Satò fora dal letto, raprì la porta di comunicazioni, corrì nella càmmara di sò matre. Era convinto che dormiva, 'nveci sò matre era vigliante, Rosalia le stava facenno viviri qualichi cosa da 'na tazza fumanti.

«Che c'è, Ninù?».

«Daniela incinta è».

«Maria che bello! Maria che bello!» si misi a fari sò matre chiangenno.

«Maria che bello! Maria che bello!» le fici subito eco Rosalia chiangenno macari lei.

Per la contintizza, Ninuzzo si scordò che doviva annari dal dottori Marcuzzo.

'Na matina di 'na decina di jorni appresso, verso le deci, arricivì in ufficio 'na tilefonata dispirata di Rosalia:

«Vinissi di cursa, la signura sta morenno!».

«Lo chiamasti al dottori?».

«Sissi».

S'apprecipitò. Trasì direttamenti dal portone dell'appartamento di sò matre, acchianò le scali e supra al pianerottolo attrovò a Rosalia che l'abbrazzò forti:

«Ora ora morse».

Sostinennosi a Rosalia, trasì nella càmmara di letto. Il dottori Jacolino stava scrivenno l'atto di morti. Lui si calò a vasari a sò matre, le carizzò la facci. Tra le lagrime, Rosalia sospirò:

«Mischina! Non fici a tempo a vidiri al sò nipoteddro!».

«Dov'è Daniela?».

«Ho tuppiato alla porta di comunicazioni» arrispunnì Rosalia, «ma non mi ha aperto nisciuno».

Allora ci annò lui a tuppiare. Non ottinni nisciuna risposta. Scinnì le scali, niscì in strata, girò l'angolo, s'addiriggì verso il portoni dell'appartamento sò e di Daniela. La parti di darrè della casa dava supra a un vicolo stritto, sempri solitario, pirchì 'na latata era costituita dalla loro casa con quell'unico portoni e la latata opposta era fatta dal muro posteriori di un granni magazzino di lignami. Pigliò la chiavi dalla sacchetta, trasì senza richiuiri, acchianò di cursa le scali, arrivò 'n càmmara di letto. Daniela dormiva. Ma quanto doviva essirisi agitata nel sonno! Il letto pariva un campo di battaglia.

Totò Columella, beddro picciotto trentino, da misi e misi amanti di Daniela, che annava ad attrovare dintra al sò letto tutte le matine, salvo le dominiche e le festi comannate, dalle novi alle unnici e mezza e sempri giovannosi della complicità della cammarera Anita, approfittò del portoni lassato aperto da Ninuzzo e niscì fora.

Va a sapiri che è capitato, si disse. Pirchì quella era la prima volta che il marito di Daniela tornava a la sò casa anticipato.

Il jorno appresso il funerali, tilefonò in ufficio il dottori Marcuzzo.

«Ninù, non sei più passato».

«Scusami, Filibè, ma tra la morte di mia madre e il fatto che mia moglie m'ha comunicato d'essere finalmente incinta...».

«Ah, è incinta?» fici Marcuzzo.

«Sì».

«Complimenti» disse Marcuzzo.

E riattaccò.

Po' pigliò il foglio nel quali arrisultava che Ninuzzo era completamenti 'ncapaci di fari figli, lo strazzò e lo ghittò nel cestino.

Quel jorno stisso Ninuzzo si fici dari la chiavi dalla sigritaria e annò a trovari al merlo parlanti.
«Lo sai che all'ingigneri...» attaccò l'aceddro.
«Stronzo!» sbottò Ninuzzo. «Tu non...».
«Stronzo tu» ribattì l'aceddro.
Ninuzzo arraggiò.
«Sarò uno stronzo, ma uno stronzo d'uomo. Mentre tu non sei manco un merlo, sei una sottospecie di pappagallo».
Il merlo, forsi offiso assà pirchì era stato paragonato a un volgari pappagaddro, protistò facenno 'na vociata acutissima, accussì forti da fari trimare il vitro della finestra.
E da quel momento, fino a quanno morse, sinni ristò muto, senza cchiù parlari.

Gran Circo Taddei

Uno

La matina del tri jugno del 1940 il Potestà di Vigàta, il camerata Ciccino Cannaruto, attrovò supra alla sò scrivania 'na littra con la quali il cavaleri Erlando Taddeis, propietario e direttori del gran circolo questri Taddeis, in quel momento attendato a Sicudiana, addimannava il primisso d'affissione di 'na decina di manifesti e la concessione temporanea, per la precisioni dal jorno setti al tridici dello stisso misi, della piazzetta Cavour particolarmenti adatta a ospitare il circolo questri in quanto che si trattava di uno spiazzo allato al porto che non aviva case torno torno.

«Per mia nenti 'n contrario» fici il sigritario comunali prontamenti convocato dal Potestà.

«Allora scrivetegli a Sicudiana. Che paghino solo la tassa d'affissione per i manifesti. La piazza gliela diamo a gratis».

Il sigritario lo taliò dubbitoso.

«Che c'è?».

«Il nomi».

«Che nome?».

«Il nome del circo. Taddeis».

«Embè?».
«Ma comu?! Se lo scordò che il Duce non voli che si usano nomi straneri? Che c'è la proibizioni assoluta?».
«Ma questo non mi pare un nome straniero».
«Non havi 'mportanzia. Finisce con la essi».
Il Potestà si detti 'na manata 'n fronti. Vero era! La ballarina Wanda Osiris era addivintata Osiri, il comico Rascel ora si chiamava Rascele...
«Fategli sapere che nei manifesti da attaccare qua il circo deve chiamarsi Taddei, altrimenti non li faccio venire a Vigàta».
Il sigritario stava per niscirisinni quanno il Potestà lo richiamò.
«Sentite, scrivete subito la lettera e fatela recapitare a mano da una guardia comunale. Che deve riferirmi se sui manifesti attaccati a Sicudiana il nome del circo è con la esse o senza».
La guardia tornò nel primo doppopranzo con la risposta. Il signor Taddeis non faciva probbremi a livari la essi. 'Nveci i manifesti di Sicudiana la essi ancora ce l'avivano.
«Lasciatemi solo» ordinò il Potestà.
E subito si misi a scriviri 'na littra al fidirali di Montelusa che principiava accussì:

Eccellenza!
Mi duole dovere richiamare la vostra attenzione sul lassismo di pura marca demoplutogiudaicomassonica del cosiddetto camerata Antonino Uccellotto, Podestà di Sicudiana, il quale, mentre l'Italia Fascista si appresta al ci-

mento supremo, ha permesso che nel suo paese venissero affissi manifesti...

La nimicizia tra Ciccino Cannaruto e Nino Uccellotto era cosa cognita. Quanno i dù erano vintini, che allura allura era finuta la granni guerra, si erano 'nnamorati della stissa picciotta, Agatina Bonsignore, e ognuno aviva fatto le umani e divine cose per addivintarne lo zito.

Se Ciccino le faciva fari sirenate notturne con tri sonatori, all'indomani notti i sonatori mannati da Nino erano minimo minimo sei. La facenna finì malamenti quanno il cavaleri Gnazio Sorrentino, che non arrinisciva cchiù a chiuiri occhio dato che la sò casa era allato a quella della picciotta, 'na bella notti pigliò il revorbaro, raprì la finestra e si misi a sparari all'urbigna.

'Na vota che Nino le mannò un gran mazzo di rose, il jorno appresso Ciccino gliene mannò un carretto 'ntero.

A farla brevi, Agatina, va a sapiri pirchì, scigli a Nino. E da allura Ciccino e Nino addivintaro nimici mortali.

Quanno i squatristi di Sicudiana, comannati da Uccellotto, affittaro un camio 18 BL per annare a fari la marcia su Roma, i squatristi vigàtisi, con in testa Cannaruto, la notti avanti la partenza gli arrubbaro il camio, ci acchianaro supra, e sinni partero a gran vilocità per Roma.

Quanno nel 1924 si seppi che Sò Cillenza Binito Mussolini, capo della Rivoluzione fascista e capo del governo, sarebbi passato per le strate di Vigàta provinenti da Catellonisetta, il Potestà Cannaruto fici mettiri archi di sciuri da un balconi all'altro, e ogni arco riggiva ora un fascio littorio ora un ritratto di Mussolini, ora un ritratto di Sò Maistà il Re. I munnizzari ebbiro l'ordini di puliziare le basole del corso tanto che ci si sarebbi potuto mangiari la pasta col suco.

Alle unnici di matina del jorno stabilito, con i bitanti di Vigàta allineati sull'attenti supra ai dù marciapedi, il Potestà Cannaruto si schierò, riggenno con la mano mancina il gagliardetto, 'n capo al corso, avenno appresso gli squatristi del paìsi tutti in divisa. Vicino c'era la banna municipali che, al signali del Potestà, doviva attaccari «Giovinezza, Giovinezza», seguita dall'Inno riali e dalla canzoni del Piave.

Il passaggio era previsto per l'unnici e vinti, massimo massimo l'unnici e mezza. Appena che la prima machina del corteo sarebbi stata avvistata, tutti i vigàtisi avrebbiro dovuto fari il saluto fascista e ristarisinni accussì fino a quanno l'urtima machina non fusse passata.

«Ritardo porta» fici a mezzojorno meno un quarto il capomanipolo Bonito.

«Ritardo porta» ripitì il capomanipolo Bonito quanno il ralogio del Municipio accomenzò a battiri i dodici colpi.

Sò Cillenza Binito Mussolini non passò mai da Vigàta. All'una meno un quarto, il Potestà Cannaruto ordinò lo sciroglietelefile e tutti sinni annaro di cursa alle case pirchì era l'ura di mangiare.

La spiegazioni del mancato passaggio la si ebbi il jorno appresso. La carovana di atomobili che viniva da Catellonisetta all'altizza del ponti Ipsas, a meno di un chilometro da Vigàta, si era firmata a scascione di tri cavalletti che sbarravano la strata e di un granni cartello che diciva: «Attenzione! Pericolo! Strada chiusa per frana».

Accussì la carovana aviva dovuto girari a mano manca e pigliare la strata per Montelusa satanno il previsto traversamento di Vigàta.

«Di sicuro fu quel grannissimo cornuto di Nino Uccellotto» aviva pinsato subito, e giustamenti, Cannaruto.

Ma non aviva potuto farici nenti, non aviva provi.

I manifesti che il sei matina i vigàtisi vittiro mura mura rapprisintavano 'na gran testa di lioni con la vucca aperta supra alla quali ci stava scritto «Gran Circo Equestre Taddei».

Al posto della essi finali ci era stato 'mpiccicato un pezzo di carta nìvura che però, essenno tanticchia cchiù granni del nicissario, cummigliava macari l'occhio mancino del lioni che accussì pariva guercio.

I manifesti dicivano macari che ci sarebbiro stati dù spittacoli al jorno, uno che principiava alle quattro di doppopranzo e l'altro alle otto di sira.

Il biglietto costava mezza lira, picciliddri e militari mità prezzo.

Po', la matina di jorno setti, i vigàtisi attrovaro nella piazzetta Cavour il tendoni del circo già montato.

133

Si vidi che avivano travagliato di notti. Darrè al tendoni, dalla parti opposta alla trasuta riserbata al pubblico, ci stavano tri carrozzoni di ligno, cinco cavaddri e un pianali con supra 'na gaggia che dintra aviva un lioni.

Nella tarda matinata il pianali con gaggia e lioni, tirato da dù cavaddri, accomenzò a firriare paìsi paìsi. Dintra alla gaggia, vistuta macari con li stivali ma che però pariva nuda, ci stava 'na beddra picciotta con una frusta 'n mano che ogni tanto faciva la mossa. Sempri supra al pianali, ma fora della gaggia, ci stava 'na signura cinquantina vistuta a longo e 'n testa un cappeddro di birsaglieri la quali tiniva 'na trumma 'n mano e ogni cinco minuti attaccava il principio della marcia appunto dei birsaglieri.

L'omo che guidava i cavaddri spisso si portava 'na speci d'imbuto alla vucca e gridava:

«Corrreete tutti al grandioso, insuperabile, mai visto spettacolo del Gran Circo Taddeis! Pochi posti ancora disponibili! Non perdetevelo! È uno spettacolo per tutti, uomini, donne, vecchi e bambini! Venite al Gran Circo Taddeis! Se ci venite, ci tornerete! Ricordate: Gran Circo Taddeis!».

«Ma comu si chiama 'sto circolo questri? Taddei o Taddeis?» spiò Melino Pullarà all'amico Pippo Incardona.

Erano tutti e dù assittati al cafè Empedocle che già dal primo di majo aviva mittuto i tavolini fora.

«Eh?» fici Pippo che continuava a taliare il pianali appena passato.

«Ti stavo spianno comu...».
Ma Pippo non gli arrispunnì. Si susì e, come affatato, si misi a caminare appresso al pianali col lioni, la birsagliera e la beddra picciotta che ogni tanto faciva la mossa. Accanoscenno quanto all'amico piacivano le fìmmine, Melino Pullarà non s'ammaravigliò. Di certo Pippo, entro il tempo che il circolo questri sinni ristava a Vigàta, avrebbi concluduto con la picciotta. Come quanno era vinuta la compagnia d'opirette, che si era passato tutte e sei le ballarine, o come quanno era arrivato il pristigiatori Mago Merlinus con dù assistenti fìmmine, una meglio dell'autra, e Pippo se l'era portate a tutte e dù 'nzemmula all'albergo Gallia di Montelusa...
Ma Melino si stava sbaglianno di grosso.
Pippo non era 'ntirissato alla picciotta, ma al lioni.

Pippo Incardona all'ebica era vicino a diventari trentino. Era ristato orfano che manco aviva cinco anni e se l'era pigliato 'n casa la soro cchiù granni di sò matre, la zà Michela, ristata vidova. Era 'na fìmmina tutta casa e chiesa, sicca come un manico di scupa, laida da fari spavento e surda come 'na campana. E puro era successo che trent'anni avanti, Stefano Ricotta, tornato a Vigàta ricchissimo doppo vint'anni passati nella Merica, appena aviva viduto la cchiù che quarantina Michela Scrofani nesciri dalla chiesa, sinni era 'nnamurato come un pazzo.
Novi misi appresso si erano maritati.
Date le ricchizze del marito, il matrimonio era stato 'na cosa granniusa, l'invitati avivano mangiato e vi-

vuto a tinchitè e si erano susuti dalla tavola che erano squasi le sei del doppopranzo.

Era stabilito che la coppia avrebbi passato la prima notti all'Hotel des Temples di Montelusa. La matina appresso, con commodo, sarebbiro partuti per Palermo.

Ma non partero mai, in quanto che alle otto del matino del jorno doppo Stefano Ricotta, mentre che 'n bagno si stava facenno la varba, cadì morto 'n terra furminato da un colpo poplettico. La scoperta del catafero del marito provocò un gravi scompenso cardiaco alla sposina. S'ammalò di cori, i medici dicivano che alla povira Michela sarebbi abbastato un nenti ad ammazzarla. Un nenti? Ma se il tirribbili alluvioni del 1930 non ce l'aviva fatta! E se non ce l'aviva fatta manco il tirrimoto di quattro anni appresso! Il cori di Michela Scrofani, sempri cchiù malatizzo, pariva resistiri alla qualunque.

E la cosa faciva nesciri pazzo a Pippo. A lui piacivano tutte le cose che costavano care, le belle fimmine, i vistiti aliganti, il bono mangiare, l'alberghi di lusso e la zà Michela 'nveci gli passava lo stritto nicissario per non fari malafiura e pretenniva che Pippo la notti dormisse nella càmmara allato alla sò.

«Accussì, Pippuzzu mè, se 'na notti haio di bisogno chiamo a tia».

La morti della zà Michela gli avrebbi fatto ereditari le ricchizze che Stefano Ricotta le aviva lassato. E gli avrebbi consintuto di fari la bella vita che voliva.

Allo spittacolo delle quattro ci annò picca genti, ma

per quello delle otto scasò mezzo paìsi. Il direttori del circolo questri, il cavaleri Erlando Taddeis, faciva macari il domatori dell'unico lioni, sò mogliere Alinda faciva la presentatrici e sonava la trumma; la figlia maggiori, la trentina Jana, faciva la cavallarizza oltre a sonari il violino ed era quella che stava dintra alla gaggia del lioni quanno viniva portato a spasso supra al pianali; la figlia mediana, la vintottina Juna, era la trapezista e maniggiava il flauto; la figlia cchiù nica, la vinticinchina Jona, faciva la contorsionista e sonava il tammuro. Po' c'erano il clown Beniamino e un assistenti, di nomi Oresti, che era quello che guidava il pianali. Quanno uno era 'mpignato nell'esercizio, l'altri sonavano li strumenti. Le tri sorelle non sulo erano brave, ma erano tri picciotte che ci volivano occhi per taliarle.

Pippo Incardona per tutta la sirata puntò a Jana come un cani di caccia punta a 'na lepri. Gli parse che macari lei spisso lo taliò ricambianno il sorriso.

Sciaverio Cottone ogni volta che Juna con la punta della lingua liccava l'ancia del flauto e po' ci chiuiva supra le labbra russe come foco, si sintiva assammarare tutto di sudori.

Melino Pullarà, mentri che Jona si 'nturciuniava ora con la testa 'n mezzo alle gammi ora raprenno in aria le gammi a compasso mentri si tiniva appuiata supra alle minne, sintiva squasi scoppiargli il cori al pinsero di quello che si sarebbi potuto fari con una capace d'arravugliarisi accussì.

E intanto il clown cantava:

I giovanotti di Vigàta
son tanti damerini,
ma se li guardi in tasca
non hanno mai quattrini...

Nell'intirvallo, Pippo, Sciaverio e Melino si parlaro. Stabilero che avrebbiro tintato di firmare le picciotte mentri che, finuto lo spittacolo, annavano nel carrozzone per livarisi i costumi.

Due

Accussì ficiro. Quanno che il pubbrico accomenzò ad applaudiri la parata finali, Pippo, Sciaverio e Melino niscero fora e s'apprecipitaro nella parti di darrè del tendoni. Arrivaro che l'assistenti e dù òmini di fatica avivano appena finuto di fari acchianare la gaggia con dintra il lioni supra al pianali e se lo stavano portanno vicino ai carrozzoni. Stettiro ad aspittari che i battiti di mano finivano.

«E se il patre non le lascia viniri con noi?» spiò Melino.

«Talè» arrispunnì Pippo. «Sugno sicuro che quello cumanna alle figlie sulo quanno s'attrovano dintra al tindoni. Ma fora dal tindoni...».

«Può essiri macari che una è 'nganzata con qualichi aiutanti e ci dici di no» fici Sciaverio.

«Picciotti» disse Pippo «sintiti a mia, quelle hanno il massimo 'ntirissi a mantinirisi libere».

Avivano stabiluto che a parlari sarebbi stato sempri Pippo, che con le fìmmine ci aviva cchiù pratica. Le prime a nesciri foro propio le tri sorelle. Dal modo come i tri picciotti si livaro i cappeddri e ficiro l'inchino parse che avivano fatto prima le provi.

«Permettete, signorine?» spiò Pippo.

«Dite» arrispunnì Jana.

«I miei amici e io vorremmo avere l'alto onore di dividere con voi la nostra cena».

Jana si misi a ridiri.

«Dividere?» disse. «Noi abbiamo un tale appetito che... i conti che i nostri amici di solito pagano quando c'invitano sono piuttosto salati».

Pippo accapì a volo.

«Nessun problema» assicurò.

Allura Jana taliò le sò dù soro. Non si parlaro, ma si capero lo stisso.

«Avete la macchina?».

«Sì» fici Pippo.

«Allora tra un'ora qua».

«Un momento» fici 'mproviso Sciaverio.

A taliarlo 'mparpagliati foro l'amici. Non era previsto che raprisse vucca.

«Potrebbe portare con sé il flauto?» continuò arrivolto a Juna.

«D'accordo».

E subito appresso si misiro a corriri verso un carrozzoni dintra al quali s'infilaro. I tri amici ristaro tanticchia 'ngiarmati. Non se l'aspittavano che la cosa sarebbi stata accussì facili. Po' accomenzaro a caminare.

«Mi pari che Jana è stata chiara» disse Pippo.

«In che senso?» spiò Melino.

«Nel senso che non faranno storie a corcarsi con noi. Ma ci costeranno assà. A proposito di dinari. Io ci metto la machina, la benzina e pago per tri al ristoranti».

«Io pago per tri al ristoranti e mezzo albergo per tutti» disse Melino.

«Io ci metto il resto» fici Sciaverio.

«Allura 'nni videmo tra un'ora ccà» concludì Pippo. E po', arrivolto a Sciaverio:

«Mi spieghi che te ne fai di 'n autro flauto?».

«Com'era il circolo questri?» gli spiò 'a zà Michela appena che lo vitti tornari.

«Bono. Tu mangiasti?».

«Mangiai. Quello tò te lo lassai pronto 'n cucina. Ora minni vaio a corcare. Priparami il midicinali e lassamillo supra al commodino. Bonanotti, Pippuzzo mè».

Pippo si calò per riciviri la vasata 'n fronti di sò zia e po' sinni annò 'n cucina. Supra al tavolino ci stava 'na cotoletta, un pizzuddo di salami, un pizzuddo di cacio e mezza pagnotta di pani. Sempri tirata, la zia!

Tornò nella càmmara di mangiare con un bicchieri inchiuto a mezzo d'acqua, raprì la vitrinetta, pigliò la boccetta del midicinali della zia, ne fici calare quinnici gucce dintra al bicchieri, lo posò supra al tavolino, rimisi a posto la boccetta, richiuì la vitrinetta, cavò fora dalla sacchetta interna della giacchetta 'n'autra boccettina, ne fici cadiri vinti gucce dintra al bicchieri, si rimisi la boccettina 'n sacchetta, pigliò il bicchieri e l'annò a posari supra al commodino della càmmara di dormiri della zia che 'ntanto stava 'n bagno.

Aviva sperimentato che abbastavano deci gucce di quel sonnifero per fari addrummisciri la zia tempo cinco minuti e farla dormiri di filato fino alli setti del matino. Gliene aviva dato doppia dosi eppercciò potiva starisinni fora tranquillo fino a quanno voliva. Pigliò 'na vecchia copia del «Popolo d'Italia», ci 'ncartò la cotoletta, il salami, il cacio e il pani. S'addrumò 'na sicaretta, se la fumò a lento.

Quanno l'ebbi finuta, annò a vidiri com'era la situazioni. Sò zia si era già addrummisciuta. Si detti 'na rilavata, si profumò, astutò le luci, niscì. Il garaggi della Balilla era all'angolo. Raprì il cartoccio col mangiare e lo posò 'n terra. Cani e gatti ci avrebbiro scialato. Po' isò la saracinesca, acchianò nella machina e sinni partì.

Erano le tri del matino quanno Jana, ancora col sciato grosso, disse:

«Ora basta, Pippo. Vorrei dormire due orette».

E vabbeni che a lei la facenna piaciva assà assà, ma con quel picciotto non era cosa, avrebbi continuato all'infinito. Ma l'appuntamento con il resto della compagnia era per le cinque e mezza nel saloni di trasuta dell'albergo Gallia. Per le sei ognuno sarebbi stato a la sò casa.

Avivano mangiato e vivuto nel meglio ristoranti di Montelusa, «La forchetta d'oro», e le picciotte si erano abbuffate, parivano aviri 'na fami attrassata di un misi.

«Come vuoi tu» fici Pippo a malocori.

Jana notò che il picciotto faciva la facci siddriata. Mai nella sò vita aviva 'ncontrato 'na vestia simili. Un toro, un montoni. Le sarebbi piaciuto continuari, ma era veramenti stanca.

«Non ti è bastato?».

«No».

«Davvero?! Ma sei insaziabile!».

«Possiamo rivederci domani sera?».

«Volentieri» fici Jana.

«Allora d'accordo. Passo a prenderti alla stessa ora. Ma voglio che siamo solo noi due».

«Perché? Che fastidio ti danno le mie sorelle...».

«Non si tratta di fastidio. Ma vorrei farti una proposta e non voglio nessuno attorno. Per te sarebbe un affare. Potresti guadagnarci assai».

A sintiri le paroli affari e guadagnari, la picciotta appizzò l'oricchi.

«Parlamene ora».

«No. Domani».

A mezzojorno del jorno appresso il Potestà di Sicudiana, Uccellotto, s'attrovava assittato a un tavolino del cafè Empedocle con quattro paisani sò vinuti a Vigàta per accattare pisci all'ingrosso.

Era appena tornato da Montelusa chiamato dal fidirali che gli aviva fatto un liscebusso sullenni pirchì aviva pirmisso che a Sicudiana attaccassiro i manifesti del circolo questri Taddeis con la essi finali. Gli aviva annunziato che l'aviva deferito al consiglio di disciplina e che perciò doviva aspittarisi 'na punizioni. Non sulo, ma il fidirali gli aviva macari arrivilato che a dinunziarlo era stato il Potestà di Vigàta, evidentementi assà cchiù fascista di lui. Che pigliasse esempio dalla solerzia del camerata Cannaruto.

Al Potestà Uccellotto, a malgrado che era arrivato alla terza birra, la raggia contro Cannaruto non arrinisciva a passarigli. E 'na dimanna gli firriava testa testa: come potiva fari per vinnicarisi?

A un certo punto il pianali col lioni, Oresti il guidatori, la birsagliera e Jana passò davanti al cafè. Macari a Sicudiana aviva fatto l'istissa cosa ogni matina.

«Silenzio!» fici tutto 'nzemmula Uccellotto con l'occhi spirdati. «Comu disse?».

«Comu disse cu?» spiò 'mparpagliato uno dei quattro.

«'U carritteri!».

«Quali carritteri?» spiò ancora cchiù strammato un secunno sicudianisi.

«Viniti cu mia!» tagliò il Potestà susennosi e mittennosi a corriri appresso al pianali.

«'U cuntu!» gridò allarmato il cammareri del cafè vidennoli scappare.

Nisciuno gli arrispunnì. Allura il cammareri si misi a corriri appresso ai cinco.

«'U cuntu! 'U cuntu!».

In quel momento Oresti aviva attaccato con l'imbuto: «Correte tutti al grandioso, insuperabile, mai visto spettacolo del Gran Circo...».

«'U cuntu!» gridò il cammareri all'oricchia d'Uccellotto.

«... Pochi posti ancora disponibili...» continuò Oresti.

Il Potestà Uccellotto 'ntanto pariva nisciuto pazzo. Quello strunzo di cammareri gli aviva fatto perdiri il nomi del circolo questri! Scocciò il revorbaro che si portava sempri appresso e glielo puntò contro.

«Muto o t'ammazzo!».

Tutti, il cammareri con le mano in alto, i quattro sicudianisi e dù o tri vigàtisi di passaggio, addivintaro statue.

«... Ricordate: Gran Circo Taddeis!» fici Oresti concludenno la tirata.

Il Potestà Uccellotto si misi a corriri, seguitato dai sicudianisi oramà pirsuasi che gli era nisciuto il senso. Arrivato all'altizza di Oresti:

«Come si chiama questo circo?» gli spiò.

S'era scordato del revorbaro che tiniva ancora 'n mano.

«Ta... Taddeis» arrispunnì quello aggiarnianno e isanno le vrazza in aria.

«Ditelo più forte».

«Taddeis».

«Potete andare» disse Uccellotto.

E po', arrivolto ai sicudianisi:

«Mi siete tutti testimoni. Ha detto Taddeis o no?».

«Sì, sì, ha detto Taddeis, sicuro, Taddeis. Tranquillo, ha detto Taddeis» ficiro i quattro per carmarlo.

Ma il Potestà era addivintato viloci come un furgarone. Corrì di novo al cafè, trasì dintra con l'occhi di fora.

«Subito carta, busta, penna e inchiostro!» ordinò al signor Bonito, il propietario, che stava alla cascia.

«Certo, certo» fici quello talianno prioccupato il revorbaro che Uccellotto tiniva ancora 'n mano.

Pigliata la robba che il signor Bonito gli pruiva, Uccellotto s'assittò a un tavolino e accomenzò a sciviri.

*A Sua Eccellenza
il Federale di Montelusa*

*Camerata!
Mentre tornavo a casa dopo aver subito la vostra giusta reprimenda, alla quale m'inchino con rispettosa e gerarchica obbedienza fascista, passando da Vigàta ho avuto modo di sentire che il banditore del circo equestre Taddei pronunziava il nome del suddetto circo con la esse finale, Taddeis.
E ciò malgrado che i manifesti recassero il nome senza esse. Questo significa che il Podestà di Vigàta, Cannaruto, il quale non si fa nessuno scrupolo di denunziare un camerata per una leggera disattenzione, si dedica a quell'infame doppiogiochismo che è veramente tipico del residuo della meschina mentalità giudaicomassonica che il fascismo ha così vittoriosamente estirpato. Si segnala il caso per opportuni provvedimenti.
Saluti fascisti! Il Podestà di Sicudiana*

ANTONINO UCCELLOTTO

P.S. Seguono le firme di quattro testimoni.

Firmò, si susì, s'avvicinò al tavolino allato indove si erano assittati i quattro sicudianisi che lo taliavano preoccupati.

«Leggete e firmate!».

I quattro liggero e firmaro senza sciatare. Uccellotto tornò al sò tavolino, s'assittò, 'nfilò il foglio dintra alla busta, spiò:

«Qualcuno ha un francobollo?».

«Io ne haio uno» fici uno dei quattro pruiennoglielo. Uccellotto lo liccò, l'impiccicò supra alla busta.

In quel momento trasero nel cafè il mariscallo dell'Arma Benemerita Gasparotto e dù carrabbineri che erano stati chiamati dal cammareri. Il mariscallo, appena vitti il revorbaro che Uccellotto aviva posato supra al tavolino, scocciò la sò arma e gridò:

«Fermi tutti e mani in alto!».

«Spedite questa lettera!» ordinò Uccellotto al signor Bonito mentri i carrabbineri l'ammanettavano.

Nella stissa matinata, doppo che si era fatto contare per filo e per signo come erano annate le cose, il Potestà Cannaruto principiò a scriviri 'na littra al fidirali.

Eccellenza!
Questa mattina a Vigàta è accaduto un fatto inaudito. Il Podestà di Sicudiana, Antonino Uccellotto, del quale ebbi già a segnalarvi gli atteggiamenti non certo consoni agli altissimi ideali della Rivoluzione fascista, ha terrorizzato l'intera cittadinanza di Vigàta. Senza che nessuno l'avesse minimamente provocato, egli, impugnato un revolver, minacciava di morte prima un cameriere del caffè Empedocle e quindi...

Tre

L'indomani a sira Jana s'apprisintò puntuali all'appuntamento.

«Andiamo nello stesso ristorante di ieri?» fu la prima cosa che addimannò trasenno 'n machina.

Ma com'è che tutte e tri le soro Taddeis, o Taddei come voliva il fascio, avivano sempri tutto 'sto gran pititto?

«Se vuoi ti porto in una trattoria dove cucinano pesce freschissimo».

«Sì, sì» fici Jana battenno le mano. «E dopo andiamo di corsa in albergo».

Epperciò, a stari a quello che aviva spirimentato di pirsona e a quello che gli avivano contato Melino e Sciaverio, le tri soro erano sempri affamate non sulamenti di mangiare. 'N trattoria, la picciotta si sbafò un antipasto di mari, un piattoni di pasta con le vongole, quattro linguate giganti fritte alla perfezioni e si vippi mezza buttiglia di vino. Doppo si annarono a 'nchiuiri in una càmmara dell'albergo Gallia.

Quanno Pippo, verso le dù di notti, stava per attaccari la terza passata, Jana lo disarcionò.

«Fermati un momento. Che mi volevi dire ieri?».

«Te lo dico dopo».

«No, ora» fici Jana 'ncrocianno arresoluta le gamme.

Pippo si susì a mezzo del letto e s'addrumò 'na Serraglio. La picciotta ne vosi una macari lei. Pippo, quello che doviva contarle, era da jorni che se lo ripassava a memoria. Attaccò.

«Devi sapere che io vivo con un fratello più grande di me di una diecina d'anni che si chiama Antonio. È un uomo che non ha paura di niente. E l'ha dimostrato in diverse occasioni».

Jana fumava e l'ascutava attenta. Lui aviva bisogno di pinsarici bono, prima di contarle la farfantaria che s'era studiata. Fici dù tirate e ripigliò.

«Circa tre mesi fa, io e Antonio con due amiche siamo andati in una nostra casa di campagna. Non c'è la luce elettrica, ci sono i lumi a petrolio. Nella notte, la ragazza che dormiva con me si svegliò e accese il lume. Però le cadde dalle mani e incendiò il letto. Lei si mise a gridare perché anche la sua sottoveste stava prendendo fuoco. Saltai fuori dal letto e, mi vergogno a dirtelo, me ne scappai fuori. Ero terrorizzato, non sapevo più quello che facevo. Mi misi a correre in tondo davanti alla casa gridando e piangendo. Antonio invece non solo salvò la ragazza, ma riuscì anche a spegnere l'incendio. Ogni tanto mi chiamava per avere aiuto, ma io manco ero capace di rispondergli. Quando tutto fu finito, mi prese a schiaffi davanti alle due ragazze. E questo è quanto».

Jana gli fici 'na carizza supra alla coscia.

«Poverino! Certo non hai dato un bello spettacolo.

Ma capita, sai? Mi ricordo che una volta, nel nostro circo...».

«Mi voglio vendicare» l'interrompì Pippo.

«E come?» replicò la picciotta. «Se quello non ha paura di niente...».

«Manco di un leone?» l'interrompì ancora Pippo.

Jana lo taliò ammammaloccuta.

«Come, un leone?».

«Stammi a sentire. Ti faccio una domanda. Tu potresti fare uscire il leone dalla gabbia e portartelo appresso al massimo per un due orette?».

Jana era sempri cchiù 'ntordonuta.

«Ma che vuoi fare? Forse potrei, ma...».

«Mi spiego meglio. Io vengo con un camioncino coperto, di notte, quando tutti dormono. Tu fai uscire il leone, lo fai salire sul camioncino e ti metti dietro con lui. Come quando fate la sfilata. Arrivati davanti a casa mia, lo fai scendere e lo infiliamo nel nostro bagno. Antonio, ogni notte suppergiù alla stessa ora, va a fare pipì. Voglio solo vedere come reagisce trovandosi davanti a un leone. Subito dopo lo pigliamo e lo riportiamo in gabbia col camioncino. Nessuno lo saprà mai. E io mi sarò finalmente vendicato».

La farfantaria funzionava, sinni fici pirsuaso taliannò la facci pinsosa di Jana. La quali doppo tanticchia spiò:

«E io che ci guadagno?».

«Tremila lire» sparò Pippo.

Sapiva che la zà Michela tiniva cincomila liri sutta al letto. Jana non s'aspittava 'na cifra accussì àvuta. Sorridì.

«D'accordo. Però...».
«Dimmi».
«Forse sarebbe meglio se mi facessi aiutare da una delle mie sorelle. Lo dirò a Jona».
«E perché no a Juna?».
«Perché Juna anche stasera è andata a suonare il flauto con Saverio. Mi sa che fino a quando resteremo qua, faranno coppia fissa. Senti, quando pensi che dovremo...».
«Facciamo la notte del 10?».
«D'accordo. E ora ripigliamo da dove eravamo rimasti».

Alli quattro del doppopranzo di jorno novi, tanto il Potestà di Vigàta, Cannaruto, quanto quello di Sicudiana, Uccellotto, arricivero tutti e dù lo stisso priciso 'ntifico tiligramma di sirvizio da parti di Sò Cillenza Filippelli, il Prifetto di Montelusa, che faciva accussì:

A seguito di quanto riferitomi dal camerata Federale ordino vostra immediata sospensione da carica di Potestà per condotta indegna stop Restate al vostro posto solo per disbrigo normale amministrazione sino arrivo commissario stop Filippelli Regio Prefetto Montelusa.

Quella sira, che erano tornati a mangiare nella stissa trattoria, Jana, quanno avivano appena finuto, spiò a Pippo:
«Ci sono scale da fare per arrivare al vostro appartamento?».

«È una casetta. Ci abitiamo solo noi. C'è da fare una rampa».

Jana sturcì la vucca.

«Che c'è?».

«C'è che per far salire le scale al leone ho bisogno di un'altra persona. Non gli piacciono, le scale».

«Non avevi detto che ti facevi aiutare da Jona?».

«Non può. Ha preso un impegno proprio per domani sera».

«Non riesce a liberarsi a una certa ora?».

«Non credo» fici Jana sorridenno.

«Ho capito» disse Pippo. E po':

«E se invece di tre facessi cinquemila?».

«Davvero?».

«Davvero».

«Pagamento anticipato?».

«Anticipato».

«Beh... allora sono sicura che Jona rinunzierà all'impegno. E ora andiamocene in albergo».

La matina di jorno deci tutto il paìsi comparse chino chino di manifesti triccolori che dicivano come e qualmenti tutta la popolazioni era 'nvitata alle ori diciassetti di quello stisso jorno ad adunarisi nella piazza del Municipio per ascutare il discorso di Sò Cillenza il Cavaleri e Duci del Fascismo Binito Mussolini che sarebbi stato trasmesso dall'appositi altoparlanti. Tutte le attività si sarebbiro dovute sospinniri per quell'ura.

Pippo 'n matinata annò a parlari col sò amico Ginestro, gli contò che sò zia Michela voliva portati dù mobili nella casa di campagna epperciò aviva di bisogno d'affittari il camioncino col tiloni. Spiegò a Ginestro che doviva fari il trasloco di notti dato che avrebbi avuto chiffari per tutta la jornata. S'accordaro supra il prezzo. Ginestro gli consignò un paro di chiavi e gli disse indove gli avrebbi lassato il camioncino alle unnici di sira.

«Pippù, se hai bisogno d'aiuto, ti pozzo dari 'na mano».

Pippo gli arrispunnì che ce l'avrebbi fatta da sulo. Po' sinni annò dal farmacista Imbrò.

«Dottori, mi scusasse, ma mè zia Michela havi un probbrema. Non fa la pipì. Mi potissi dari qualichi cosa per...».

Imbrò gli detti 'na boccetta. Deci gucce alla matina e deci alla sira.

«Se glieli dugno la sira, la notti si devi arrisbigliare per annare in bagno?».

«Certamenti. A che ora si va a corcare?».

«Alle deci».

«Alle tri di sicuro le smorca il bisogno. Se 'nveci la vuoi lassare dormiri, non le dare le gucce la sira».

Tutto quatrava alla perfezioni. Pippo niscì dalla farmacia tanto contento che gli viniva di cantari.

Già alle quattro di doppopranzo la piazza del Municipio era accussì stipata che macari i cani facivano fatica a passari. Pippo era dalle tri e mezza che sinni stava di vedetta, acchianato supra all'urtimo dei quattordici scaloni che portavano al portoni della chiesa ch'era allato al palazzo comunali. Finalmenti arriniscì a vidiri in quali parti della piazza stavano quelli del circo Taddeis. Ci misi un quarto d'ura a farisi largo e a mittirisi allato a Jana. Si taliaro e non si dissiro nenti.

Po' l'altoparlanti si raprero e si sintì arrivari 'na speci d'ondata di mari 'n timpesta. Era la genti arreunita a Roma, a piazza Venezia, che faciva 'n coro: «Du ce, Du ce». Alle cinque spaccate si sintì il Sigritario del Partito che diciva:

«Camerati, saluto al Duce. Eja, Eja!».

«Alalà» gli arrispunnì la genti.

E po' arrivò finalmenti la sò potenti voci, quella che, come usava diri il sigritario politico di Vigàta, il camerata Agostino Tumminello, faciva attisare all'òmini e godiri le fìmmine.

«Combattenti di terra, di mare e dell'aria! Camicie nere della rivoluzione e delle legioni! Uomini e donne d'Italia, dell'Impero e del regno d'Albania! Ascoltate! Un'ora segnata dal destino batte nel cielo della nostra Patria!».

Si era fatto un silenzio che manco pariva che le pirsone nella piazza respiravano. Pippo si voltò verso Jana e le disse a voci vascia:

«Stanotte alle due vengo col camioncino».

Jana lo taliò strammata. Non aviva accaputo nenti. Pippo stava per parlari cchiù forti, ma Jana gli fici 'nzinga di no. Cataminannosi a picca a picca, scostando millimitro doppo millimitro la genti che le stava 'mpiccicata torno torno, la picciotta arriniscì a mittirisi completamenti davanti a lui dannogli le spalli. A Pippo abbastò calare appena la testa per parlarle all'oricchio.

«Stanotte alle due vengo col camioncino».

Lei gli fici accapire che era d'accordo. Po' però si girò tanticchia e spiò:

«E noi due stasera?».

«Stasera è meglio se non ci vediamo».

Jana tornò nella posizioni di prima. Si appuiò tutta a Pippo. E un attimo appresso la sò mano gli tastiò il davanti dei cazùna. Cinco minuti doppo lei si susì il darrè della gonna e se la mantinni sollivata.

Po' il Duci disse:

«... e dimostra la tua tenacia, il tuo coraggio, il tuo valore!».

Scoppiò un tirribbilio di vociate, d'applausi, un virivirì, 'na babilonia, c'era chi cantava «Il Piave mormorava» mentri che la fanfara sonava «Giovinezza, giovinezza». Sò Cillenza Binito Mussolini aviva finuto. Pippo macari. Allura si voltò verso il signori sissantino che gli stava 'ncoddrato a mano manca, e che battiva le mano alla dispirata gridanno con l'occhi spiritati «Duce, Duce», e gli spiò:

«Che disse?».

L'altro si bloccò, lo misi a foco e lo taliò completamenti pigliato dai turchi.

«Ma comu? Non aviti sintuto?».

«Surdo sugno».

«'Sto gran cornuto la guerra dichiarò».

Alle otto e mezza di sira s'arricampò a la casa. 'A zà Michela sinni ammaravigliò.

«Tornasti?».

«Tornai».

«E pirchì?».

«Haio tanticchia di malo di testa. Stasira mangiamo 'nzemmula e po' minni vaio a corcare».

Mentri che la zia conzava la tavola, Pippo annò 'n bagno, si spogliò nudo, si lavò tutto. Faciva un gran càvudo. Ristò 'n mutanne, niscì dal bagno, s'assittò. La zia gli misi davanti un piatto con una ministrina di virdura splapita. Meglio accussì, con Jana si stava scrofanianno assà.

«Tu comu pensi che finisci 'sta guerra?» gli spiò a un certo punto la zia.

«Prima lassala accomenzare».

Non parlaro cchiù. 'A zà Michela alla fini si susì, sconzò, puliziò i piatti e disse come a 'u solito:

«Pippù, vaio 'n bagno e po' mi curco. Priparami il midicinali».

Pippo si calò a riciviri la vasata 'n fronti e appena sintì che la zia si era chiuiuta 'n bagno, si susì lesto, pigliò il bicchieri, ci misi quinnici gucce di midicinali, cinco gucce di sonnifero, deci gucce per fari la pipì, annò nella càmmara di dormiri della zia, posò il bicchieri supra al commodino, si calò sutta al letto, affirrò la scatola, la raprì, agguantò il dinaro, se lo 'nfilò dintra alle mutanne, rimittì la scatola sutta al letto, tornò nella càmmara di mangiare, contò il dinaro, cincomilacincocento liri, s'assittò, si fumò quattro sicarette, all'unnici e mezza s'arrivistì, astutò le luci, niscì. Tutto continuava a filari alla perfezioni.

156

Quattro

Appena fora di casa, spartì il dinaro. Le cincocento se l'infilò nella sacchetta di darrè dei cazùna, le cincomila nella sacchetta della giacchetta.

Mentri che s'avviava a pigliari il camioncino vitti che strate strate ci stava già picca genti, sulo nella taverna di Onorato 'na poco di fascisti 'n cammisa nìvura festeggiavano, 'mbriachi come scimie, la dichiarazioni di guerra. Arrivò al camioncino, ci acchianò, misi 'n moto.

Aviva squasi dù orate di tempo e non sapiva chiffare. Tutto 'nzemmula gli smorcò un gran pititto, doviva essiri pirchì si sintiva tanticchia nirbùso. C'era, a mità strata tra Vigàta e Montelusa, 'na trattoria che chiuiva nelle matinate. Ci annò, mangiò un piatto di spachetti al ragù, per secunnu carni di maiali al suco e si vippi mezza buttiglia di vino. Tornò a Vigàta che erano l'una e mezza. Il paìsi era diserto. Si avviò verso piazzetta Cavour. Non c'era anima viva. I carrozzoni erano allo scuro, macari il lioni dormiva. Allura s'addiriggì al porto, firmò supra alla banchina, scinnì, si fici 'na longa pisciata, si fumò dù sicarette. Sintì il ralogio del Municipio battiri le dù. Allura rimontò nel camioncino, ripartì verso il circolo questri.

Già a distanza vitti Jana e Jona davanti alla gaggia del lioni. Astutò i fari, scinnì, abbassò il portello di darrè del camioncino, s'avvicinò a marcia narrè fino a squasi toccari la gaggia aperta. Il lioni ora s'attrovava alla stissa altizza del camioncino, non aviva da fari che dù passi avanti per trasirici dintra. Jana s'avvicinò al posto di guida, taliò a Pippo senza diri nenti. Pippo accapì a volo. Si misi 'na mano 'n sacchetta, pigliò le cincomila liri e le pruì alla picciotta. Jana fici 'nzinga a Jona e quella acchianò darre, affirrò il lioni per la testa e se lo tirò, mentri Jana, trasuta dintra alla gaggia, l'ammuttava.

«Possiamo andare» disse Jona doppo manco un minuto.

Pippo 'ngranò la marcia e partì. Dal circo alla sò casa non 'ncontrò a nisciuno. Arrivò davanti al portoni di casa a marcia narrè, firmò, scinnì, raprì il portoni e abbasciò il portello del camioncino. Jona scinnì per prima e si misi allato a Pippo. Jana detti un potenti ammuttuni al leoni e quello satò giù. Allura Jona l'affirrò per i pili della testa e se lo portò dintra. Trasero tutti e Pippo chiuì il portoni. Ora erano tanticchia cchiù sicuri.

«Non è che si mette a ruggire?» spiò Pippo a Jana.

«Non l'ho mai sentito ruggire» fici Jana.

«Antonio è un poco sordo. Ma vi prego lo stesso di non fare rumore e di parlare piano» si raccomannò Pippo.

Ad acchianare la rampa, il lioni, ammuttato da darrè da Jana e tirato per la testa da Jona, ci misi un quarto d'ura. Pippo notò che l'armàlo pirdiva pilo, ciocche 'ntere ne ristavano nelle mano di Jona. Arrivaro al pianerottolo. Farlo trasiri dintra al bagno non fu tanto facili, il lioni ci capeva a malappena. Pippo gli chiuì la porta 'n facci lassanno dintra la luce addrumata.

«E ora?» spiò Jana.

«Ora voi due vi andate a nascondere dentro al camioncino. Fate in modo che non vi vedano. Io, quando Antonio se ne sarà scappato alla vista del leone, vi chiamo, lo venite a recuperare e lo riportiamo in gabbia».

Le dù picciotte scinnero abbascio, Pippo s'annò a 'nfilari sutta al linzòlo con tutti i vistiti e astutò la luci.

Doppo 'na decina di minuti sintì le molli del letto della zà Michela che facivano rumorata. Si stava susenno. Subito appresso gli arrivò il sò ciavattare. Lui accomenzò a runfuliare forti, in modo che la zia lo sintiva.

'A zà Michela annò verso il bagno e raprì la porta. Contrariamenti a quanto s'aspittava, la vecchia non fici nisciuna vociata, ma Pippo sintì distintamenti la botta del sò corpo che sbattiva 'n terra. Era fatta. Contò fino a cinco e si susì.

La zà Michela era caduta stisa nel corridoio. Cchiù morta di quanto era morta non si potiva. Lui le s'avvicinò per carricarisilla supra alle spalli e portarla nella sò càmmara, ma s'apparalizzò di botto.

Il lioni dintra al bagno non c'era cchiù.

Si vidi che quanno 'a zà Michela aviva rapruto la porta, l'armàlo era nisciuto. Po' arriflittì che non c'era pricolo, massimo massimo potiva essiri arrivato ai pedi della scala e ora sinni stava davanti al portoni chiuso.

Affirrò il catafero, lo portò nella càmmara di dormiri ma all'urtimo momento, 'nveci di posarlo supra al letto, l'assistimò supra al pavimento vicino alla porta aperta, 'n modo che apparissi che alla zia le era vinuto un colpo mentri stava niscenno dalla càmmara.

Astutò la luci del bagno e appena che fu arrivato al pianerottolo sintì che il cori gli cadiva 'n terra.

Il lioni non c'era e il portoni era aperto.

Scinnì le scali accussì di cursa che a momenti si rompiva il coddro.

«Il lioni!» gridò alle dù picciotte dintra al camioncino.

«Non gridare!» fici Jana. «Veniamo a prenderlo».

«Prenderlo 'na minchia! Aviti lassato 'u purtuni raprutu e il lioni sinni scappò!».

Le picciotte per un momento lo taliaro 'ngiarmate, po', senza rapriri vucca, sataro fora e si misiro a corriri strata strata alla cerca dispirata.

Con l'occhi annigliati dal sudori e santianno come un pazzo, Pippo acchianò supra al camioncino, misi 'n moto e, marcianno a lento, partì appresso a loro. Ancora per le strati non si vidiva anima criata.

Stifanuzzo Lumia rapriva di solito la panittiria alli tri e mezza spaccate e per prima cosa addrumava il furno in modo che quanno mezz'ora doppo arrivavano i dù aiutanti, potivano già accomenzare a fari il pani. Ma quella sira non era annato a corcarsi, era ristato fino a tardo nella taverna di Onorato a fari festa per la trasuta 'n guerra e aviva addeciso d'annare a rapriri direttamenti la panittiria che erano appena le dù. Ma era accussì 'mbriaco che manco si riggiva addritta.

Perciò, quanno vitti trasiri un lioni, non sulo non si scantò per nenti, ma la cosa anzi gli fici tanta alligria che gli s'avvicinò traballianno, gli detti 'na scoppola 'n testa e gli offrì 'na bella scanata di pani del jorno avanti che l'armàlo agliuttì d'un colpo.

In quel priciso momento arrivaro di gran cursa Jana, Jona e Pippo. Ma non ci fu verso di spostari l'armàlo di un millimitro, voliva ancora pani. Pippo accapì la situazioni e annò ad abbasciare la saracinesca. A farla brevi, prima di farisi portari fora, il lioni si sbafò deci chila di pani che Pippo pagò. Ma prima di partirisinni, col lioni già supra al camioncino, il picciotto tornò nel furno. Tiniva quattrocento liri in mano, per accattarisi il silenzio di Stifanuzzo. L'attrovò che stava assittato supra a 'na seggia e dormiva della bella. Pippo non l'arrisbigliò, capace che quello quanno avrebbi raputo l'occhi si sarebbi fatto pirsuaso che il lioni se l'era insognato. Si rimisi il dinaro 'n sacchetta e niscì.

A far ritrasire il lioni nella gaggia ci misiro cinco minuti.

«Come restiamo per domani sera?» gli spiò Jana.
«Alle dieci passo a prenderti».

Tornato a la casa, per prima cosa Pippo s'addiriggì nella càmmara di dormiri della zia. Non trasì, si li-

161

mitò a taliare il catafero dal corridoio, ristanno sulla porta. Pariva proprio che 'a zà Michela, duranti la nottata, aviva circato di susirisi forsi per un bisogno ma non ce l'aviva fatta. Sotisfatto, annò nella sò càmmara, si spogliò e si corcò. Pinsava di non dormiri, 'nveci, forsi per la stanchizza o forsi pirchì tutto stava procedenno a meraviglia, appena toccò letto, s'addrummiscì.

Quanno s'arrisbigliò erano le novi del matino. Non aviva tempo da perdiri. Si 'nfilò la cammisa e i cazùna, si lassò le ciavatte, si spittinò chiossà e niscì correnno fora di casa, dicenno a ognuno che 'ncontrava:

«Mè zà Michela mali si senti!».

Per arrivari dal dottori Filibello, che era il medico della zia, doviva passari davanti alla putìa di generi limentari di Pasquali Cirrinciò.

«Mè zà Michela mali si senti!» fici a un signori che stava trasenno dintra alla putìa.

«Che successi a Pippo?» spiò Pasquali da darrè il banconi al signori.

E quello:

«Pari che sò zia Michela, che abita 'nzemmula a lui, si senti mali».

«Se gli mori la zia, per Pippo è 'na fortuna. Addiventa ricchissimo» commentò Pasquali.

E po', arrivolto alle dù beddre picciotte del circolo questri che erano vinute a fari la spisa matutina, spiò:

«Desiderano altro, belle signorine?».

«No, grazie» fici Jona.

«Quanto pago?» addimannò Jana.

Stavano per nesciri quanno rivittiro passari a Pippo con un cinquantino sicco e àvuto con una baligetta nìvura 'n mano, il dottori Filibello.

Il dottori, che era di gamma longa, si fici i scaluni a tri a tri. Pippo era arrivato al pianerottolo quanno sintì che diciva:

«Ma tò zia nun c'è!».

Di colpo, a Pippo le gamme gli addivintaro di ricotta. Non arriniscì cchiù a cataminarisi. Che viniva a significari?

«Comu nun c'è?».

«Ti dico che non c'è! Veni a vidiri tu!».

Pippo arriniscì a fari dù passi e in quel priciso momento la porta del ripostiglio ch'era 'n funno al corridoio si spalancò. E comparse 'a zà Michela 'n cammisa di notti, l'occhi spirdati, 'na cartuccera torno torno alla panza, un fucili da caccia appartinuto alla bonarma di sò marito puntato supra ai dù òmini. Che s'apparalizzaro come videnno 'na fantasima.

«'U lioni!» fici 'a zà Michela.

Il primo colpo di fucili sfiorò al dottori e a Pippo mentri corrivano verso le scali, il secunno mentri che stavano niscenno fora dal portoni.

«Chi facemo?» spiò Pippo col sciato grosso al dottori.

Filibello non fici a tempo ad arrispunniri. Supra al balconi era comparsa 'a zà Michela che aviva ricaricato il fucili.

«'U lioni!» gridò novamenti.

E si misi a sparari a come veni veni. Il cori le aviva arresistuto alla vista del lioni, ma il ciriveddro no.

'Na mezzorata appresso il commissario di Pubbrica Sicurizza dottor Angelo Novello e la guardia Agazio Pomidoro arrinisciwano a disarmari alla zà Michela. Alla quali il dottori Filibello fici subito 'na gnizioni che l'addrummiscì di colpo. Aspittanno che arrivasse la machina che doviva portari la vecchia al manicomio di Montelusa in quanto «pericolosa a sé e agli altri», il dottori annò in bagno a lavarisi le mano. Mentri si stava asciucanno, notò supra al pavimento 'na cosa stramma. Si calò, la pigliò. Era un ciuffo di pilo. E un altro ciuffo stava vicino alla tazza. E un terzo allato al bidè. Allura fici 'na voci al commissario Novello e gli ammostrò tutto quel pilo. Il commissario l'esaminò e po' chiamò a Pippo.

«Come me li spiega questi?».

Pippo aggiarniò.

«Co... cosa so... sono?».

«Peli. Peli di leone» disse Novello.

Pippo raprì e chiuì la vucca. Non gli niscì nisciun sono.

«Ho capito» fici il commissario. E po', ad alta voci:

«Pomidoro!».

«Comandi!» disse la guardia appresentannosi.

«Ammanetta questo signore!».

Ma Pippo, toccato il funno dell'abisso, ebbi un'illuminazioni che lo risollivò. S'arricordò di 'na cosa che s'era scordata pirchì dintra al salotto non ci trasivano mai.

«Il sa... salotto» disse.

I tri lo taliaro 'mparpagliati.

«Nel salotto c'è una pelli di lioni» spiegò Pippo. «Mè zia Michela la lavò l'altro jorno».

«Pomidoro, vai a vedere!» ordinò il commissario.

Doppo un minuto la guardia tornò tinennosi davanti 'na granni pelli di lioni. Se 'a zà Michela avissi potuto vidirlo, gli avrebbi sparato.

«Scusatemi, ma...» principiò Novello arrivolto a Pippo.

Ma Pippo stava cadenno 'n terra sbinuto.

A mezzojorno della stissa matinata, il fidirali annò da Sò Cillenza il Prifetto Filippelli e gli ammostrò dù littre che tiniva 'n mano. 'Ntistate «Federazione Fascista di Montelusa», erano 'ndirizzate una al Potestà sospiso di Vigàta, Cannaruto, e l'altra al Potestà sospiso di Sicudiana, Uccellotto. Il contenuto era identico. Il prifetto ne liggì una.

Camerata! Certo d'interpretare i tuoi fervidi sentimenti fascisti e la tua ardente volontà di servire la Patria in armi, ti accludo domanda di arruolamento volontario con richiesta d'immediata destinazione prima linea. Firmala e restituiscila al latore della presente. Saluti fascisti. Il Federale Squinocchia.

«Ottimo!» fici Sò Cillenza il Prifetto. «Splendida idea! Così ci leviamo dai coglioni questi due rompiscatole».

Il dottori stava visitanno a uno quanno la 'nfirmera raprì la porta e disse:

«Mi scusasse, dottori, pò viniri un momento?».

Filibello annò nell'anticàmmara e s'attrovò davanti alla gnà Mariannina, la mogliere del fornaro Stifanuzzo Lumia.

«Che c'è?».

«C'è che mè marito stanotti si 'mbriacò e po', quanno tornò a la casa, gli smorcò la fevri a quaranta. È scantato da moriri. Arripeti continuamenti 'u lioni, 'u lioni! E trema tutto».

Il dottori Filibello strammò.

Possibbili che 'n paìsi era arrivata 'na pidemia di lioni?

Col documento 'n mano a firma del dottori Filibello che attistava l'assoluta 'ncapacità d'intendiri e di voliri della zia, Pippo alle quattro di doppopranzo annò dal notaro Miccichè presso il quali 'a zà Michela aviva depositato il tistamento. Il notaro si fici pirsuaso che 'a zà Michela non potiva cchiù badari alle sò propietà. Che erano tante. Deci case affittate, otto magazzini puro loro affittati, quinnici ettari di tirreno coltivato 'n contrata Millipedi, altri quinnici in zona Mannaracchia, cento titoli del Prestito Nazionale, un diposito 'n banca di centomila liri... Miccichè gli scrissi la dimanna di amministratori dei beni della zia da mannare al tribunali e Pippo la firmò. Mentri si stava susenno per salutari, le sireni d'allarmi si misero a sonari.

«È un'esercitazioni?» spiò il notaro.

La risposta l'ebbi dalla contraerea che accomenzò a sparari.

Tri foro l'aerei francisi che bummardaro Vigàta.

Tutte le bumme che sganciaro, meno dù, cadero a mari. Delle dù che non ci cadero, una pigliò 'n pieno il tendoni del Gran Circo Taddei e l'altra distruggì i carrozzoni.

Tutto il pirsonali si sarbò la vita. I cavaddri morero. Sulo vivo ristò il lioni dintra alla sò gaggia. Il bummardamento durò 'na vintina di minuti. Quanno sonò il cessato allarmi, Pippo sinni tornò a la sò casa. Si stinnicchiò supra al letto cantanno. Oramà era cchiù che ricco, potiva viaggiari, corcarisi con tutte le belle fìmmine che voliva, spenniri e spanniri... Stetti a pinsari a tutto quello che avrebbi potuto fari fino all'otto. Po' si susì pirchì qualichiduno tuppiava alla porta. Annò a rapriri e s'attrovò davanti a Jana.

Senza darigli tempo di rapriri vucca la picciotta disse:
«Affacciati».

Pippo, 'ntordonuto, raprì il balconi e s'affacciò con Jana allato. Davanti al portoni ci stavano il cavaleri Erlando Taddeis, sò mogliere Alinda, le figlie Juna e Jona che tiniva il lioni per la testa, il clown Beniamino e l'assistenti Oresti. Erano tutti 'n costumi, dato che quanno erano arrivati l'aerei lo spittacolo stava accomenzanno.

«Che significa?» spiò Pippo.

«Significa che abbiamo perduto tutto. I cavalli sono morti, e papà ha pagato i cavallanti e li ha licenziati. Ora siamo senza una lira. Capito?».

«No».

«Mi spiego meglio. Da questo momento o tu ci ospiti nella tua casa e ci dai da mangiare e bere o io vado dal commissario e ti denunzio per il tentato omicidio di tua zia. Scegli».

«Acchianate» disse Pippo rassignato.

Un anno appresso, doppo che l'intero circolo questri Taddei s'era mangiato un quarto delle propietà, successiro 'na poco di cose. Juna si maritò con Sciaverio che non potiva cchiù fari a meno delle sò sonate di flautu; Jona annò a bitare in una casa che le accattò Melino, addivintato il sò amanti ufficiali; il clown Beniamino si fici arrigalari il lioni e sinni partì per i fatti sò; Oresti addivintò mitateri dei quinnici ettari di contrata Millipedi.

«E ora tu mi sposi» disse Jana 'na sira.

E Pippo non ci potì diri di no.

Ora stanno tutti sempri nella stissa casa di Pippo. Il cavaleri Taddei e sò mogliere Alinda fanno i soceri, Jana teni l'amministrazioni. E al sò confronto, 'a zà Michela era 'na scialacquatrici.

Pippo ogni simana va a Montelusa, s'assetta allato alla zia, che non l'arriconosci, e passa 'na mezzorata con lei a sfogarisi della vita amara che gli fa fari Jana. La zia non l'ascuta, ma ogni tanto sbarraca l'occhi e fa:

«'U lioni!».

La fine della missione

Uno

L'avvocato Totino Mascarà fici trentacinco anni il jorno setti maggio del 1940 e ancora non s'addecidiva a farisi zito.

Picciliddro di otto anni, ristato orfano, era stato pigliato 'n casa da 'na soro della matre, la zà 'Rnistina, che era maritata con un ricco possidenti e non aviva figli. In quella casa vinni trattato come un principino, chiossà di un figlio.

Mano a mano che crisciva, Totino addivintava un beddro picciotto: àvuto, spalli larghi, corporatura atletica, granni occhi nìvuri. Era studiosissimo, sempri il primo della classi. Tutte le sò compagnuzze del liceo spasimavano per lui, avivano la testa persa, ma Totino pariva che non se ne addunava. Né scu né passiddrà, 'ndiffirenti. Certo, gentili e cortese con tutte, passava il compito, suggeriva, era sempri a disposizioni, ma non faciva un passo oltre.

Il jorno della laurea, 'a zà 'Rnistina e sò marito sinni partero alle quattro di matina per Palermo con una machina a noleggio per assistiri alla cerimonia e doppo fari festa, ma siccome che chioviva forti, a 'na curva la machina niscì fora strata e cadì dintra a uno sbalanco.

Accussì, in uno stisso jorno, Totino Mascarà s'arritrovò daccapo orfano, laureato e ricco.

Accomenzò a fari pratica a Montelusa, nello studdio del vecchio avvocato Tanzillo, che aviva 'na marea stirminata di clienti in tutti i paìsi della provincia. Quanno l'avvocato s'arritirò, Totino rilevò lo studdio.

Faciva vita risirvata ed era tutto casa, travaglio e chiesa.

Presidenti dell'òmini cattolici, la duminica sirviva la missa di mezzojorno a Sant'Anselmo e la chiesa si stipava di picciotteddre in cerca di marito che lo taliavano sospiranno in estasi che manco la Santa Teresa di Canova.

Era, fora d'ogni discussioni, il meglio partito di Vigàta.

Pirchì alla billizza e alla ricchizza aggiungiva 'na qualità rara: non avenno né patre né matre né soro, la futura mogliere sarebbi stata veramenti patrona della sò casa senza doviri rendiri conto di quello che faciva a soceri o a cognate.

Eppercciò non c'era famiglia nella quali ci stava 'na figlia schetta che non aviva fatto un qualichi passo, cchiù o meno discreto, per fari sì che l'avvocato la pigliasse 'n considerazioni. Le ruffiane, le sinsali di matrimoni, annavano e vinivano dalla sò casa.

'Nveci, nenti. Le proposte da un'oricchia ci trasivano e dall'altra ci niscivano.

Ma come? Arrefutò ad Anita Panzarella che ci volino occhi per taliarla tanto è beddra?

Ma come? Disse di no a Lauretta Vasalicò che è figlia unica e sò patre, a forza di pristare dinaro a strozzo, s'è accattato mezza Palermo?

Ma come? Non ne volle sapiri della marchisina Gianninazzo che porta in doti un titolo che risale ai tempi di Federico secunno di Svevia?

Il cavaleri Arduino Scozzari, 'na sira che al circolo parlavano di Totino, arrivò a 'na conclusioni che attrovò largo consenso:

«Signori miei, il pirchì l'avvocato Mascarà non si voli maritari è evidenti. V'arricordate dù anni fa che vinni quella granniusa compagnia d'operette e ristò 'na simana? Dudici ballerine c'erano. E non ci fu picciotto schetto, e macari maritato, che non cidì alla tintazioni della carne. Sulo il nostro Totino resistì come a Sant'Antonio. E qualichiduno tra i prisenti gli accanosci una, che sia una, relazioni fimminina? E dunqui la conclusioni non può che essiri questa: il fucili dell'avvocato non spara e per questo non può annare a caccia».

La facenna del fucili che non sparava la vinni a sapiri macari Don Antonio Parascandolo, che era il parroco della chiesa di Sant'Anselmo.

Il quali riflittì supra a 'na cosa stramma e cioè che non sapiva nenti della vita intima di Totino, pirchì questo, pure sirvennogli la missa, mai si era confissato da lui. Annava da Don Ristuccia, parroco della chiesa di San Giuseppe, che aviva novant'anni passati e non ci stava cchiù tanto con la testa.

Accussì, 'na duminica lo chiamò sparte in sagristia. «Totì, dimmi la virità, pirchì non ti vuoi maritare?».

E attaccò a parlarigli della billizza del sacramento del matrimonio, del caro unum, di quella miravigliosa cosa che sunno i figli che sunno il vastoni della vicchiaia e che po' ti fanno addivintare nonno... E concludì arripitenno la dimanna.

Ma Totino gli arrispunnì con un'altra dimanna: «E il valore della castità vossia dove lo mette?».

Don Antonio, che il valori della castità sapiva benissimo indove metterlo, dato che erano deci anni e passa che il sabato sira si corcava con la cammarera, ammutolì.

«Bella camurria però aviri pedi pedi un mezzo santo!» pinsò mentri s'addiriggiva verso l'artaro.

Così come era arrivata a Don Antonio, l'ipotesi, anzi la cirtizza, del cavaleri Scozzari arrivò alle grecchie del sigritario fidirali di Montelusa, Casadei, un bolognisi stazzuto e calvo come il duce e di palora spartana. Squadrista, marcia su Roma, fascista tutto d'un pezzo, il fidirali ce l'aviva già con l'avvocato Mascarà che pur essenno presidenti dell'òmini cattolici, era sì un camerata iscritto al fascio, ma che non mittiva mai la cammisa nìvura e non partecipava alle adunate. Inoltre, non era maritato e questa era 'na colpa seria assà, pirchì il fascismo, con la sò politica demografica, voliva che nascissiro sempri cchiù figli eppercò dava premi in dinaro alle famiglie numerose e tartassava i non maritati con la tassa supra al celibato. Senza perdiri tempo, mannò a chiamare a Totino.

Il quali, appena trasuto nella càmmara del fidirali, fici, come d'obbligo, il saluto fascista. Allura il fidirali notò che il saluto dell'avvocato era privo d'energia, aviva isato il vrazzo ripiegannolo al gomito e isanno la mano dritta che manco arrivava all'altizza della spalla.

«Non riuscite a tenerlo teso?» spiò con una voci accussì forti che si sintì nell'anticàmmara, oltri la porta chiusa.

I dù fascisti in divisa che stavano di guardia, appizzaro l'oricchi.

Che era che l'avvocato non arrinisciva a tiniri tiso?

«Che cosa, camerata?» spiò strammato Totino.

«Vi faccio vedere io!» fici il fidirali. «Ecco, ve lo prendo in mano e ve lo tiro, così!».

Gli pigliò il vrazzo e glielo fici mettiri tiso.

«Così va meglio. Ora fatevelo da voi. Su, giù, su, giù».

Mentri Totino arripitiva il saluto calanno e susenno il vrazzo, le dù guardie fasciste si taliaro 'mparpagliate: possibbili che il fidirali era garruso?

Po' il fidirali si chiantò 'n mezzo alla càmmara a gamme larghe, i pugni supra ai scianchi come faciva Mussolini, e disse:

«A me voi non la fate!».

«Che cosa, camerata?» spiò Totino sempri cchiù 'ntronato.

«Questa faccenda del cazzo. Siete stato voi a far spargere la voce che siete impotente!».

«Io?! E perché l'avrei fatto?».

«Lo so ben io!».

«Scusate, ma a me che me ne viene?».

«Ve ne viene che non ottemperate a un preciso ordine del duce! Quello di sposarsi e fare figli! Ma io vi terrò d'occhio, sapete? Appena mi giungerà il minimo accenno che avete un'amante o che siete andato una volta al casino, io vi ritiro la tessera fascista e vi faccio radiare!».

Naturalmenti, di Totino Mascarà sinni vinni a parlare alla riunioni sabatina delle donne fasciste, tutte maritate e squasi tutte matri di figli.

Squasi tutte, pirchì dù di esse, e precisamenti Mariannina D'Angelo e Filippa La Rosa, pur essenno maritate la prima da dù anni e la secunna da tri, ancora il Signuri non gli aviva fatto la grazia di addivintare prene. Ma siccome erano beddre picciotte e i loro mariti non s'arrisparmiavano, era pinione comuni che presto avrebbiro accattato.

Non era successo accussì a Caterina Ajola? Maritata da tri anni, nenti figli e propio quanno ci stava per perdiri le spranze, eccola beddra e sorridenti con la panza grossa.

«'Mpotenti Totino?» fici la sissantina donna Michela Battiato. «Contatelo ad altri pirchì io non ci crio».

«Eppirchì?».

«Haio sissant'anni, ho avuto dù mariti e cinco figli mascoli, accanoscio l'òmini. A vista, ci pozzo mettiri la mano supra al foco che a Totino l'armamentario funziona. E ci funziona beni. Quello, secunno mia, è uno accussì furbo che arrinesci a fari i commodazzi sò senza che nisciuno lo veni a sapiri».

Ci fu 'na speci di votazioni. A maggioranza assoluta, vinni decretato che a Totino il fucili non funzionava. E la cchiù accanita a diri che Totino era, sutta a 'st'aspetto, un poviro 'nfilici, fu Caterina Ajola la quali arrivò squasi ad azzuffarisi con donna Michela.

«Ma tu all'avvocato Mascarà l'accanosci bono?» le spiò Mariannina D'Angelo che le era amica.

«Io?! Ma quanno mai! Lo vitti 'na sula vota, ci parlai cinque minuti e m'abbastò».

Fu propio 'sta risposta che non pirsuadì a Mariannina. E po' in quell'accanimento di Caterina contro Totino c'era qualichi cosa d'eccessivo e senza apparenti motivo. Addecise che la facenna miritava d'essiri approfondita.

«Pozzo viniri a trovariti a la tò casa?».

«Quanno vuoi».

«Ti devo parlari di 'na cosa pirsonali e non vorria che ci fossi tò marito».

«Dumani che è duminica Carlo sinni sta tutto il jorno in casa. Veni lunidì matino che va in ufficio».

'Nzemmula con le case, i tirreni e i titoli bancari, Totino aviva ereditato macari la cammarera di zà 'Rnistina, che ora aviva sittant'anni. Si chiamava Gnazia.

Se il rapporto tra i dù non era mai stato di patrone e serva, col passari del tempo si era cangiato in qualichi cosa di cchiù complicato assà. Per esempio, se un clienti gli viniva raccomannato da Gnazia, Totino per lui aviva un occhio particolari.

Ma Gnazia, che nisciva di casa sulo per annare in

chiesa o per fari la spisa, come faciva a canoscere quel clienti?

La risposta era semplici: a Gnazia gliene aviva parlato un'altra cammarera 'ncontrata al mercato. E accussì la voci si era sparsa: se voliti che l'avvocato Mascarà pigli a cori 'na causa, dicitici alla vostra cammarera di parlarinni a Gnazia.

La sira dello stisso jorno nel quali Totino era stato convocato dal sigritario fidirali, Gnazia, doppo averlo sirvuto a tavola, 'nveci di vasarlo supra alla fronti e darigli la bonanotti, 'stavota sinni ristò addritta allato a lui.

«Che c'è?».

Gnazia gli passò a leggio 'na mano supra ai capilli.

«C'è da fari un'opira bona. E tu è da un misi che non ne fai opire bone».

Continuava a parlarigli col tu, come faciva da quann'era picciliddro.

«Per quanno è fissato?».

«Per dumani notti».

«Sunno tutti d'accordo?».

«Non c'è probbrema».

«La fotografia ce l'hai?».

Gnazia cavò dalla parannanza 'na fotorafia e gliela pruì. Totino la taliò e storcì la vucca.

«Non si può diri che sia...».

«Totino, figlio mè, ccà si tratta veramenti di un'opira bona. Se non ti sta beni, accettala come 'na pinitenza. Il Signuruzzu tinni rinnirà merito supra all'arma e alla saluti».

«Vabbeni. Avvirtisti a Jachino?».
«Tutto fatto».
Gnazia si calò, lo vasò 'n fronti.
«Bonanotti, Totino adurato. Il Signuruzzu ti devi mannari sogni belli, come ti meriti».

La duminica matino Mariannina D'Angelo, niscenno dalla missa, vinni avvicinata da Filippa La Rosa, la sò amica del cori. Filippa aviva l'occhi sbrilluccicanti di contintizza. Le disse ràpita e suttavoci:
«Alle tri mè marito sinni va a vidiri la partita. Puoi viniri 'nni mia che ti devo diri 'na cosa 'n segreto?».
«Non c'è problema, macari Antonio va alla partita. Ma non mi puoi anticipari qualichi cosa?».
Filippa arridì.
«No».
Per la curiosità che se la mangiava viva, Mariannina non arriniscì ad agliuttirisi manco 'na forchittata di pasta.

Due

Alle tri spaccate Mariannina s'appresentò 'n casa di Filippa. Arrivò col sciato grosso, si era fatta la strata di cursa senza che ci 'nni fusse bisogno, ma la gana di sapiri quello che voliva dirle l'amica era come un vento che se la trascinava.

Filippa non la fici accomidare in salotto, ma se la portò in càmmara di letto e chiuì la porta a chiavi.

«Ma se non c'è nisciuno!» s'ammaravigliò Mariannina.

«No, c'è ancora la cammarera, sinni va alle cinco».

Mariannina frimiva. Doviva trattarisi propio di un grannissimo sigreto se Filippa s'apprioccupava tanto.

«Allura?».

«'Ncinta sugno».

Tutto si potiva aspittari meno che quelle parole. Ma come, se si erano lassate il jorno avanti alle sei di sira e Filippa non le aviva minimamenti accennato alla cosa! E quanno l'aviva saputo? Duranti la nuttata le era comparso l'angilo? Lo spirito santo? Per la sorprisa, a Mariannina le gamme le addivintarono di ricotta e dovitti assittarisi supra al letto.

«Quanno... quanno l'hai saputo?».

«Aieri».

«E pirchì non minni parlasti all'adunata?».

«Pirchì ancora non lo sapivo. Doppo l'adunata annai dalla mammana Sarina Ragusa e quella me lo confermò. Non c'è dubbio possibbili: sugno 'ncinta di dù misi».

Passato lo strammamento momintaneo, Mariannina si susì di scatto e abbrazzò forti all'amica. Era contenta e macari tanticchia 'nvidiusa, ma quella era 'na reazioni naturali.

«Ma pirchì tutto 'sto sigreto?».

«Ora te lo spiego. Tu lo sapivi che mè marito Stefano aviva nicissità assoluta d'un figlio?».

«Nicissità assoluta? No. E pirchì?».

«Pirchì sò patre lassò un testamento che spartiva l'eredità, che è grossa, tra i dù figli, Stefano e sò frati Martino. Ma c'era 'na condizioni: che dovivano maritarisi e aviri almeno un figlio entro i primi quattro anni di matrimonio, masannò la parti d'eredità di chi non aviva avuto figli passava alle orfanelle. Ora, mentri Martino era a posto avenno mogliere e dù figli, Stefano arrischiava di perdiri ogni cosa. Tri misi fa, come t'arricordi, mè marito e io annammo a Roma per vidiri al duce e al Papa».

«Embè?».

«Era 'na scusa per la genti. Noi ci annammo soprattutto per farinni visitari da specialisti bravi».

«Che vi dissiro?».

«Arrisultò che era lui che non potiva aviri figli».

«Davero?» spiò Mariannina alloccuta. «Io haio sempri pinsato che semo noi fìmmine a non...».

«E ti sbagli. Ci lo vonno fari cridiri l'òmini che la stirilità è sempri colpa delle fìmmine, 'nveci, come mi spiegaro i medici di Roma, assà spisso è colpa dei mascoli».

«Ma se Stefano non può aviri figli, come hai fatto tu a...».

«Aspetta, questo è un altro discorso. Io ti ho fatta viniri ccà pirchì volivo sulamenti diriti che forsi sarebbi meglio se tu e tò marito Antonio vi facissivo un viaggetto a Roma. Vi fati dare un'occhiata e accussì sapiti come stanno le cose. Io ti pozzo dari l'indirizzi dei medici».

«Vuoi babbiare? Ad Antonio non ci passa manco per l'anticàmmara del ciriveddro che non è capace di fari figli! Se glielo dico, la piglia come un'offisa mortali!».

«Mariannì, io te l'ho voluto diri pirchì semo amiche. E la cosa, per conto mio, finisce ccà. Per il resto, se voliti o non voliti figli, sunno affari tò e di tò marito».

«Ti ringrazio. Ma ora dimmi come hai fatto».

Filippa tintò di ghittarla a sgherzo.

«Pirchì? Tu non lo sai come si fa? Tò matre non ti disse nenti? E tò marito non te l'ha spiegato bono?».

Mariannina però non aviva gana di sgherzare.

«No, non lo saccio come si fa avenno un marito accussì come ce l'hai tu».

«A mia tò marito non mi pare tanto diverso dal mio!».

«Filì, 'nni vulemo mettiri ad azzuffarinni? Non è il caso. Avanti, dimmi come hai fatto».

L'amica la taliò maliziusa.

«Lo vuoi propio sapiri?».

«Sì. Anzi, sai che ti dico? Non minni vaio dalla tò casa se prima non me lo spieghi».

«Evvabbeni. Tornati a Vigàta, Stefano 'nvitò a cena a sò frati Martino, da sulo, senza mogliere e senza figli, e gli rifirì papale papale quello che i medici di Roma gli avivano ditto».

«E tu eri prisenti?».

«Certo».

«E non ti vrigognasti davanti a Martino?».

«Io? E pirchì mi saria dovuta vrigognari? Casomà, era a mè marito che attoccava vrigognarisi».

«E allura?».

«Stefano aggiungì macari che non aviva nisciuna 'ntinzioni di perdiri l'eredità. Martino sinni stetti a longo 'n silenzio a pinsarici e po' disse 'na cosa che di subito propio non accapii: ccà non c'è autra soluzioni che la secunna canna».

«E che è 'sta secunna canna?».

«Il fucili da caccia havi du canne, no? Se non piglia il colpo sparato dalla prima canna, abbisogna di nicissità sparari 'n autro colpo con la secunna canna».

Tutto 'nzemmula Mariannina accapì. Come aviva fatto a non immaginarlo? Era la soluzioni cchiù semprici! Però nel discorso dell'amica c'era qualichi cosa che non quatrava.

«Ma quel tipo particolari di fucili 'na canna sula havi!».

«Questo lo saccio benissimo. E allura?».

«E allura per sparari un secunno colpo devi usare per forza un altro, diverso fucili!».

«Appunto» fici Filippa tranquilla come 'na matina di soli.

Mariannina 'ngiarmò.

«E tu... tu... tu... ti sei fatta sparari dalla canna di un altro fucili?».

«Mi pare evidenti».

«E a chi apparteniva... il fucili?».

«A Martino».

Mariannina ebbi un liggero firriamento di testa. Po' s'arripigliò.

«E Stefano fu d'accordo?».

«Certo».

«E tu?».

«D'accordissimo. Ma lo sai quant'è commodo mettiri le corna al propio marito col pirmisso sò?».

«E ti pigliò con un colpo sulo?» spiò 'ntirissata Mariannina.

«No. Per la virità, di colpi minni sparò assà. A mezzo misi, nel periodo cchiù giusto, per sei sirate consecutive svacantò la cartuccera, tanto per essiri sicuro che la cosa arrinisciva».

«E unni annavate per...».

«In nisciun posto. Ccà. Supra a questo letto. Martino cenava con noi e subito appresso ci ritiravamo dato che lui doviva tornare a la sò casa prima di mezzannotti».

«E mentri voi due... Stefano che faciva?».

«Sinni annava a passiare al molo».

«Com'era?».

«Chi?».

«Martino».

«Tu non gli daresti mezza lira, vero? Pare un impiegatuzzo che pensa sulo all'ufficio e che pratica con la mogliere il sabato sira tanto per fari il doviri sò... e invece...».

Si perse darrè un pinsero che le fici comparire un liggero sorriso.

«E invece?» incalzò Mariannina.

«E invece 'na resistenza... 'na tinirizza... 'na forza... 'na fantasia... non mi ci fari pinsare, va'! E ora sta attenta a quello che ti dico. Se ti scappa mezza parola supra a quello che ti ho appena contato, io ti giuro che ti cavo l'occhi con queste mano!».

«Ma che ti veni 'n testa? Come puoi pinsare che io mi metto a contare agli stranei 'na cosa accussì intima che t'arriguarda?».

Fici 'na pausa, stava pinsanno a qualichi cosa.

«Chiuttosto...» principiò dubbitosa.

«Dimmi».

«Nel caso che arriniscissi a convinciri a mè marito di farisi visitari e nel caso che arrisultasse nelle stisse condizioni di Stefano, tu ce la puoi mettiri 'na bona parola con tò cognato Martino?».

Filippa reagì malamenti.

«Ma non sinni parla manco per sgherzo! Martino non è a disposizioni della prima che passa!».

«Io non sugno la prima che passa! Con voi sugno squasi 'na pirsona di famiglia epperciò...».

«Epperciò, nenti. Se ne hai di bisogno, sei tu che devi annartene ad attrovare un fucili bono!».

185

«E indove me lo vaio a circare? Antonio non havi frati».

«Però c'è sò cugino Gianni. È un beddro picciotto e la facenna resterebbi sempri 'n famiglia».

«Ad Antonio Gianni gli sta 'ntipatico. Non lo può vidiri. Non acconsentirebbi mai».

«Tu cerca che alla fini troverai. Ma Martino te lo scordi».

Tutto 'nzemmula a Mariannina vinni un sospetto.

«Non mi diri che Martino ti spara ancora qualichi colpo a stascione di caccia chiusa!».

«E a tia che tinni 'mporta?» replicò, a sfida, Filippa.

La sira, a tavola, Mariannina contò a sò marito Antonio che Filippa le aviva arrivilato d'essiri finalmenti 'ncinta, senza dirgli nenti però della facenna della secunna canna. Non pinsava manco lontanamenti che la notizia avrebbi fatto arraggiare accussì tanto ad Antonio.

«Che vuoi farimi accapiri dicennomi che Filippa aspetta?».

«Nenti. Che dovrei fariti accapiri?».

«Ennò, beddra mia! Tu, con 'sta facciuzza d'angilo, a mia non m'inganni!».

«Antò, che ti piglia?».

«Mi piglia che tu mi stai dicenno, macari se non me lo dici a parole, che Stefano è stato capace e io no!».

A Mariannina, a malgrado che sò marito era tanto arraggiato, vinni di ridiri pinsanno a come il poviro Stefano si era guadagnato il figlio. Altro che capaci, mischinazzo!

«Antò, ti giuro che non mi passava manco per la testa! Ma pirchì sei accussì nirbùso? È da tri jorni che con tia non si può parlari che subito ti metti a fari voci!».

«Scusami, Mariannì. Mi capitò 'na cosa in ufficio e allura... Scusami».

«Che ti capitò?».

«Nenti, cose d'ufficio».

Antonio travagliava nella regia prefettura di Montelusa, era vicecapo di gabinetto di Sò Cillenza Ermanno Bottecchia, il Prifetto.

Ma quella notti stissa, doppo che avivano fatto l'amuri, Antonio non arriniscì a tinirisi dintra la cosa che l'aviva ammaraggiato.

«Tri jorni fa mi chiamò Sò Cillenza il Prifetto. Mi voliva parlari a quattr'occhi».

«Che ti disse?».

«Mi disse che il capo di gabinetto, il commendatori Pascutto, tra cinco misi sinni va 'n pinsioni. Cosa che del resto io già sapiva».

«E metti a tia al posto sò?» spiò Mariannina 'ntirissata.

«Mariannì, raggiuna. Se mi diciva accussì, che avivo avuto la promozioni, io non saria stato nirbùso».

«Vero è. E allura?».

«E allura mi fici sapiri che la sò 'ntinzioni era quella di promuovermi al posto di Pascutto, ma che non lo potiva fari».

«Pirchì?».

«Pirchì le disposizioni del partito fascista ordinano che, nelle graduatorie, il maritato senza figli devi essiri mittuto pinultimo».

«E l'ultimo chi è?».

«'U celibi. Perciò, al posto mè, lui dovrebbi proporre a Giulio Mutolo che è maritato e havi dù figli. Però lui a Mutolo non lo voli e allura mi disse che haio tri misi di tempo».

«Che veni a diri?».

«Veni a diri che se entro tri misi tu resti prena, io addivento capo di gabinetto».

«Te la senti di riprovarici subito?» spiò Mariannina.

Tre

Jachino Impillitteri era stato un abilissimo latro d'appartamenti. L'ultima volta che l'avivano arristato, aviva cinquant'anni, era stanco, malatizzo ed era pirsuaso che stavota la cunnanna sarebbi stata tanto seria da farlo moriri in càrzaro, vuoi per la recidiva, vuoi pirchì al propietario dell'appartamento, che l'aviva sorpriso, gli era vinuto un sintòmo che l'aviva fatto addivintari balbuzienti e mezzo scemo. Il judice accusatori per parti sò ci aviva mittuto il carrico da unnici definennolo «un ex socialista, un rottame non ancora definitivamente spazzato via dalla Rivoluzione fascista».

'Nveci l'abili difisa dell'avvocato Totino Mascarà arrinriscì a fari il miracolo: un anno di galera. Appena nisciuto, Jachino si misi a totali disposizioni dell'avvocato, anima e corpo.

E Totino, da allura, lo pigliò come collaboratore per le sò missioni notturne. Sapiva che di lui potiva fidarisi ciecamente.

Le missioni dell'avvocato, data la loro estrema sigritizza e particolarità, dovivano, salvo casi eccezionali, aviri comincio passata la mezzannotti quanno cioè le pirsone erano annate a corcarsi e certe volte, d'estati, dovivano principiari macari verso l'una, pirchì la genti sinni ristava sino a tardo strate strate o affacciata ai balconi per pigliari frisco. L'avvocato doviva cataminarisi ristanno 'nvisibili all'occhi di tutti.

Raprenno il portoni della villetta indove abitava che era sonata appena la mezza della mezzannotti, Totino s'attrovò davanti la scassata Balilla di Jachino che l'aspittava. Montò in machina.

«Lo sai indove devi annare?».

«Sissi, Gnazia mi spiegò ogni cosa».

Per arrivari a distinzioni ci misiro 'na mezzorata pirchì il posto era squasi fora paìsi, una di quelle casone popolari fatte costruire dal fascismo che parivano caserme.

Jachino parcheggiò, gli pruì dù chiavi.

«Chista è quella del portoni del palazzo, il chiavino servi per la porta dell'appartamento. M'arraccomanno, lassasse le chiavi al propietario, doppo che è trasuto. Vossia deve pigliari la scala C, acchianare al terzo piano, l'appartamento è il nummaro 12. Fora, allato alla porta, c'è scritto: Vignola Salvatore. Facissi con commodo, io l'aspetto ccà».

Un'orata e mezza appresso, Totino era novamenti nella sò villetta. Si fici un bagno e si annò a corcare sodisfatto. Ma prima di stinnicchiarisi, recitò 'na prighera di ringrazio al Signuruzzu per la bona arrinisciuta della missioni che aviva appena fatta.

Il jorno appresso, che era lunidì, Mariannina, come stabilito, annò 'n casa di Caterina Ajola. L'attrovò corcata pirchì, mancanno meno di un misi allo sgravamento, ogni tanto pativa di contrazioni e l'unica era di ristarisinni ferma e riguardata.

La prima cosa che Mariannina le disse fu la notizia della gravidanza della comuni amica Filippa.

«Minni compiaccio per lei» fici asciutta asciutta Caterina.

E po', talianno verso la finestra, aggiungì a voci vascia:

«Spero che non le è costato quanto costò a mia».

Mariannina appizzò l'oricchi. Che voliva diri? Di colpo, va a sapiri pirchì, pigliò 'na decisioni.

Facenno finta di non aviri sintuto il tono serio delle parole dell'amica, si misi a ridiri.

«In quanto a questo, non sulo non le è costato nenti, a Filippa, ma ci ha macari guadagnato!».

Caterina la taliò strammata.

«Guadagnato? E come?».

Glielo doviva diri o non glielo doviva diri? Addecidì di vidiri fino a che punto Caterina era 'ntirissata. Se ammostrava scarso 'ntiresse, non le avrebbi contato nenti. E non avrebbi mancato alla promissa fatta a Filippa.

«Nenti, 'na cosa che mi disse. Parlamo chiuttosto...».

«No, prima dimmi che ci guadagnò».

Mariannina fu lesta ad approfittari della situazioni.

«E tu doppo me lo dici pirchì ti costò?».

«Non lo saccio se me la sento».

La meglio era rivelarle come Filippa aviva fatto il figlio.

«Se ti dico quello che mi disse Filippa, mi giuri di non dirlo a nisciuno?».

«Te lo giuro».

Allura pigliò e le contò la facenna della secunna canna e di Martino.

E di come Martino si era comportato con Filippa, tanto che ancora quanno potivano, quanno capitava l'occasioni...

S'aspittava va a sapiri quali reazioni di Caterina, 'nveci quella non sulo non s'ammaravigliò per nenti, ma anzi vinni pigliata come da 'na botta di malinconia.

«Hai raggiuni tu, ci guadagnò».

Lagrime accomenzarono a colarle supra alla facci, silenziuse. Ma che le avivano fatto patiri, povira mischineddra? Mariannina si calò verso di lei, l'abbrazzò stritta stritta e le spiò all'oricchio:

«Sfogati. Dimmi che ti capitò».

E Caterina, che non ce la faciva cchiù a tinirisi tutto dintra, accomenzò a contare. E po' concludì che quella mezzorata nel corso della quali era stata mittuta prena le era parsa la cchiù umilianti, la cchiù vrigognosa della sò vita. Non si sarebbi sottoposta 'n'autra vota a 'n affrunto simili per tutto l'oro del munno. Il figlio che ora si portava dintra sarebbi di certo ristato il primo e l'urtimo.

«Ma pirchì dici accussì? Che ti fece lui? Sinni approfittò? T'obbligò a fari cose contro natura?».

«Ma che dici? Ma quanno mai!».

«Scusami, ma allura non capiscio che cosa...».

«Mariannì» fici Caterina tutto 'nzemmula scummiglianno il linzòlo e isannosi la fodetta fino a sutta le ascille «che corpo haio io? Dimmelo sinceramenti, ma non considerari ora che sugno gravita».

«Hai sempri avuto un corpo bellissimo, Caterì. Io e Filippa, ogni volta che te lo videmo, moremo d'invidia».

«Lo sai come vinni trattato da lui 'sto corpo? Con una 'ndiffirenza offinsiva. Io ero corcata nel letto col cori che mi battiva tanto che m'ammancava il respiro. Lui trasì, mi disse bonasira, si calò, mi sollivò la sottana quel tanto che gli abbastava, acchianò supra al letto dalla parte dei pedi, arrivò alla mè altizza, s'appuiò supra ai pugni in modo che tra i nostri corpi non ci fusse contatto, trasì, fici quello che doviva fari, sbrigativo, niscì, scavalcò il letto, s'aggiustò i pantaloni, mi disse bonasira e pigliò la porta. Capisci? Aviva fatto tutto senza diri 'na parola, senza livarisi manco la giacchetta, con la cravatta e le scarpi. Pariva un idraulico chiamato a riparari un guasto, e io un tubo di scarrico attuppato che abbisognava sturare! Dio, come mi sono sintuta offisa! Come 'na cosa mi trattò! Come la tazza del cesso dintra alla quali si piscia, e via! Ancora non mi passa! E non mi pò passari!».

Mariannina la lassò sfogari tanticchia e po' le fici dù ultime dimanne.

«Io a quest'omo l'accanoscio?».
«Sì».
«Come si chiama?».
«Non te lo dico».
E non ci fu verso di tirarglielo fora, il nome.

Mentri sinni tornava a la sò casa, Mariannina s'arricordò che non aviva spiato a Caterina pirchì aviva sostenuto all'adunata che Totino Mascarà era sicuramenti 'mpotenti. Ma oramà era addivintata la cosa meno 'mportanti, doppo quello che aviva saputo dall'amica.

'Na decina di jorni appresso, Antonio dovitti partiri per Roma per accompagnari a Sò Cillenza il Prifetto. Mussolini aviva chiamato a rapporto a tutti i capiprovincia d'Italia e dato che il capo di gabinetto Pascutto aviva la 'nfruenza, Bottecchia si era portato appresso a lui.

Tra 'na cosa e l'autra, Antonio stetti fora casa 'na simanata.

La notti stissa che tornò, Mariannina, appena che si corcaro, l'abbrazzò, e gli dissi all'oricchi:

«Mi sei ammancato assà».

Bituata com'era a farlo ogni notti, era sincera e carrica di gana. La risposta del marito l'aggilò:

«Lassami perdiri».

«Pirchì?».

«A Roma mi vinni 'n testa di annare da uno spicialista».

Mariannina aggilò se possibbili ancora di cchiù, si sintì un friddo di morti calarle di supra.

«Non ci sunno spranze?».

«No, non mi disse accussì. Disse che doppo 'na certa cura di rinforzo è sicuro al cento per cento che pozzo fari figli. Mi detti la ricetta e io è da dù jorni che mi piglio il midicinali».

«E allura pirchì...».

«Mariannì, ci voli un anno di cura, capisci? Un anno!».

«E vabbè, aspittamo un anno».

«Mariannì, te lo scordasti come sugno combinato? E la promozioni? Si perdo 'st'occasioni e veni un novo prifetto, capace che non haio cchiù possibilità».

«Senti, alla promozioni ci pinsamo a tempo debito, vabbeni?».

L'abbrazzò ancora cchiù stritto, gli posò 'na gamma supra alle sò.

«'Ntanto, pirchì non mi fai sintiri se la cura accomenza a fari effetto?».

Doppo aviri fatto l'amuri, Antonio aviva la bitudini di annarisi a fumari 'na sicaretta 'n bagno. Macari stavota fici lo stisso e Mariannina lo seguì, nuda come s'attrovava. Certe volte gli faciva piaciri lavarisi 'nzemmula e chiacchiariare.

«Oggi ho 'ncontrato a tò cugino Gianni» attaccò Mariannina.

Era 'na farfantaria, ma era un discurso che aviva nicissità assoluta di fari. Capace che, a come si stavano mittenno le cose, Gianni potiva presto tornari utili.

«Ah, sì?» fici Antonio indifferenti.

«Ma pirchì a tia sta tanto 'ntipatico?».

«Non me lo saccio spiegari. A tia i sorci ti fanno vommitari? Ecco, a mia Gianni fa lo stisso effetto. Da sempri, da quanno eravamo picciliddri. Ma pirchì mi spii di lui?».

«Siccome che mi rimproverò che non l'invitiamo mai a pranzo o a cena, io avivo pinsato di...».

«Mariannì, te lo dico 'na vota e per tutte: Gianni, 'n casa nostra, non ci metti pedi».

E se non potiva mittirici pedi, non avrebbi manco potuto mittirici nisciuna altra cosa. No, la soluzione del cugino Gianni, quella 'n famiglia, era decisamenti 'mpidita.

Quella notti Mariannina non potì pigliari sonno.

Non era giusto che sò marito, che se lo miritava, non viniva promosso sulo pirchì lei non figliava. In conclusioni, i mariti delle sò dù amiche erano stati cchiù furbi di Antonio, quello di Caterina po' non si era fatto manco scrupolo di fari ricorso a 'na pirsona stranea.

C'era però un problema, e cioè che Antonio non le pariva fatto dello stisso stampo dell'altri dù.

Avrebbi sopportato che un altro omo si corcasse con lei sia pure una sula, unica volta e per il tempo strittamenti nicissario alla bisogna? E soprattutto sarebbi arrinisciuto a considerari come sangue del sò sangue un figlio di sangue diverso?

Alla prima dimanna avrebbi potuto arrispunniri che Antonio mai avrebbi consentito, pirchì era di una gilusia che certe volte le faciva spavento.

'Na sira che si stava priparanno per annare a un ricevimento 'n prefettura, si era mittuta un vistito da sira novo che le era arrivato da Palermo. Forsi la scollatura darrè era tanticchia troppo longa. Appena Antonio l'aviva viduta, senza diri manco 'na parola, le era annato narrè e con le mano aviva agguantato i dù lati della scollatura e aviva tirato con tutta la forza che possidiva, strazzanno il vistito e obbligannola a rimittirisi quello vecchio.

Ma considerò che la gilusia nasci pirchì ti scanti che uno straneo possa arrubbarti la fimmina tò. Ma se 'nveci uno offri volontariamenti la propia fimmina, e per uno scopo priciso, la gilusia non dovrebbi nasciri.

Ma tutto questo era teoria, abbisognava vidiri come si sarebbi comportato Antonio nella pratica.

Nicissitava perciò parlari con lui usanno molta quatela e vidiri come se la pinsava in proposito.

In quanto a lei, sarebbi stata capace di fari l'amuri con uno scanosciuto?

Ne dubitava. E allura, si disse, se tu per prima non ne sei capace, è inutili vidiri come se la pensa Antonio. Aspetta, arricordati di quello che ti contò Caterina. Quello certo non lo puoi chiamare amuri. È come quanno ti fai fari una gnizioni. Priciso 'ntifico.

Beh, certo che a considerarla accussì, la facenna cangiava.

Quattro

La notti appresso, in bagno, doppo essirisi fatta giurari e spirgiurari il sigreto, contò ad Antonio come e qualmenti la sò amica Caterina aviva fatto il figlio.

Antonio allucchì tanto per la rivelazioni che la sigaretta che stava fumanno gli cadì dalla mano.

«E Carlo, sò marito, lo sapiva?».

«Lo sapiva?! Ma se fu lui a proporlo a Caterina!».

«Che grannissimo cornuto!».

«Io non lo chiamerei accussì» ribbattì pronta Mariannina.

«Ah, no?».

«No. Ccà non si tratta di corna, le corna ci sunno quanno la mogliere ti tradisce volontariamenti e ammucciuni».

«Dai, Mariannì, voltala come vuoi, sempri cucuzza è!».

«Tu non vuoi raggiunari! Considera che...».

«Mariannì, basta accussì! Di 'sta facenna non 'nni voglio cchiù sintiri parlari! D'accordo?».

«D'accordo».

Macari bona parti di quella nottata Mariannina la passò vigliante. E nelle matinate, arrivò a 'na pricisa conclusioni: dato che Antonio non voliva sintiri raggiuni, lei gli avrebbi dato lo stisso un figlio, però senza dirigli come aviva fatto. Tutto il merito sarebbi annato alla cura che lui stava facenno. Pigliata 'sta decisioni, s'addrummiscì come un ancileddro.

Il problema, che affrontò fino dal matino appresso, era di scopriri al cchiù presto possibbili a chi si era arrivolgiuto Carlo per fare 'mprinare a sò mogliere.
Nel doppopranzo tornò a trovari a Caterina, che ancora non potiva susirisi dal letto. Ma Caterina s'arrefutò ancora 'na volta di farle il nome dell'omo. Però le scappò di diri 'na cosa che Mariannina acchiappò a volo. E cioè che lei, quanno Carlo le aviva proposto la facenna, aviva acconsintito a 'na condizioni: l'omo non doviva essiri maritato. Non voliva aviri la responsabilità del piccato d'adulterio che quello avrebbi fatto praticanno con lei.
«Ed era schetto?» spiò Mariannina.
Caterina confirmò.
Dunqui l'omo era 'na pirsona che lei accanosciva e che era scapolo. Abbastava come punto di partenza.

Nella duminica che vinni, doppo la missa di mezzojorno che era stata sirvuta come al solito da Totino Mascarà, patre Antonio Parascandolo parlò ai fideli annunzianno che quel doppopranzo stisso si sarebbi tinuta 'n chiesa 'na novena alla quali potivano partecipari le coppie maritate ma senza figli. La novena doviva sirviri propio a questo: che il Signuruzzu, sintenno quella prighera speciali, facissi fecondi i grembi fino a quel momento sterili con grannissima soddisfazioni, in una botta sula, della chiesa e del fascismo.

Mentri che mangiavano, Mariannina spiò ad Antonio:

«Ci annamo alla novena?».

«Io non le fazzo 'ste buffonate».

«Io però ci vorria annare».

«Fai quello che ti pare».

Siccome che la novena principiava alle cinque, si annaro a corcare per un'orata. Bastevoli ad Antonio per controllari con sò mogliere a che punto era con la cura. Po' s'addrummiscì. Mariannina 'nveci ristò a occhi aperti a pinsari a quali scapoli accanosciva. 'N totali, scartato Totino Mascarà che Caterina sostiniva che era 'mpotenti eppercò non potiva essiri l'omo che l'aviva mittuta 'ncinta, erano tri. Angelo Fiaccavento, Rosario Posapiano e Saverio Locascio. Quest'ultimo era scapolo, certo, ma non per volontà sò. Era accussì laido che a paragoni il gobbo di Notre Dame addivintava beddro come un angilo del celo. Nisciuna fìmmina si sarebbi fatta 'mprinari da lui nello scanto che i figli potivano assomigliarigli. No, Saverio Locascio non era da pigliari 'n considerazioni. Ad Angelo Fiaccavento non si accanoscivano fìmmine. Ma qualichi voci maligna del pàisi diciva che in compenso gli si accanoscivano òmini. Macari a lei stissa, che non cridiva a 'sta malignità, era però capitato 'na vota di taliarlo mentri che abballava con Manuela Giangrande e tra i dù, per come moviva i scianchi, per come socchiudiva langui-

damenti l'occhi, la fìmmina le era parsa lui. Non scartarlo, ma tinirlo in sospiso. Ristava Rosario Posapiano. Il quali non si maritava sulo pirchì doviva abbadari alla matre malatizza alla quali era affezzionato assà. Ma le fìmmine se le mangiava con l'occhi, tanto che 'na vota Caterina gli aviva dato 'na timpulata per come era stata taliata da lui. Un momento! Caterina le aviva ditto che si era sintuta offisa per la friddizza, il distacco col quali l'omo l'aviva trattata. Ma figurarsi se Rosario, avenno finalmenti tra le mano a Caterina, si comportava come un pezzo di ghiazzo!
Ma allura 'st'omo chi era?

A mità novena a Mariannina, che era l'unica fìmmina prisenti non accompagnata dal marito, vinni, va a sapiri pirchì, di chiangiri. O meglio, il pirchì lo sapiva, ma in modo confuso. Si spiava 'nfatti per quali raggiuni una come lei, pirsona onesta, che mai aviva pinsato di fari un torto al marito, ora si viniva ad attrovari nella condizioni di 'na bagascia qualisisiasi che va 'n cerca d'òmini. Pirchì il fascismo voliva che tutte le coppie avissiro figli masannò arrivavano le punizioni? Ma che colpa ne avivano le fìmmine e l'òmini? Non era certo per loro volontà se i figli non vinivano! E allura che senso aviva fari addivintari buttane per nicissità le fìmmine oneste? Come faciva Dio a pirmittiri 'na cosa simili? Non sapiva se stava chiangenno di raggia o di pena, ma il fatto era che aviva la facci vagnata di lagrime.
Alla nisciuta della chiesa, ebbi un firriamento di testa 'mproviso e dovitti appuiarisi al muro per non ca-

diri 'n terra. Un cinquantino dalla facci simpatica le s'avvicinò.

«Si sente mali, signura? Se voli, posso accompagnarla con la mè machina».

La facci di quell'omo le detti fiducia e accittò. Mentri la faciva acchianare dintra a 'na Balilla scassata l'omo le spiò l'indirizzo e po' le disse di chiamarisi Jachino Impillitteri e che l'aviva viduta chiangiri 'n chiesa.

«'U Signuruzzu non le voli dari un figlio?».

«A quanto pari, no».

Impillitteri fici 'na pausa. E doppo disse, a voci vascia:

«Ma 'u Signuruzzu può essiri aiutato».

«E come?» spiò lei 'mparpagliata.

«Beh, ci sunno tanti modi... Per prima cosa bisogna vidiri da chi dei dù dipenne».

Lei accapì subito.

«Non... dipenne da mia».

«Allura sarebbi cchiù facili».

'Ntanto erano arrivati. Impillitteri le raprì lo sportello, l'aiutò a scinniri.

Po', taliannola occhi nell'occhi, le disse:

«Se havi bisogno di mia, per qualisisiasi cosa, mi trova al posteggio vicino al monumento ai caduti».

Facennosi le scali, Mariannina ripensò alle parole dell'omo. Aviva accapito giusto? O lo sturdimento nel quali s'attrovava le aviva fatto cridiri 'na cosa per un'altra? Opuro le sò lagrime dintra alla chiesa avivano provocato 'na speci di miracolo? E Impillitteri era un angilo mannato ad arrispunniri alla sò dimanna d'aiuto al Signuri?

Quella sira stissa disse ad Antonio che all'indomani a matino voliva annare a Montelusa a fari visita a 'na sò zia che le avivano ditto che era malata. Naturalmenti, era 'na farfantaria sullenne.

«Ci vai con la corriera?».

«Sì».

'Nveci avrebbi pigliato la machina di Impillitteri dicenno po' ad Antonio che aviva fatto tardo pirdenno la corriera.

Marcianno verso Montelusa, Jachino le spiegò che un tri anni avanti un omo di bona famiglia, schetto, onesto, saluti di ferro, timorato di Dio, capaci di mantiniri un sigreto macari sotto tortura, era stato convinciuto da un canoscenti a fari un'opira bona che di certo ne avrebbi avuto grannissimo binificio in Prugatorio: mettiri 'ncinta a sò mogliere. Il canoscenti aviva 'sta nicissità dato che si trattava di un gerarca fascista che non avrebbi potuto fari carrera senza figli. La pirsona 'nterpellata, prima d'accettari, spiò consiglio al patre confessori il quali gli disse che la cosa si potiva fari a condizioni che viniva considerata esclusivamenti come un'opira di carità, fatta al solo scopo di dari un figlio a Dio e alla Patria, senza piaciri personali. Da allura, la missioni di quell'omo era stata questa. E nisciuna fìmmina sinni era lamintata, macari pirchì a quell'omo abbastava 'na sula botta al momento giusto ed era fatta. Garantito.

Fu duranti il viaggio di ritorno a Vigàta che Mariannina disse a Jachino che lei aviva un probbrema cchiù grosso pirchì era sicura che sò marito non sarebbi stato d'accordo. Anzi, sarebbi stato capace di ghittarla fora di casa a pidate.

«Si può fari in modo che non lo veni a sapiri» fici Jachino.

«E come?».

«Signura mia, sò marito mai la passa 'na notti fora?».

«Certo. La prossima simana devi ghiri a Palermo».

E mentri che lo diciva, arriflittì che tra setti jorni sarebbi stato, per lei, il tempo cchiù giusto.

«Considerasse che tutta la facenna massimo massimo dura un quarto d'ura, vinti minuti. Se vossia s'addecidi, me lo fa sapiri. Vene al posteggio e mi dice 'na sula parola: stanotti».

«Ma come farà a trasire 'n casa?».

«Di questo non si devi prioccupari. Vossia mi devi dire a che piano abita e qual è l'appartamento. Ci penso io».

«E... e quanto mi veni a costare?».

Jachino la taliò addulurato.

«Ma come, signura, di dinaro mi veni a parlari? Le dissi che si tratta di 'na missioni! Un'opira di beni biniditta dalla chiesa! Se po' la cosa arrinesci, come non c'è dubbio che arrinesci, vossia fa un'offerta per i povireddri, quello che voli, alla chiesa di San Giuseppi».

Furono queste urtime parole a pirsuadiri Mariannina che la cosa annava fatta assolutamenti.

Totino raprì la porta con le chiavi fàvuse flabbicate da Jachino, trasì, chiuì.

204

Non sapiva chi era la fìmmina da beneficari pirchì la facenna era stata portata avanti non da Gnazia ma da Jachino che si era scordato di farisi dari 'na fotografia. L'appartamento era allo scuro completo e lui addrumò la lampatina tascabbili che in queste occasioni si portava sempre appresso. S'attrovò in un'anticàmmara che dava in un corridoio nel quali c'erano porte a dritta e a manca. Nell'ultima càmmara a mano dritta s'addrumò 'na luci che subito appresso s'astutò. Vi s'addiriggì. Non era la càmmara matrimoniali, la fìmmina aviva scigliuto 'na cammareddra con un littino singolo. Si era cummigliata completamenti con il linzòlo. Lui disse:

«Lascio sul comodino le chiavi che mi sono servite per entrare. Provveda lei a farle scomparire».

Faciva troppo càvudo quella notti e dintra alla cammareddra con la finestra 'nserrata Totino si sintì subito assufficari. Gli ammancò l'aria. E po' era stanco assà. La matina l'aviva passata 'n tribunali, il doppopranzo a riciviri clienti e appresso in sirata aviva avuto 'na riunioni dell'òmini cattolici che era durata fino alla mezzannotti. Perciò non aviva avuto manco tempo per passari da casa e arriposarisi un momento. Per la prima volta da quanno aviva principiato le missioni, Totino pinsò che forsi era bono se si livava giacchetta, cravatta e cammisa. E macari scarpi, pantaloni e mutanne. Era assammarato di sudori. Se non si mittiva nudo, capace che mentri opirava gli pigliava uno sbinimento.

Con le oricchie appizzate sutta al linzòlo, tutta ora ghiazzo ora calori per l'emozioni che stava provanno, Mariannina accapì i movimenti dell'omo e s'ammaravigliò. Ma se Caterina le aviva ditto che con lei non si era manco livato la giacchetta! Che era 'sto trattamento speciali?

Abbasciò tanticchia il linzòlo e taliò, alla luci della lampatina che l'omo aviva posato supra a 'na seggia. L'arriconobbi subito: Totino Mascarà! E un attimo appresso si spiò come mai Caterina potiva sostiniri che Totino, armato da matre natura come s'attrovava, era 'mpotenti! Forsi lo diciva per allontanari il sospetto che Totino potiva essiri il vero patre di sò figlio o forsi pirchì era stata da lui trattata in quel modo...

Ma che corpo che aviva quell'omo! Lucito di sudori, 'na statua greca, pariva!

Non s'era addunata però che, per vidirlo meglio, si era scummigliata chiossà e quanno la luci della lampatina la pigliò in piena facci non potì fari altro che chiuiri l'occhi. Totino astutò la lampatina e lei si priparò, levannosi il linzòlo di supra e sollevanno la fodetta sino alla vita. Aspittò, ma Totino non faciva un passo. Lo sintiva immobili nello scuro.

«Che c'è?» spiò con un filo di voci.

Allura lui parlò, con le parole che gli trimavano.

«Non... non posso farlo. Assolutamente, non posso. Se sapevo che era lei, Mariannina, non avrei mai accettato».

«Ma perché?».

«Perché lei... lei è l'unica donna che io... mi sogno la notte, ecco. E mi costringe l'indomani mattina ad andare a confessarmi. E quando servo messa e lei è lì, in prima fila, e mi guarda coi suoi splendidi occhi, io devo chiedere perdono a Dio per i pensieri che... No, mi creda, non posso. Se lo facessi, commetterei peccato mortale. Verrei meno alle condizioni per le quali posso svolgere santamente la mia missione. Mi scusi. Si ricopra, io mi rivesto».

Non ne ebbi il tempo.

«Tu di ccà non ti catamini!» gridò Mariannina susennosi di scatto, agguantannolo per un vrazzo e tirannosillo supra al letto.

Ma quanno mai un omo le aviva fatto 'na dichiarazioni d'amuri simili?

Quella fu la fini delle missioni di Totino Mascarà.

Con Mariannina aviva provato quello che non era lecito provari. Epperciò aviva commisso il piccato d'adulterio. E ora, 'na vota accanosciuto quant'è bello il gusto di mangiari la frutta del jardino dell'autri, c'era il piricolo che la cosa s'arripitiva con qualichi autra fìmmina. Dunqui, era meglio finirla.

Novi misi appresso a Vigàta erano nasciuti cinco picciliddri. Dù erano il risultato dell'urtime opire di beni di Totino. Il figlio mascolo permisi ad Antonio D'Angelo di aviri la promozioni a capo di gabinetto del prefetto. La figlia di Agatina e Salvatore Vignola era 'nveci la sesta di sei figli: tri mascoli e tri fìmmine. Il poviro Vignola aviva dovuto fari ricorso all'opira bona dell'avvocato Mascarà pirchì era momintaneamenti 'mpidito causa gravi malatia. Ma aviri sei figli significava un assegno minsili di tricento liri e l'esenzioni completa dalle tasse. Tutta grazia di Dio.

Un giro in giostra

Uno

Breve, la vita felice di Benito Cirrincione, si potrebbe diri citanno il titolo di un racconto di un celebrissimo scrittori miricano.

Benito, detto Nito dai famigliari e dalli scarsi amici che ebbe, nascì nel priciso 'ntifico momento nel quali Binito Mussolini s'affacciava dallo storico balconi di Piazza Venezia, a Roma, per proclamari all'urbi e all'orbo che l'Italia fascista trasiva 'n guerra con i bissini d'Abbissinia.

La potenti voci di Mussolini, portata dall'altoparlanti assistimati nelle strate di Vigàta fino a dintra alla càmmara di letto della signura Concetta Ficarra maritata Cirrincione, sopraffici il primo chianto del neonato.

Tanto la matre quanto il patre, il ragioneri Armando Cirrincione, 'mpiegato di terzo grado al Municipio di Vigàta, doppo longhe discussioni avivano addeciso di chiamari questo loro primo figlio Agatino, in modo che nel nomi ci fossi in qualichi modo prisenti tanto quello della matre di lei, che faciva Agazia, quanto quello del patre di lui, che faciva Costantino.

Senonché, capitò che al momento nel quali il patre s'arrecò all'ufficio anagrafe per addenunziari la nascita del figlio e dargli il nomi concordato, nella càmmara s'attrovasse non tanto casualmente il Potestà Brucato, fascista della prima ora, squatrista e marcia su Roma.

Il Potestà chiamò sparte ad Armando prima che quello potissi avvicinarisi al tavolino dell'addetto.

«Camerata Cirrincione, ho saputo che avete avuto un figlio maschio».

«Sissignore».

«Stamattina sono state denunziate solo nascite di femmine. Meno male che siete arrivato voi. Che nome volete mettergli?».

«Agatino».

«Che cazzo di nome è?».

«Ora vengo e mi spiego. Mè mogliere Concetta...».

«Non me ne frega niente di vostra moglie. Volete essere promosso impiegato di secondo grado?».

«Come no!».

«Allora il nome di vostro figlio è Benito! D'accordo?».

«Ma cillenza Potestà, nella nostra famiglia...».

«Me ne frego della vostra famiglia! L'aumento, per il passaggio di grado, è di venti lire mensili. Per voi, e solo per voi, sarà di trenta. D'accordo?».

«Signorsì».

Il Potestà isò il vrazzo nel saluto romano e niscì dalla càmmara. Trasì nel sò ufficio e accomenzò a scriviri un tiligramma per Mussolini:

«Duce! Mentre le nostre gloriose forze armate fasciste, sotto la vostra illuminata guida, s'apprestano a conquistare l'Impero, mi onoro comunicarvi che nel comune di Vigàta in data odierna è stato imposto a un neonato, e per la decima volta, il nome di Benito. Vi prometto di raggiungere quota venti Beniti entro l'anno. Alalà».

Quanno la signura Concetta seppi che sò figlio s'acchiamava Benito, armò un catunio col marito. Questi s'addifinnì con l'unico argomento che aviva:
«Ma tu lo sai che venno a significari trenta liri al misi d'aumento?».
E la signura Concetta dovitti chiantarsi col vintotto.
Ma da quel momento in po' a sò figlio lo chiamò Nito e non ci fu verso di farle diri il nomi intero. Come non ci fu cchiù verso d'aviri 'na nova gravidanza. Benito ristò figlio unico.

Parse che tutte le malatie 'nfantili dell'universo criato si fossiro passata la parola. Il picciliddro non sinni scansò una. Per dù vote corse piricolo di morti. Ma all'ultimo momento, quanno tutti dicivano che non c'erano cchiù spranze e arrivava il parrino con l'oglio santo, s'arripigliava e scansava la morti.
Non la scansò 'nveci sò patre.
Richiamato subito sutta l'armi appena che scoppiò la guerra del '40, fu mannato al fronti francisi cantanno:

Se la Francia non è una troja,
deve darci Nizza e Savoja.

Un soldato francisi, che era chiaramenti un figlio di troja, gli spaccò la fronti con una fucilata al primo scontro.

Certo, con la pinsioni del morto la signura Concetta e il picciliddro sarebbiro arrinisciuti a campari, sia pure a malappena, sino alla fini del misi. Però la signura Concetta, già nelle prime simanate di vidovanza, accomenzò a spiarsi indove potiva attrovare i dinari che le abbisognavano per accattare le scarpi e i vistita a Nito che non la finiva mai di crisciri e a ogni sei misi le cose non gli trasivano cchiù. Potiva mittirisi a fari la cammarera, lei, la vidova di un impiegato di secunna categoria?

'Na bella matina, doppo avirici pinsato a longo tutta la nuttata, si susì, s'impupò e s'apprisintò al Potestà.

Era vistuta a lutto stritto, con un tailleur tutto nìvuro. All'ebica la signura era trentina, biunna, àvuta, di coscia longa, epperciò non c'era omo che non si voltasse a taliarla quanno caminava strata strata. Pirchì era accussì addotata di pirsonali che ai mascoli faciva pinsari sulo a 'na cosa, propio a quella e basta.

«Vi posso dare cinque minuti» fici il Potestà.

La signura Concetta parlò per tri minuti e mezzo.

«Signura, credetemi, io capisco perfettamente la vostra situazione» disse alla fini il Potestà che, per tutto il discurso di lei non era mai arrinisciuto a livari l'occhi da supra al sò petto giniroso. «Ma come posso venirvi incontro? Ci sarebbe il sussidio di cinque lire che la generosità del Duce ci consente di donare alle persone bisognose, ma questo non risolverebbe certo la vostra situazione».

«Non è previsto niente per chi si chiama Benito?» spiò la signura. «Siete stato voi a volerlo chiamare...».

«Me lo ricordo perfettamente. Purtroppo però devo dirvi di no, non è previsto niente».

La signura Concetta sospirò. Il petto le si isò tutto come per decollare, il Potestà spirò per un momento che i bottoni della cammisetta non reggissiro. Po' i loro occhi s'incontraro. Stettiro un pezzo a taliarisi, in silenzio.

Allura il Potestà, passanno al dialetto che era severamente proibito ai tempi del fascio, disse a lento:

«Forsi 'na soluzione si potrebbi attrovari».

«Daveru?».

«Sì, ma abbisognerebbi parlarinni a longo, con calma, a quattr'occhi... Mi spiegai?».

«Peffettamenti. Io ci direbbi di viniri a la mè casa, ma 'na vidova picciotta sula con un omo come a vui non sarebbi cosa. Le malelingue tirerebbiro fora 'na sparla...».

«Se è pi chisto... io potrei viniri, che so, dumani stisso passata la mezzannotti, quanno tutti sinni sunno ghiuti a corcare...».

«Io vi lasserei la porta rapruta per evitarvi di tuppiare... Ma...».

«Ma?».

«Ma di voi mi pozzu fidari? Non è che po' quanno semo suli accomenzate a... Iu sugno 'na povira fìmmina deboli...».

215

«Ma che vi veni 'n testa? Pinsate che iu sugno uno che s'approfitta?».
«Chisto no, ma sapiti come si dici? L'occasioni fa l'omo latro».
«Avete la mia parola d'onore di fascista».
«Se giurate accussì...».
«Allura d'accordu. Mi lo diciti preciso indove abitati?».
Il Potestà continuò a esaminari la questioni con la signura Concetta tri notti a simana, dalla mezzannotti alle tri del matino. Non attrovò mai 'na soluzioni, ma in compenso le scarpi e i vistiti, tanto per Nito quanto per sò matre, non ammancaro mai.

A sei anni, quanno annò alla prima limintari, per tutte le malatie che aviva patito e continuava a patiri, Benito era accussì sicco, longo longo e malannato che i sò compagnuzzi l'acchiamaro «ossa di morto».
Non aviva manco la forza di tiniri 'n mano il fucileddro che era di spittanza di ogni Balilla quanno si doviva mittiri in divisa per partecipari alle adunate del sabato doppopranzo. Al capomanipolo che comannava il sò reparto, il picciliddro faciva tanta pena che l'esentò dalle marce e dalle esercitazioni di ginnastica.

Quanno nel 1943 i miricani, doppo uno sdilluvio di bummi che cadivano dal celo come se chiovisse, sbarcaro 'n Sicilia e arrivaro a Vigàta, Nito aviva otto anni. La prima cosa che ficiro i miricani fu d'arristari al Potestà e mannarlo in un campo di concentramento.

Per una decina di jorni la signura Concetta non conzò la tavola della càmmara di mangiare pirchì non aviva il dinaro bastevoli per accattare cose da cucinare. Matre e figlio annaro avanti con pani e tumazzo, pani e sarde salate, pani e cicoria. Nito, longo com'era, stanno addritta cimiava avanti e narrè come i rami cchiù àvuti di un àrbolo pigliato dal vento.

Era un picciliddro che non arridiva mai macari quanno potiva mangiari a tinchitè, figurarisi ora che era sempri a stomaco vacante.

Po' capitò un fatto miraculuso.

Un mezzojorno Nito, tornanno a la casa, attrovò la tavola di mangiare tutta cummigliata di robba bona miricana, scatoletti con dintra carni semprici, di vitella e di porcu, con l'ova, col prosciutto, con la spezia e po' decine di altre scatoletti di latti condensato, caramelli, cioccolato, di crema di nociddre. Allucchì.

«Mamà, chi te l'arrigalò tutti 'sti cosi?».

«Aieri a sira, mentri che tu ti eri addrummisciuto, passò un sordato miricano che si chiama Mark e disse che 'sti cose ce li mannava lo zù Ciccino, un cuscino di tò patre che sta nella Merica».

Doppo tri jorni, quanno tutta la robba di mangiari stava finenno, sò matre gli disse:

«Nito, oggi ti fazzo un rigalo. Ti dugno il dinaro per annare al ginematò. Ci vai dalle sei alle otto».

Quanno Nito s'arricampò vitti che la tavola era stata novamenti arrifornita.

«Tornò Mark?».

«No, vinni un sò amico che si chiama Fred».

Passati tri jorni, la stissa storia: al ritorno dal ginematò, la tavola china di robba bona.

«Che vinni, Fred?».

«No, uno che si chiama Daniel».

Lo zù Ciccino, evidentementi, accanosciva a mezzo esercito miricano.

Fatto sta che ora che il mangiari non fagliava cchiù, Benito accomenzò a mettiri tanticchia di carni supra all'ossa. Ma ristò sempri laiduzzo, i denti sporgenti, le grecchie a sventola, il naso grosso come 'na patata.

Quanno tornò da Palermo indove era ghiuto a scrivirisi alla facoltà di lettiri dell'università, sò matre, mentri che stavano a mangiare, gli fici:

«Ti devo addimannari 'na cosa».

Nito la taliò. Sò matre era russa 'n facci, come se era affruntata.

«Che c'è, mamà?».

«C'è che uno che accanoscio da assà... un galantomo sissantino... fa il commercianti... se la passa bona... è vidovo senza figli... Si chiama Antonio Pirrotta...».

«E che voli?».

«Si vorrebbi maritare con mia».

Nito ristò a taliarla a vucca aperta, strammato.

Mai aviva pinsato che sò matre si potissi rimaritari. La signura Concetta cadì in un quivoco.

«Se tu non sei d'accordo, allura...».

«Ma no, mamà... sono stato pigliato alla sprovista...».

«E tu riflettici. Sarebbi 'na bona cosa per tutti e dù.

Io m'assistemo per tutta la vita. E a tia Antonio t'accatterebbe 'na bella casa granni 'n Palermo... intanto ci stai quanno studi... e po', se voi ristari a fari ddrà il profissori... ti torna commoda».

Doppo quinnici jorni il ritratto del poviro marito Armando vinni livato da supra al commodino indove la vidova lo tiniva con un lumino sempri addrumato davanti. Aviva visto passari, attraverso il fazzoletto trasparenti che lei gli mittiva supra prima di spogliarisi, centinara di pirsone: il Potestà, i miricani, i paisani canosciuti e scanosciuti e ora, finuto dintra a 'na scatola di cartoni 'nzemmula ai rimasugli della sò vita che la signura Concetta aviva sarbati, non avrebbi finalmenti viduto cchiù nenti.

Tri misi appresso la signura Concetta e il sò zito sissantino sinni partero in machina per Pompei pirchì avivano fatto voto alla Madonna di maritarisi nel sò santuario. 'Na vota maritati, sarebbiro annati 'n viaggio di nozzi a Parigi di Francia.

Nito, ristato per la prima volta nella sò vita sulo senza sò matre, si stinnicchiò supra al letto. Doppo tanticchia s'addunò di stari chiangenno. Po' s'addrummiscì. La matina seguenti chiuì la casa di Vigàta e si trasfirì 'n Palermo.

219

Due

L'appartamento ammobigliato che gli aviva accattato Antonio Pirrotta, il secunno marito di sò matre, s'attrovava al terzo piano di un vecchio palazzoni di via Roma, propio allato alla Vucciria che era il cchiù granni mercato della cità.

Le càmmare erano tutte spaziuse assà, con le volte alte come s'usava nell'ottocento. Ci stavano un ingresso che da sulo era un quarto dell'appartamento di Vigàta, la cucina che ci potiva mangiare 'na famiglia di almeno otto pirsone, il bagno, 'na càmmara di letto matrimoniali ch'era 'na piazza d'armi, 'na càmmara con un littino ma di grannizza eguali e un salotto che ci si potivano fari le curse di bicicletta.

E ci stava macari un cammarino di sgombro indove ci si potiva mettiri un altro littino, un armuàr nico e un tavolinetto.

La casa era troppo granni per Nito, il quali perciò addecisi di chiuiri a chiavi il salotto e la càmmara matrimoniali e d'assistimarisi nella càmmara col lettino a 'na chiazza mittennoci dintra macari 'na scrivania.

Sino dai primi jorni che accomenzò a frequentari l'università, fici 'na speci d'amicizia con uno studenti di Montelusa, Michele Torrentino, che abitava in una pinsioni vicina.

Spisso, a mezzojorno, annavano a mangiari 'nzemmula alla Vucciria. Michele era bravissimo 'n filosofia, la capiva a prima botta, ma scarso in latino. Nito 'nveci col latino ci si attrovava di casa e faticava assà con la filosofia.

Se Nito era sicco sicco, longo longo e soprattutto con un aspetto da dù novembriro che non faciva piaciri a vidirisi, tanto che le studintisse, quanno lui s'avvicinava, facivano 'n modo di scansarisi e i mascoli, per il sì o per il no, si toccavano i cabasisi, Michele al contrario era rusciano, tracagnotto, amicionaro, vociolero, sempri sorridenti e faciva 'mmidiata simpatia a tutti.

Inoltri, se Nito alle fìmmine manco le taliava, Michele le taliava e come.

Smaniava, ci si pirdiva appresso a ogni picciotta.

«Nito, talè quella biunna! Maria, che cosce!».

«Talè le minne di quella mora, Nito!».

«Talè, Nito, quello non è un culu, ma l'Olimpo!».

«Nito, talè quelle gamme! Portano dritto dritto alla trovatura!».

E Nito continuava a fari l'indifferenti. Lo sapiva bono che quella era robba squisita della quali non avrebbi mai potuto assaggiari il sapore.

Un jorno Michele s'offrì d'annare per qualichi orata 'n casa dell'amico per spiegargli un dialogo di Platone. In cangio, Nito gli avrebbi fatto tanticchia di latino.

Appena che vitti l'appartamento, Michele strammò.
«Ma chista è 'na reggia!».
Lo volli visitari tutto come se se lo doviva accattare.
E dù jorni appresso fici a Nito 'na proposta.
«Senti, e se io vinissi ad abitari ccà con tia? Mi fai dormiri nella càmmara matrimoniali e io ti pago lo stisso priciso di quanto pago alla pinsioni. Qualichi lira di cchiù 'n sacchetta ti può sempri fari commodo, no?».
«Non ti trovi bono alla pinsioni?».
«Sì e no. Ma mi farebbi piaciri viniri ccà».
Nito ci pinsò supra. E po' disse:
«Io ci starei. Ma c'è un probbrema».
«Quali?».
«Michè, ti parlo franco. Io, e tu tinni sarai già addunato, non sugno 'na pirsona di compagnia, sugno mutanghero, malanconico».
«E io non ti staio addimannanno di maritariti con mia».
«Vabbeni, ma, vidi, a tia la compagnia piaci. Doppo qualichi misata che stai ccà ti stuffi e tinni vai».
«Ma io addisidiriria viniri ccà propio pirchì nella pinsioni non è possibbili aviri la compagnia che voglio!».
«Ci abiti sulamenti tu in questa pinsioni?» spiò Nito 'mparpagliato.
«No».
«E allura quali altra compagnia ti serve?».
«Non mi spiegai bono. Nella pinsioni non è possibbili arriciviri fìmmine. La patrona è pejo di 'na carzarera. Mentri vinenno ccà aviria tutta la libbirtà che vo-

glio. Sempri che a tia non ti darebbi fastiddio se di tanto in tanto veni a trovarimi qualichi picciotta».

«Che fastiddio mi dovrebbi dari?».

Ma quali di tanto in tanto!

Dal momento che Michele pigliò posesso della càmmara matrimoniali non passò 'na notti ch'era 'na notti senza che il letto a dù piazze non fusse 'nteramenti occupato.

Le prime volte che Nito, vigliante a studiare, accomenzò a sintiri proveniri dalla càmmara matrimoniali il canto e controcanto a dù voci, mascolina e fimminina, con accompagnamento di cigolii delle riti, gran botte al muro della tistera del letto e crescendo finale, non arriniscì cchiù ad annari avanti con lo studdio di Cicerone.

Certe notti, sintennosi 'nfocare tutto dintra, rapriva la finestra, s'appuiava al davanzali e ristava orate a pigliari aria.

Per quanto si sforzassi di pirdirisi nella storia della Roma dei Cesari, di Crasso, di Ottaviano, di Marcantonio, non c'era verso, a un certo punto il pinsero di Michele che se la spassava della bella a qualichi metro di distanza con una picciotta nuda e pronta a tutto, aviva la meglio.

Accomenzava a sudari, 'na speci di formicolio gli pigliava tutto il corpo, la càmmara principiava a firriargli torno torno.

Allura doviva scappari 'n bagno, mittirisi con la testa sutta al cannolo dell'acqua correnti e ristarici un pezzo.

Pirchì lui ancora non era stato con nisciuna fìmmina.

223

E vabbeni che le fimmine non l'intirissavano accussì tanto, o meglio, arrinisciva a non farisille 'ntirissari tanto, ma come si potiva ristari 'ndiffirenti davanti alle fantasie che le rumorate notturne gli facivano viniri?

Pejo di Sant'Antonio nel diserto, c'erano nottate che viniva assugliato da decine di fimmine nude che gli facivano ogni straminio possibbili e immaginabbili e appresso lo lassavano mezzo morto, senza la forza di isare 'na mano, boccheggianti, supra al letto.

Al liceo, non aviva mai tintato d'ottiniri la compagnia di qualichi cumpagna di scola e lo stisso aviva fatto all'università. L'occhi per taliarisi allo specchio, e sapiri quant'era fatto malamente, l'aviva.

Eppercìo accapiva che le risposte che le fimmine gli avrebbiro dato sarebbiro state sempri negative.

Potiva annare a sfogarisi con qualichi buttana di strata, ma all'ultimo momento gli viniva a fagliare il coraggio d'avvicinarle e di proporsi come cliente. E po' si scantava della sconcica che la buttana gli avrebbi sicuramenti dato appena che viniva a scopriri che, a vint'anni fatti, era ancora vergini.

«Ma tu... nenti?» gli spiava ogni tanto Michele.

«Non t'apprioccupari. Mi sta beni accussì».

Ma era 'na gran farfantaria.

'Nfatti spisso, sulo nella sò càmmara, appena che principiava l'ouverture del duetto, gli vinivano le lagrime all'occhi.

'Na matina che ancora manco erano le otto, mentri

che si stava vistenno, sintì sonari il campanello della porta.

Michele, stanco morto della grossa faticata della notti avanti, dormiva ancora e runfuliava.

«Cu è?».

«Telegramma urgente».

Firmò la ricivuta, liggì quello che c'era scritto.

«Comunicoti che Concetta et Antonio purtroppo deceduti ieri pomeriggio in seguito incidente automobilistico stop funerali domani ore 11 chiesa madre Vigàta stop tanto per tua conoscenza stop sapevo che la cosa sarebbe finita male stop firmato Lina Pirrotta».

Lina era la soro maggiori di Antonio e quanno questi si era fatto zito con Concetta lei si era tanto 'ncaniata contro 'sta decisioni che non aviva voluto cchiù vidirlo.

«Quella ex buttana lo portirà alla tomba a mè frati!».

Per non tornari nella bitazioni di Vigàta oramà sdisolatamenti vacante e non vidiri la robba di sò matre sparpagliata casa casa come se lei fossi ancora viva, Nito pigliò il treno da Palermo alle otto di matina del jorno stisso dei funerali, arrivò alle deci e quaranta, annò prima 'n chiesa, po' 'n camposanto, ripigliò il treno dell'una e alle quattro di doppopranzo era novamenti nella sò casa di Palermo.

Si sintiva 'ntronato, svacantato, non aviva gana di fari nenti.

Si stinnicchiò supra al letto e ristò con l'occhi sbarracati a taliare il soffitto.

All'otto e mezza s'arricampò Michele. Aviva fatto la spisa alla Vucciria.

«Stasira mangiamo 'nzemmula. Cucino io».

«Non haio pititto».

«Te lo fazzo viniri io».

E 'nfatti arriniscì a pirsuadirlo a mangiarisi qualichi cosa.

«Come mai stasira sei sulo?» gli spiò Nito.

«Rispetto il lutto tò. Domani notti mi rifazzo di quello che ho perso».

Fici 'na pausa e po' arripigliò:

«Senti, scusami se t'addimanno 'na cosa che ora come ora non sarebbi il caso, ma a tia, dato che le cose sono cangiate, i soldi per campare chi te li manna?».

Nito non ci aviva pinsato.

Ogni trenta del misi la bonarma di Antonio Pirrotta gli mannava un vaglia tiligrafico. E ora chi avrebbi proveduto?

In virità probbrema uggenti non era, aviva qualichi risparmio basato soprattutto sul minsili che gli dava Michele. Ma non c'era dubbio che la facenna annava prima o po' arrisolta.

'Na quinnicina di jorni appresso arricivì un altro tiligramma che però non era uggenti come l'altro.

«Pregola trovarsi mio studio di Vigàta via Lincoln numero diciotto giovedì mattina ore dieci per importanti comunicazioni che la riguardano firmato notaio Luigi Vassallo».

Sempri per non tornari nella bitazioni indove era stato con sò matre, pigliò il treno delle sei del matino e arrivò spaccato dal notaro.

Che era un sissantino àvuto sì e no un metro e cinquanta, con l'occhiali a funno di buttiglia e tutta 'na serie di tic che uno doppo cinco minuti che lo stava a taliare si sintiva nesciri pazzo. Aviva 'na voci di soprano liggero.

«Signor Cirrincione, io avrei dovuto convocarla, in qualità purtroppo di erede unico data la concomitante perdita di sua madre, per leggerle il testamento che il defunto signor Antonio Pirrotta aveva qui depositato. Purtroppo il testamento è stato impugnato dalla sorella del defunto, la signura Lina Pirrotta in Calafati».

«Impugnato? E perché?».

A quella dimanna il notaro vinni travolto da 'na timpesta di tic. Storcì ripetutamenti e in concomitanza, per adopirari 'na parola sò, il naso, la vucca, l'oricchi, l'occhi, si toccò cinco vote di seguito lo zigomo destro con la mano mancina e quello mancino con la mano destra e po' disse:

«Pare che non fossero sposati».

Nito strammò.

«Ma se sono andati apposta a Pompei...».

«Sembra che la signura Lina sia venuta a conoscenza che all'ultimo momento i due non si siano presentati nel santuario per la celebrazione delle nozze».

«Ma possono avere deciso d'andarsi a maritare altrove!».

«Questo è possibile. Ma, vede, non risultando nessuna comunicazione dell'avvenuto matrimonio all'anagrafe di Vigàta, l'indagine andrà per le lunghe. E la signura Lina ha chiesto e ottenuto dal Tribunale che nelle more venga esercitata una sospensione cautelativa».

«Senta, signor notaio, io ricevevo una somma mensile da...».

«Lo so benissimo. Disgraziatamente non la riceverà più fino a quando tutta la faccenda non sarà stata chiarita. Ci vorranno anni. Vuole un mio consiglio? Si cerchi intanto un lavoro».

Provò a circarisillo, un travaglio. Ma appena che lo squatravano bono, i propietari dei ristoranti, dei bar, dell'alberghi indove annava a offririsi come cammareri, scotivano negativamenti la testa:

«Figlio mio, non è per cattiva voluntà, ma fatti pirsuaso che con uno come a tia pirdemo tutti i clienti».

Persino in un'agenzia di pompe funebri ebbi la negativa.

«Vabbeni che semo sempri 'n mezzo ai chianti e alle lagrime, ma c'è un limiti a tutto».

Accomenzò a prioccuparisi seriamenti, ma fu Michele ad attrovari la soluzioni.

Tre

'Na matina che Nito gli stava contanno dell'urtimo refuto arricivuto, l'amico lo taliò e disse:
«Senti, mi vinni un'idea. Però non so se...».
«Tu dimmilla lo stisso».
«Pirchì non metti un letto matrimoniali dintra al salotto e affitti la càmmara a un universitario?».
A Nito, a prima botta, non parse 'na cosa sbagliata. Il salotto era sempri chiuso e un picciotto in cchiù non avrebbi dato 'mpaccio. Ma Michele continuò:
«Volenno, puoi affittari macari la càmmara indove stai tu, ma mittennoci però un letto granni».
Nito, a 'sto punto, s'imparpagliò.
«E io unni minni vaio?».
«Nel cammarino di sgombro. È bastevolmente capiente per il littino, la scrivania e un armuàr nico. E c'è macari 'na finestra».
Nito ci pinsò supra dù jorni e po', visto e considerato che non c'era altro da fari, seguì il consiglio di Michele.
Non sulo, ma fici mettiri il tilefono nell'anticàmmara e s'accattò 'na televisioni che si portò nel cammarino.

Accussì, con tri càmmare affittate, non ebbi cchiù il probbrema di circarisi un travaglio.

Nel salotto ci annò a bitari Ubaldo Sammartino, studenti al secunno anno di midicina, e nell'ex sò càmmara Stefano Pullarà, studenti al terzo anno di economia e comercio.
Erano tutti e dù amici stritti di Michele e come a Michele picciotti studiosi, certo, ma macari addisidirosi di spassarisilla con le fìmmine e arresoluti a non pirdirisinni una.
E da allura in po', ogni notti, Nito, 'nserrato nel sò cammarino, macari per studiari, fu obbligato a mittirisi i tappi nell'oricchi.
Se prima con Michele ascutava un duetto notturno, ora pariva addirittura d'essiri supra al palcoscenico del tiatro Massimo duranti un concerto per coro e orchestra.
Era la vita che esplodiva in tutta la sò potenzia, era la gioia di viviri quella che nottitempo isava alla luna il sò canto passanno oltre i soffitti e il tetto, era la potenti voci della gioventù quella che superava lo sbarramento fitto dei tappi di cottone e penetrava nell'oricchi di Nito come un'eco irraggiungibili.
Certi notti di stati la calura obbligava a tiniri le finestre raprute. E allura quel canto nisciva fora dalle finestre come l'acqua bollenti dalla pignata, s'arrovisciava nel cortiglio e i gatti randagi si mittivano a miagolari pirchì macari essi vinivano contagiati da quel coro d'amuri.

E lui, niscenno di prima matina dal cammarino per annarisi a lavare, appena che si taliava allo specchio, si scopriva addivintato, ma senza farisinni eccessiva maraviglia, tanticchia cchiù vecchio, tanticchia cchiù strapazzato, tanticchia cchiù consunto del jorno avanti.

Era come se la forza della gioventù che l'altri allegramenti spardavano squasi che fosse inesauribbili, in parti gliela fornissi lui stisso, ogni notti privannosi di 'na poco del sò sangue, di un pezzo della sò propia esistenzia.

Si laureò, a pieni voti, il jorno appresso a quello nel quali si era laureato Michele.

L'amico passò tri nottati speciali dedicate al congedo di tri picciotte che gli erano state le cchiù simpatiche e po' sinni tornò a Montelusa.

Nito affittò la càmmara a un novo studenti.

Partecipò al concorso per l'insegnamento di greco e latino e pinsanno che gli sarebbi tornata utili circò di pigliarisi la patenti.

«Lei è assolutamente negato. E le consiglio di non riprovarci più» fici l'esaminatore bocciannolo per la terza e urtima vota.

Uno degli studenti che bitavano da lui e che portava la machina gli disse che accanosciva a un'agenzia indove, paganno, gli avrebbiro attrovato un commissario d'esami che chiuiva un occhio. A Nito non parse cosa e arrispunnì di no.

Quanno stamparo i risultati del concorso, vitti che il sò nomi s'attrovava al tricentesimo posto. Com'era possibbili? Si misi a leggiri i nomi di quelli che erano avanti a lui, 'na poco dei quali accanosciva pirsonalmenti.

Accussì sinni spiegò il motivo. Decine e decine di laureati con una votazioni assà cchiù scarsa gli erano passati davanti, uno pirchì era nipoti di un deputato, l'altro pirchì era raccomannato dal viscovo, un terzo pirchì era figlio di un impiegato all'ufficio tasse, un quarto pirchì la matre era l'amanti di un pezzo grosso...

Fici un centinaro di dimanne di supplenza. Arricivì 'na sula risposta: se voliva, potiva annare a 'nsignari in un paìsi perso della provincia di Bolzano. Arrefutò.

Un jorno gli tilefonò Michele per dirgli che aviva avuto l'insegnamento a Montelusa.

«E tu?».

«Nenti».

«Senti, Nito, pirchì non ti metti a dari lezioni private? Bravo come sei in latino...».

«E come fazzo ad attrovare quelli che ne hanno di bisogno?».

«Scrivi un biglietto e l'appizzi al lato al portoni d'ogni scola di Palermo. Macari lassi 'na bona mancia ai bidelli. Anzi, senza macari. Gliela lassi e basta. Ma la devi fari difficile».

«Che cosa devo fari difficile? Non ho capito».

«Tra deci minuti ti richiamo e te lo detto io quello che devi scriviri».

Michele richiamò puntuali.

«Sei pronto? Scrivi senza discutiri. "Solo a pochissimi privilegiati abbienti straordinario docente d'eccezione è disposto a impartire lezioni private di latino. I candidati saranno ammessi alle lezioni dopo inappellabile esame preliminare". Non ci mettiri né il tò nomi né il tò 'ndirizzo, ma sulo il nummaro di tilefono. Cchiù mistiriosa appari la cosa e meglio è. E m'arraccomanno: fatti pagari dù vote la tariffa bituali».

Passati quattro jorni, arricivì cinco tilefonate. E su cinco picciotti che s'appresentaro, ne sciglì solamenti tri.

Siccome che non potiva dari lezioni nel cammarino di sgombro, persuadì all'universitario che stava nella sò ex càmmara a trasferirisi nel cammarino paganno la mità di quello che pagava.

La voci che era veramenti un bravissimo 'nsignanti e che era rigorosissimo nella scelta dell'allevi, si spargì rapidamenti.

Tempo sei misi, Nito si vitti obbligato ad arrefutare i picciotti e le picciotte che volivano viniri a ripetizione da lui.

Pirchì oramà era considerato squasi un privilegio essiri ammessi alle sò lezioni.

Ma lui, di jorno in jorno, addivintava sempri cchiù ammalincunuto, solitario, mutanghero.

Non era manco trentino e addimostrava deci anni chiossà. Tra l'altro, aviva accomenzato a perdiri i capilli.

La facenna dell'eredità s'arrisolvì il jorno stisso che faciva vintinovi anni.

Ci fu 'na transazioni in base alla quali lui potì tinirisi l'appartamento di Palermo lassanno alla signura Lina tri case oltre a quella di Vigàta e quattro magazzini che erano stati di propietà di Antonio Pirrotta.

'Na transazioni chiaramenti 'n perdita, ma lui non aviva cchiù gana d'avvocati e di corsi e ricorsi.

Oramà sapiva con cirtizza che la sò vita sarebbi stata sempri quella di professori privato.

Tanto che, a picca a picca, arrivò alla decisioni di non affittari cchiù càmmare.

Quello che guadagnava danno ripetizioni gli abbastava e superchiava, 'nfatti in banca i sò risparmi criscivano di misi 'n misi.

Ma quanno l'ultimo studenti lassò l'ultima càmmara affittata, la casa parse di colpo come se fosse stata abbannunata da anni.

'Mprovisamenti, dalla notti alla matina, le spuntaro 'na gran quantità di malanni: tubature che pirdivano, pirsiane che non chiuivano, pezzi d'intonaco che cadivano, soffitti che si scrostavano, pavimenti che traballiavano...

Era come se fossi stato il concerto che la gioventù immancabilmenti ogni notti organizzava a tinirla ancora sana e ritta a malgrado dei chiossà di cent'anni che aviva.

E macari Nito, di pari passo con la casa, accomenzò ad accusari qualichi guaio, la perdita di dù denti e la malatia di altri, la vista calata assà, un forti dolori alla gamma mancina che l'obbligava a strascinarla...

Se non fossi stato per quel via vai di picciotte e picciotti che vinivano a pigliari lezioni, non avrebbi dato adenzia a nenti, lassanno cadiri a pezzi tanto la casa quanto se stisso, 'nveci era obbligato a providiri.

E per rimettiri a posto l'appartamento e curarisi, dovitti spenniri un capitali.

Come fa uno a farisi capace che il tempo passa, e lo cangia, se tutti i jorni e tutte le notti non fa altro che ripetiri squasi meccanicamenti gli stissi gesti e diri le stisse paroli?

Se la sveglia sona per anni e anni tutte le matine alle sei e mezza, tu quel trillo che t'arrisbiglia a picca a picca non lo colleghi cchiù col tempo, ma col fatto che ti devi susiri e annare a lavare. Per cui la sveglia non è una cosa che ti segna il passari del tempo ma è come 'na tuppiata alla porta di qualichiduno 'ncarricato di viniri a fariti susiri dal letto.

L'omo, va a sapiri pirchì, si fa pirsuaso istintivamenti che ogni cangiamento comporti un certo movimento, 'nveci i cangiamenti veri succedono ammucciati sutta all'apparenza dell'immobilità.

«Il tempo si è fermato» si usa diri in certe occasioni.

Ma è un'illusioni, il tempo non si ferma mai, continua a scorrere sempri e addiventa cchiù veloci soprattutto quanno non tinni adduni.

E quanno finalmenti tinni adduni, tutto il tempo attrassato che non hai sentito passare t'arriva di supra come 'na valanga, un fiumi in piena, e tu ne veni travolto, arrischi di moriri assufficato.

'Na matina che aviva un'orata libbira pirchì a un allevo gli era vinuta la fevri, sintì sonari il campanello della porta.

Annò a rapriri e s'attrovò davanti a Michele che gli sorridiva.

Ristò a taliarlo, pigliato dai turchi.

Che era 'sto miracolo?

Come mai Michele era priciso 'ntifico lo stisso picciotto che l'aviva salutato tri jorni doppo essirisi laureato?

«Micheli!» fici.

E l'abbrazzò, con l'occhi di subito chini di lagrime.

«Non sugno Micheli, ma sò figlio Giovanni. Sono venuto a portarle i saluti di papà» disse, 'mpacciato, il picciotto.

Quanno Giovanni niscì 'na mezzorata doppo per annare a pigliare l'aereo per Milano indove avrebbi studiato midicina, Nito tilefonò a tutti quelli ai quali doviva dari lizioni in quel jorno disdicenno l'appuntamenti pirchì non si sintiva bono.

Ed era la virità.

Passò il resto della matinata e tutto il doppopranzo senza arrinesciri a fari nenti, manco a raprire un libro o addrumare la televisioni.

Era 'na magnifica jornata di prima stati, ma chiuì le pirsiane di tutte le finestre come si fa per un lutto.

E appresso aviri chiuiuto macari la finestra del cammarino di sgombro, si ghittò supra al littino che ancora c'era e, nello scuro fitto, arriflittì che veramenti stava rispettanno un lutto.

Quello della sò vita persa, spardata senza sapiri né come e né pirchì.

E per la prima volta accapì quant'era sulo.

236

Non solamenti non aviva allato 'na criatura umana, ma manco un cane o un gatto. Ora, se per il fatto di non essiri mai arrinisciuto a mittirisi con una fìmmina potiva essirici la giustificazioni della sò laidizza, per non essirisi pigliato 'n casa un cani o un gatto la stissa giustificazioni non valiva. Un gatto non accapisce se il sò patrone è beddro o laido, gli s'affeziona e basta.

Forsi, si disse, c'è 'na spiega per tutto questo. Oltri a essiri di pirsonale sgradevoli sugnu un omo di cori arido, privo di sentimenti, 'ncapaci di voliri beni a qualichiduno.

Però manco questo era vero.

A Michele, tanto per fari un esempio, aviva voluto beni e continuava a volergliene. E allura?

Non seppi darisi 'na risposta.

E all'indomani arripigliò la vita di sempri.

Quattro

«Sono Manuela Genuardi» disse la picciotta alla quali aviva appena rapruto la porta.

Se qualichiduno gli avissi spiato com'era l'aspetto fisico di una delle tante picciotte alle quali aviva fatto lezioni, Nito non avrebbi saputo dari 'na risposta. Per lui era come se i sò allevi non avivano corpo. Tanto i mascoli quanto le fimmine. Erano forme confuse dalle quali si partiva 'na voci che faciva dimanne o dava risposte. Perciò, pirchì a quella picciotta ristò fermo a taliarla fino a quanno non ne misi a foco la straordinaria biddrizza?

Capilli biunni che le cadivano supra le spalli, occhi virdi, àvuta, gammi longhe. La fici trasire e accomidare nella seggia davanti alla scrivania.

«Quanti anni ha?».

«Diciotto compiuti. L'anno scorso sono stata bocciata alla maturità e ho dovuto ripetere l'anno. Non posso fallire una seconda volta».

Nito accomenzò a farle le solite dimanne supra le quali si basava se ammittiri o no uno studenti alle sò lezioni. Manuela arrispunnì a tutte.

Allura gliene fici tri difficili. La picciotta arrispunnì giusto macari a quelle.

«Non riesco a capire perché l'abbiano bocciata» disse Nito.

«Glielo spiego io» fici lei seria seria. «Avevo perduto la testa per il professore di filosofia. Ero innamorata. Anche lui diceva di esserlo di me. Poi invece... Un periodo orribile, non capivo più niente».

L'istinto 'mmidiato gli suggerì di non pigliarla.

«Lei non ha bisogno di ripetizioni».

«Ma voglio presentarmi all'esame più che sicura».

Il senso della giustizia ebbi la meglio. Come faciva a non ammittiri 'na picciotta accussì brava?

Arristaro d'accordo che sarebbi vinuta tri vote alla simana, il lunidì, il mercordì e il vinniridì, all'urtima lezioni, quella dalle setti alle otto di sira.

Ma che belle mano che aviva! Fu la prima cosa che notò di lei un lunidì, al principio della secunna simana di ripetizioni. Raramenti Nito isava la testa dal libro per taliare 'n facci lo studenti che aviva assittato davanti. E quelle volte che lo faciva, la sò taliata non s'appuntava mai nell'occhi dell'altra pirsona, ma si fissava supra alla fronti o supra al mento. Lo faciva squasi per proteggiri se stisso. L'occhi dell'altri, ora 'mploranti, ora troppo attenti, ora sirrati a fissura nello sforzo di capiri, lo distraivano, gli facivano perdiri il filo. Perciò foro le mano di Manuela a trasire di nicissità per prime nel sò campo visivo. Aviva dita longhe ed aliganti che moviva con una grazia tali che pariva che abballavano nell'aria.

A mità lezioni a Nito, per un gesto che fici, volò il lapisi dalle dita e annò a cadiri propio supra al quaterno nel quali Manuela stava scrivenno. La mano dritta di Nito s'allungò per agguantarlo, ma macari Manuela aviva calato la sò mano per pigliare il lapisi e ridarlo al profissori. Nito arrivò appena a mittirici la mano supra che la mano di Manuela, continuanno il movimento iniziato, si vinni a posari supra a quella di Nito. Fu un contatto che durò un attimo, ma bastevoli pirchì Nito non accapisse cchiù nenti, tutto il corpo percorso come da 'na violenta scarrica elettrica. A momenti cadiva dalla seggia. Quanno s'arripigliò, notò che la sò mano stava ancora sutta a quella della picciotta. Che lo taliava dritto nell'occhi.

Alla fini della lezioni di mercordì, Manuela tirò fora dalla sacca 'na scatola longa e stritta e gliela pruì.
«È per lei. Un regalo».
«Un regalo?! Suo?! Per me?!».
«Sì».
Era sbalorduto. Quello era il primo rigalo che arriciviva da quanno era picciotteddro, ogni tanto sò matre gliene faciva uno. Vinni di colpo assugliato da 'na commozioni tali che gli arresultò difficili controllarisi.
«La ringrazio, ma non posso accettare».
«E perché, scusi?».
Già, e pirchì? Non potiva parlari epperciò ammuttò con la dù mano la scatola verso di lei scotenno negativo la testa. E ancora 'na vota le mano di Manuela si posaro supra alle sò, bloccaro il movimento. La scossa fu cchiù forti assà della prima, durò cchiù a longo. Sintì che lei diciva:

«L'ho presa da papà che ha il negozio in via Maqueda».

Po' Manuela si susì per ghirisinni. Macari lui si susì, ma vidiva tutto confuso, come se dintra alla càmmara fusse calata la neglia. Accompagnò la picciotta alla porta. Come faciva del resto con tutti l'allevi, mascoli e fìmmine. Salutava sempre con un «arrivederci» e non dava mai la mano.

«A... Arrivederci» arriniscì a spiccicare raprennole la porta.

Ma la picciotta non niscì subito. Avvicinò la sò facci a quella di Nito e lo vasò a leggio supra a 'na guancia. E po' gli sussurrò sorridenno:

«Come tremavano le sue mani sotto le mie, professore!».

Quanno si potì arripigliare, raprì la scatola. Dintra c'era 'na cravatta aliganti, di gusto. Annò in bagno a taliari quella che 'ndossava. Era accussì mangiata dall'uso che il nodo era sfilacciato in dù punti. E allura s'addunò che macari i polsini della cammisa erano consunti. E i pantaloni, all'altizza delle ginocchia erano addivintati squasi trasparenti. E la giacchetta? Meglio non parlarinni. Annò a rapriri l'armuàr. Tutta robba vecchia e consumata. Non sinni era addunato d'essirisi arridutto accussì.

Squillò il tilefono. Era la matre del picciotto che doviva viniri l'indomani e che gli 'mpignava tutta la matinata. Si scusava, il figlio aviva la 'nfruenza.

Passò 'na nuttata 'nfami. Di sicuro gli era acchianata qualichi linea di fevri. L'ultima fìmmina che l'aviva vasato nella sò vita era stata macari la prima: sò matre. E po', nisciun'altra. Era cchiù che sicuro che la picciotta nel vasarlo non ci aviva mittuta altra 'ntinzioni se non quella di un'affizioni squasi da figlia. Come aviva fatto per la cravatta.

Però quelle paroli sulle sò mano che trimavano, che vinivano a significari? No, che stava a pinsari, era semplicementi assurdo che 'na picciotta diciottina provassi un minimo d'attrazioni per un sissantino oltretutto laido forti e malannato come a lui. Però non si era già 'nnamurata del professori di filosofia? Capace che aviva la mala bitudini di perdiri la testa per gli 'nsignanti, vecchi o picciotti per lei non faciva differenzia. Forsi, per la sò tranquillità, la meglio era liquitare la facenna alla prossima lezioni.

La matina appresso, vinuta l'ora d'apertura dei negozi, scinnì in strata. In un granni magazzino s'arrefornì: du vistiti bell'e fatti che in una mezzorata gli aggiustaro a misura i pantaloni, tri cammise, quattro mutanne, quattro canottere, sei para di quasette, un paro di scarpe.

Non era giusto che s'appresentava all'alunni come un morto di fami.

Alle setti di sira di vinniridì, quanno le annò a rapriri la porta, Manuela sorridì a vidirlo vistuto tutto di novo. Nito non ricambiò il sorriso. Anzi era accussì nìvuro 'n facci che Manuela, assittannosi, gli spiò:

«Che c'è, professore?».

«Senta, sono arrivato a una decisione» disse con l'occhi fissi supra al libro aperto davanti a lui.

«Mi dica, professore».

«È veramente inutile continuare con queste lezioni. Lei è bravissima. Per me è una perdita di tempo, per lei una spesa inutile. Mi sento come se stessi a rubarle i soldi. È una cosa insensata. Questa di oggi è l'ultima».

Erano anni che non faciva un discurso accussì longo, forsi per questo si sintì pigliato da 'na stanchizza grannissima. Siccome che lei non aviva raputo vucca, isò la testa a taliarla. Stava chiangenno 'n silenzio. La luci delle sò miravigliose pupille virdi si era come astutata, ora avivano 'na coloritura grigia. Manuela lentamenti si calò in avanti, gli pigliò 'na mano, gliela tinni stritta tra le sò. Lui non arriniscì a ritirarla.

«Che le ho fatto? Perché mi vuole cacciare via?».

Nito aviva la gola non asciutta, ma arsa. Gli vinni difficili parlari.

«Non mi... renda la cosa... più difficile».

Allura Manuela, sempri chiangenno, gli rivoltò la mano in su e pigliò a vasargliela. Appuiava le labbra aperte sul palmo e gliele tiniva a longo.

Ora Nito era svacantato d'ogni forza, sintiva il sò sangue che gli faciva 'na rumorata di fiumi in piena dintra all'oricchi, il cori che gli stantuffava alla dispirata. Era assammarato di sudori.

«Non... sia ridicola» ansimò.

«Io non mi sento ridicola!» reagì lei.

E portò la mano di Nito alla sò guancia. Se la passò di supra a lento, godenno di quella carizza inerte. Fu allura che Nito attrovò la forza di nesciri fora dall'incantesimo che l'aviva apparalizzato.

«Ma io sì che lo sono, ridicolo! Vada via! Non voglio più vederla!».

«D'accordo» disse lei susennosi e raccoglienno libri e quaterni.

Ora Nito la gola se la sintiva 'nserrata come se 'na mano gliela stringisse per assufficarlo. Accennò a susirisi per accompagnarla.

«No, resti. Vado via da sola».

S'avviò, sulla porta si voltò.

«Sappia che sarà per colpa sua se anche quest'anno mi bocceranno».

Non sapiva d'aviri ancora la capacità di fari 'na cosa simili. Senza parlari, satò addritta e squasi volanno attraversò la càmmara e affirrò a Manuela per le spalle. Lei si voltò tanticchia scantata. Lui la lassò 'mmidiato.

«Torna al tuo posto».

Lei annò novamenti ad assittarisi. Lui fici l'istisso. Ognuno raprì il sò libro. Si taliaro occhi nell'occhi. E ristaro accussì, muti, a taliarisi fino a quanno sonaro l'otto e lei allura disse:

«Devo andare».

Si susero, mano con mano arrivaro davanti alla porta, Nito raprì e Manuela, prima di nesciri, gli ghittò le vrazza al collo e lo vasò a longo supra alle labbra.

Stava 'ngiarmato davanti allo specchio. Ma come potiva 'na picciotta cchiù che beddra come a Manuela provari un sentimento d'affizioni, o quello che era, per un omo vecchio e repellenti come a lui? Forsi 'na spiegazioni si potiva dari. Era come un jocatore del lotto che ogni simana, e per trent'anni di seguito, si joca gli stissi tri nummari che non nescino mai e po', quanno ha perso ogni spranza di vinciri, il terno sicco gli arriva 'mproviso. No, la cosa non stava propiamente accussì. Lui aviva semmai attrovato la ricivuta del terno jocato da uno scanosciuto che se l'era persa. A lui era toccata la ricchizza che doviva annare a qualichi altro. Vabbeni, si disse, e con ciò? Aviva senso arrinunziari alla ricchizza, alla filicità, comunqui ti si sia apprisintata? Di colpo, gli smorcò un pititto quali non provava da anni. Come se fusse stato a digiuno da misi. Niscì. Era 'na bella sirata, non faciva frisco. Aviva bisogno d'aria di mari. Pigliò un tassì e si fici portari nel meglio ristoranti di Mondello. Il sò stomaco disabituato si inchì già a mità della pasta con le vongole, ma continuò a mangiarisilla e puro al secunno arriniscì a trovargli posto. Po', con un altro tassì, si fici riaccompagnari. Aviva mangiato tanto, eppuro si sintiva leggio, il ciriveddro che gli faciva bollicine come 'na gazzosa. Addecise di farisi 'na passiata per via Roma. Po' acchianò le scali di casa e appena trasuto annò 'n salotto e addrumò la televisioni. S'assittò 'n pultruna e si misi a taliare un programma di varietà. Non ne aviva mai viduto uno. C'era 'na ballarina ch'era 'na stampa e 'na figura con Manuela. E c'era macari un comico che… Tutto 'nzemmula, dintra alla càmmara, sintì 'na rumorata stramma. E che potiva essiri? Doppo tanticchia che il comico parlava, la rumorata s'arrepitì. E allura accapì che la rumorata viniva da lui, era la sò risata. Dai tempi che stava con Michele che non arridiva accussì. Sintì sonari il tilefono. E chi potiva essiri a quell'ora?

«Volevo darti la buonanotte. Ti voglio bene» fici Manuela.

E riattaccò senza dargli tempo di parlari. Ma quelle paroli gli sonaro come 'na musica, 'na melodia che continuò dintra di lui fino a quanno, corcato, arriniscì a pigliare sonno. L'indomani a matino niscì di casa alle otto.

«Avverta i ragazzi che verranno che oggi non posso fare lezione» disse alla purtunara.

Pigliò il primo autobus che gli passò davanti. Non sintiva nenti, non vidiva nenti, dintra alla sò testa c'era solamenti la voci di Manuela che arripitiva come un disco 'nceppato: «Ti voglio bene».

Arrivato al capolinea, scinnì, non sapiva indove s'attrovava. Era 'na piazza al centro della quali ci stava montata 'na giostra di quelle coi cavaddruzzi. Un picciliddro chiangiva affirrato alla gonna della matre, 'ntistato che voliva farisi un giro supra alla giostra.

«No, Mattè, da sulo non ci puoi annare e a mia mi fa girari la testa».

«Se vuole, posso accompagnarlo io il bambino».

La fìmmina lo taliò tanticchia 'mparpagliata e po' disse:

«Vabbeni, grazie».

Non arricordava d'essiri mai stato supra a 'na giostra. E s'addivirtì chiossà del picciliddro. Finuto il giro, riconsegnò il figlio alla matre, ripigliò l'autobus. Duranti il viaggio di ritorno gli vinni di cantari, ma non sapiva nisciuna canzoni. Si limitò a mugolari a labbra stritte un motivo 'nvintato. Arrivato a via Roma vitti un fioraio. Addecise d'accattare dù grossi mazzi di sciuri da mettiri casa casa. Avrebbiro fatto alligria. Li pigliò 'n mano, tinennoseli contro il petto, ma per pagari dovitti stari con la testa tutta di lato pirchì i sciuri gli 'mpidivano la vista.

Per questo, mentri travirsava, non s'addunò della machina che arrivava a forti velocità.

La trovatura

Uno

Il secunno sabato del misi di majo del 1939 non ci fu strata di Vigàta che non comparse tappizzata, già dalle prime luci del matino, da granni manifesti di carta gialla con le scrivute in nìvuro. Dicivano:

        IN VIA ECCEZIONALE
        LA MAGA DI ZAMMUT
        ARSENIA
        CHIAROMANTE CHIAROVIGGENTI
        RICEVERÀ I CLIENTI
        SABATO E DOMENICA
        DALLE 10 ALLE 19
        ALL'ALBERGO PATRIA
        AMORE & FORTUNA!!!
        <u>ATTINZIONI: NON SI FANNO FATTURE</u>

Tra il nomi Arsenia e la qualifica di chiaromante chiaroviggenti ci stava un quatrato nel quali si vidiva la fotografia a mezzo busto della maga, 'na quarantina minnuta, occhi nìvuri, bella vucca, taliata mistiriosa, con un turbanti 'n testa. L'ultimo rigo del manifesto stava a significari che non priparava fatturi d'amori, non era 'na fattucchera.

La prima clienti s'appresentò all'albergo alli deci spaccate. Il porteri le disse di tuppiare alla porta della càmmara nummaro tri, a pianoterra. Le vinni a rapriri un quarantino àvuto e largo che pariva un armuàr, vistuto da turco, con le babbucce a punta ripiegata e il fez russo con la nappina nìvura 'n testa. Portava baffi alla vittoriomanueli. La càmmara era priva di letto, c'erano sulo 'na decina di seggie lungo le pareti.

«Tu portare pacienza. Maga essere ancora in contemplazione».

La clienti non disse nenti e s'assittò. Doppo manco cinco minuti, il turco raprì la porta di comunicazioni con la càmmara allato, ci 'nfilò la testa dintra, l'arritirò, spalancò la porta.

«Tu entrare. Maga pronta».

La clienti trasì. Nella càmmara c'erano un armuàr, un letto matrimoniali tutto spostato di lato in modo da fari largo a un tavolino con dù seggie, una da 'na parti e una dall'altra. Alla finestra era stata appinnuta 'na speci di zanzarera nìvura e fitta fitta che lassava passare picca luci. Supra al tavulino ci stava 'na grossa cannila addrumata, 'na granni boccia di vitro e un mazzo di carti. La maga, vistuta pricisa 'ntifica alla fotografia dei manifesti, era assittata a una delle dù seggie. Fici 'nzinga alla clienti d'accomidarisi nell'altra seggia, in modo che il tavolino si viniva ad attrovare 'n mezzo a loro dù. La maga allungò le vrazza con le mano voltate all'insù.

«Appuiate le vostre mano supra alle mie».

La clienti bidì e la chiaromante sinni ristò tanticchia con l'occhi chiusi. Po' arretirò le mano.

«Il contatto fu stabilito. Mi dicisse, signura. A che ponno esserle utili i mè potiri magici?».

La sissantina signura Rosa Indelicato, la clienti, aviva fatto la pinsata di annare dalla maga appena aviva viduto un manifesto al lato al negozio indove faciva la spisa. Quattro anni avanti la bonarma di sò marito Agatino le era comparso in sogno e le aviva dato un terno sicco, cinco, quinnici e vintiquattro.

«M'arraccomanno, Rosa. 'Sti nummari te li devi jocare il sabato matino, deci minuti prima che chiui il potichino. Se ci vai tanticchia prima, i nummari non nescino».

Da quella notti, ogni sabato matina, alli dodici meno deci, dato che il potichino chiuiva a mezzojorno, la signura Rosa si jocava il terno, deci liri sulla rota di Palermo. Ma il terno non era mai nisciuto. Quanno finì di contare la storia, la maga le spiò:

«Macari stamatina jocherete?».

«Certo».

Allura la chiaromante chiaroviggenti si susì addritta, posò le mano supra alla boccia e chiuì l'occhi mentri le sò labbra si movivano come se stava dicenno a menti 'na prighera. Po' s'assittò novamenti e taliò la clienti.

«'Sto terno non pò nesciri» disse sicura.

«Pirchì?».

«La siguenzia nummerali sbagliata è».

«E qual è quella giusta?».

La maga si misi a ridiri. Aviva denti sparluccicanti, labbra grosse e russe come pipironi.

253

«Non sunno cose che s'arrivelano a gratis».

«Quanto mi veni a costari?».

«Nenti, ora come ora».

«Che veni a diri?».

«Veni a diri che voi vi jocate i nummari giusti che io vi dico e, se nescino, facemo a mità con la vincita».

«D'accordo. Dicitimi i nummari».

«Prima voglio sapiri come vi chiamate e indove abitate».

La signura Rosa le disse tutto. E la maga le detti i nummari: cinco, quinnici e vinticinco.

Niscenno, la signura vitti che nell'anticàmmara ci stava sulo il turco, di clienti in attesa non ce n'era manco uno. A mezzojorno meno deci s'appresentò al potichino.

«'U solito?» spiò Gemma Carcarella, la 'mpiegata.

«'U solito. Ma il terzo nummaro, 'nveci di vintiquattro devi essiri vinticinco».

Il secunno clienti della maga s'apprisintò alle tri di doppopranzo. Era Jachino Pizzuto il quali non era vinuto per farisi leggere la fortuna, ma pirchì, quanno che aviva viduto la fotografia della maga, per picca non gli pigliava un sintòmo. Macari a lui il turco lo fici aspittari cinco minuti e po' lo fici trasire. Appena dintra alla càmmara, i sò occhi 'ncontraro a quelli di Arsenia. Le gamme gli addivintaro di colpo di ricotta e accomenzò a trimoliare tutto.

«Accomidatevi. Vi sintite bono?» spiò la maga prioccupata.

Macari la voci era la stissa!

«No... sì...».

A vidirlo accussì agitato, la maga pinsò che era meglio satare la facenna del toccarisi le mano.

«A che ponno esserle utili i mè potiri magici?».

Jachino raprì e chiuì la vucca senza arrinesciri a parlare. La maga l'ossirvava tra scantata e 'ncuriosita. Il clienti era un bell'omo aliganti, aducato, chiaramenti benestanti, a mezza strata tra i quaranta e i cinquanta.

Ma che aviva da taliarla con l'occhi sbarracati squasi vidisse un fantasma? Finalmenti il clienti fici 'na dimanna.

«A... aviti... 'na so... 'na soro gimella?!».

La maga strammò. Tutto s'aspittava, meno che quelle palore.

«'Na soro gimella, io? No, figlia unica sugno».

Allura Jachino le contò come e qualmenti sò mogliere Anita, della quali era 'nnamuratissimo, sinni era scappata doppo dù anni di matrimonio con un vinnitore ambulanti di cose d'oro. E lui, da allura, non era cchiù arrinisciuto a livarisilla dalla testa. Stava niscenno pazzo.

«E io che pozzo fari per voi?» spiò la maga tanticchia trubbata dalla voci appassionata dell'omo.

Senza arrispunniri, il clienti cavò il portafogli, ne tirò fora 'na fotografia e gliela pruì con mano trimanti. La maga la pigliò, la taliò e aggiarniò. La fotografia rapprisintava 'na fìmmina che era 'na stampa e 'na figura con lei. Ora accapiva la maraviglia e il trimolizzo del clienti. Si sintì pigliari da 'na grannissima compassione per lui.

255

«Io non pozzo...» principiò.

«Voi potiti!» tagliò l'altro.

«Che cosa?».

«Taliate nella boccia e dicitimi indove s'attrova mè mogliere Anita!».

Lei posò le mano supra alla boccia.

«Ccà dintra non si pò vidiri nenti di nenti».

Jachino non accapì.

«Che dicite?».

«Che io non haio potiri magici e 'sta boccia è sulo 'na palla di vitro».

«È tutto un imbroglio?».

«Sì» fici la maga. «Ma voi non dovite tradirmi. Siccome m'avite fatto pena io non...».

Allura il clienti si cummigliò la facci con le mano e accomenzò a chiangiri 'n silenzio. La maga si susì, gli annò allato e principiò a carizzargli i capilli. Di scatto l'omo l'abbrazzò alla vita, le appuiò la testa al scianco e si misi a murmuriari:

«Anita... Anita...».

«Basta, non facite accussì» disse la maga tornanno ad assittarisi.

L'omo parse affruntato del gesto che aviva fatto.

«Mi doviti scusari. Quant'è il distrubbo?».

«Nenti».

«Grazii. Pozzo... viniri ancora dumani?».

«Se vi consola...» disse la maga.

Alle diciannovi, il turco mise fora della porta un cartello scrivuto a mano che diciva: «Non si ricevono più clienti». Po' annò nella càmmara allato. La maga si stava spoglianno del vistito di maga e macari il turco principiò a livarisi quello di turco. Non si parlarono per un pezzo. La maga in vistaglia annò nel bagno che era in funno al corridoio e tornò doppo un quarto d'ura. Appresso ci annò l'omo e quanno tornò attrovò alla fìmmina vistuta con gonna e cammisetta ma stinnicchiata supra al letto.

«Annamo al ristoranti?» spiò lei.

«Caterì» disse l'omo «non abbiamo fatto 'na lira, è stata 'na jornata persa. Metti che domani è lo stisso, con quali soldi pagamo l'albergo?».

«Ma io ho pititto!».

«Talè, facemo accussì. Prima che chiuino i negozi, accatto 'na scanata di pani, tanticchia di salami, tanticchia di aulive e 'na buttiglia di vino. Mangiamo ccà dintra. Se domani a matino veni almeno un clienti paganti, potemo annare al ristoranti».

«Vabbeni» fici rassignata Caterina.

La signurina Gemma Carcarella alle 19 e 45 raprì il potichino, chiù la porta e si misi ad aspittari la tilefonata di Palermo con la quali le avrebbiro comunicato i nummari stratti sulla rota, appunto, di Palermo. 'Na vota avuti i nummari, pigliava un rettangolo di ligno con cinco caselle e in ogni casella ci infilava un cartoncino già stampato col nummaro stratto, seguenno l'ordini di strazioni. Po' nisciva fora, appinniva il rettangolo di ligno supra alla porta del potichino, la chiuiva a chiavi e sinni tornava a la sò casa. Quel sabato sira fici come le autre vote. I nummari stratti erano: 5, 15, 25, 82, 71.

All'otto, Caterina e Gaetano, che po' era il turco, avivano finuto di mangiare.
«E ora che facemo?» spiò Caterina.
«Io un'idea ci l'avrei» disse Gaetano abbrazzandola di darrè e mittennole le mano supra alle minne.
Ma com'era fatto quell'omo? Da dù anni che stavano 'nzemmula e ancora non si era stancato di farlo la matina, la sira e quanno capitava? Se accomenzava alle otto di sira, capace che la lassava in pace verso le cinco della matina. Macari a lei, certo, la cosa non dispiaciva. Anzi, dicenno la vera virità, le piaciva. E come le piaciva! Ma c'è un limiti o no?
«Annamo a fari dù passi. A stari 'nchiusa ccà dintra tutto il jorno mi sento assufficare».

La signura Rosa Indelicato aviva un nipoteddro di dudici anni, Filippo, figlio di 'na soro del sò poviro marito. La famiglia di Filippo bitava nel palazzo allato a quello della signura Rosa e il picciliddro aviva il compito di passare dal potichino, vidiri i nummari stratti e rifirirli alla zia prima di tornari a la casa. Accussì si guadagnava, ogni sabato sira, deci centesimi. La signura Rosa s'affacciava al balconi verso le otto e, quanno vidiva compariri nella strata a Filippo, gli annava a rapriri la porta. Ma quella sira Filippo manco volli acchianare. Isò l'occhi e talianno alla zia e agitanno il pollici e l'indici della mano dritta le fici 'nzinga che il terno non era nisciuto. La signura Rosa cavò dalla sacchetta 'na monita di deci centesimi e la ghittò in strata. Filippo la pigliò a volo. La signura Rosa sinni trasì. A non vinciri, ci aviva pigliato la bitudini, ma stavolta era tanticchia cchiù sdillusa del solito. Va a sapiri pirchì, alla maga ci aviva criduto.

Passanno davanti al cafè Castiglione che aviva i tavolini fora supra al marciapedi, a Caterina vinni gana di 'na cosa frisca. Aviva viduto che vinivano sirvuti gelati che erano grossi pezzi duri e triangolari: cassata, cioccolatto e panna, fragola e panna... Si firmò di colpo, come fanno le mule quanno si intestano a non cataminarisi.

«Voglio un gelato» disse talianno a Gaetano in modo particolari.

«Vabbeni» acconsentì subito l'omo.

Quella taliata promittiva 'na nuttata memorabili. E Caterina mantiniva sempri le promesse. S'assittaro a un tavolino libbiro.

La signura Rosa la sira mangiava 'na ministrina di virdura, un dado di provoloni duci, un frutto di stascioni e basta. Mentri sconzava la tavola, un pinsero le traversò la testa, ma accussì viloci che non arriniscì ad acchiapparlo. Lo stisso pinsero le tornò mentri recitava 'na posta di rosario davanti al ritratto della bonarma sutta al quali ardiva sempri un lumino.

Stavolta del pinsero arriniscì ad affirrari che arriguardava il terno. Mentri si stava livanno il vestito per annarisi a lavari e po' a corcari, il pinsero finalmenti le si fici chiaro sutta forma di dimanna: ma Filippo lo sapiva che lei, nella jocata, aviva cangiato un nummaro? La risposta fu 'mmidiata: no, non lo sapiva.

«Ora annamo a fari dù passi al porto» disse Caterina susennosi.
«E vabbeni» fici Gaetano.
Si ripromisi che cchiù tardo, dintra al letto, le avrebbi fatto passare la gana di passiare per almeno 'na simanata.

La signura Rosa si rivistì di cursa, si pittinò, niscì fora di casa. La sirata era bella epperciò le strate erano chine di genti. Arrivò nella piazza del Purgatorio, indove ci stava il potichino, isò l'occhi e taliò i nummari.
5, 15, 25, 82, 71.
Non ci cridì. Pinsò che sinni era ghiuta a corcari, si era addrummisciuta e ora stava facenno quel sogno. Chiuì l'occhi, contò fino a tri e po' taliò novamenti. I nummari quelli erano. Allura raprì la vucca e accomenzò a fari 'na vociata altissima, longa, senza 'nterruzioni. Don Marcello Pintacuda e la sò signura Melina, che le stavano passanno allato, furono contagiati dalla vociata e si misiro macari loro a fari voci. Tempo cinco minuti, si scatinò il virivirì. Tutti, nei paraggi di piazza del Purgatorio vociavano con tutto il sciato che avivano e nisciuno sapiva pirchì.
Finalmenti la signura Rosa dette palore alla vociata: «Il terno pigliai! La maga mi fici vinciri! La maga fu! Il terno mi fici 'nzirtare!!».
Fu come dare foco a 'na miccia.

Due

La matina appresso, alle sett'albe, la piazzetta indove c'era l'albergo Patria era talmenti stipata di clienti che, a causa di dù o tri azzuffatine firoci per motivi di pricidenza, il potestà dovitti mannare sul posto a dù guardie comunali per evitare che finisse a schifìo. Però, a malgrado della prisenza delle guardie, le pirsone continuarono lo stisso ad ammuttarisi, a 'ngiuriarisi, a cangiare di posto, a cataminarisi come se erano state muzzicate dalla tarantola, a 'nsurtarisi, a ghittarisi reciproghe gastime di morti subbitania e cchiù tempo passava cchiù aumentava il nirbùso generali.

Alle setti e mezza, Gaetano s'arrisbigliò sintenno tuppiare alla porta. Era completamenti 'ntronato pirchì Caterina aviva mantinuto la promissa e si erano arrutuliati letto letto fino alle cinco. Annò a rapriri in mutanne e s'attrovò davanti a 'na guardia.

«Doviti accomenzare anticipato, alli otto. Ordine del potestà».

«E pirchì?».

«Per motivi d'ordine pubbrico. Non la sintiti la genti? Taliate voi stisso nella piazza».

Gaetano, strammato, annò a rapriri la persiana. Un

cento, centocinquanta pirsone isarono la testa e ficiro tutti 'nzemmula: «S'arrisbigliò!».

Gaetano sinni ritrasì scantato.

«Ma che vonno?».

«Come che vonno? Vonno parlari con la maga. Doppo che lei fici vinciri 'u terno alla signura Rosa!».

Caterina aviva fatto vinciri un terno?! Gaetano accapì 'mmidiato che la loro fortuna s'attrovava abbascio, nella piazza che pariva 'na quadara in piena bollitura.

La guardia sinni annò. Gaetano s'apprecipitò nell'altra càmmara, scutoliò a Caterina che dormiva.

«Ancora? Non ti abbastò?» fici lei lamentiosa.

«Susiti, Caterì! Il terno 'nzirtasti! Ricchi semo!».

Si vistì da turco senza manco lavarisi e s'affacciò alla finestra.

«Signori clientela! Maga Arsenia ditto me che tranquilli! Riceverà tutti macare se lavorare passato orario!».

Il primo clienti che s'appresentò fu Jachino Pizzuto.

Aviva la varba longa, era spittinato e tiniva i calamari sutta all'occhi. La sò facci era sconsolata.

«Appena ho saputo che avivate fatto vinciri alla signura Rosa ho capito quello che sarebbi successo e me ne sono vinuto nella piazza per essiri il primo di stamatina. Pirchì mi aviti 'ngannato?».

Caterina aveva tanticchia di malo di testa, ancora non si era ripigliata dalla nuttata. Non accapì.

«Quali inganno? Io con voi onesta fui».

«E come mai aviti dato i nummari giusti alla signura Rosa, mentri a mia dicistivo che non eravate maga?».

«Ma quel terno fu un caso! Mi doviti cridiri! Minni ammaravigliai io stissa! Raggiunate: se io avissi il potiri di 'ndovinari i nummari, me li jocherei io ogni simana! Addiventerei ricchissima! Io non sugno 'na maga, come ve lo devo diri?».

«Mi lo giurati?».

«Certo, supra a quello che voliti voi!».

Fici 'na pausa e doppo disse, a voci accussì vascia che appena si sintiva e abbascianno la testa:

«E po', a uno come voi, mai ci faria 'nganno!».

Si taliaro occhi nell'occhi. A longo, senza parlari. Po' lei, ma come faticanno, calò novamenti la testa. Allora Jachino disse:

«Torno stasira».

«No» fici Caterina. «L'omo che sta fora è mè marito. Non voglio che...».

«Io torno lo stisso» disse Jachino.

Alli tri del doppopranzo il comannanti delle guardie comunali s'appresentò al potestà.

«Vidisse che la situazioni nella piazza del Purgatorio si è fatta prioccupanti assà assà».

«Pirchì? La maga non travaglia?».

«Di travagliare, travaglia. Ma la genti 'nveci di diminuiri, cresci. Le pirsone accomenzano ad arrivari dai paìsi vicini. Ccà pò finiri a quarantotto da un momento all'autro».

Il potestà ci pensò supra tanticchia.

«La maga quanno ha 'ntinzioni di partiri?».

«Nel manifesto c'è scritto che resta fino a stasira».

«Nenti, non sinni parla. Almeno fino a quanno non ha ricivuto a tutti i clienti non lassa Vigàta. Vallo a diri al marisciallo dei carrabbineri. Ci devi pinsari lui».

Alli sei di sira Jachino Pizzuto era assittato nella càmmara del turco che aspittava il sò turno 'nzemmula ad altre novi pirsone, quanno trasì un brigateri dei carrabbineri.

Oramà la genti non ci stava cchiù nella piazza, macari le strate vicine erano state 'nvase, le pirsone cchiù anziane assittate 'n terra, ai malati era stata procurata 'na seggia. Pirchì aviva accomenzato ad arrivare genti che da anni pativa malatie che i medici non ci accapivano nenti e macari chi si era struppiato la testa, 'na gamma o un vrazzo travaglianno. A malgrado che la maga aviva fatto appizzare un cartello supra al quali c'era scrivuto che non si davano nummari al lotto e che non si guarivano le malatie, i clienti non diminuivano. Anzi. Con le correre di Montelusa, Montaperto, Montereale, Sicudiana, Giardina e Gallotta erano arrivati minimo minimo ducento clienti forasteri.

Appena che il turco vitti comparire al brigateri, pigliò un jornali e si misi a leggiri.

«Per ordini del marisciallo» disse il brigateri «la maga pò travagliare sino alle unnici di stasira. L'albergo chiudi alle deci e mezza e non trase cchiù nisciuno».

«E i clienti che restano fora ad aspittari?» spiò il turco sempri tinenno la facci ammucciata darrè il jornali.

«Sinni riparla domani a matino alli otto».

«Ma nui domani a matino semu partuti da Vigàta».

«E 'nveci ci ristate fino a quanno non lo dici il marisciallo».

«Vabbeni».

Ma il brigateri ristò fermo a taliarlo. Chi c'era di tanto 'mportanti nel jornali che quello manco isava l'occhi?

«Scusate, ma lo voliti abbassari a 'sto jornali?».

Il turco spostò il jornali. Il brigateri lo taliò in facci e po' spiò:

«Voi siete Gaetano Zummo?».

«Sì».

«C'è un mandato di cattura che v'arriguarda. Rissa, minaccia a mano armata e devastazione di propietà privata».

Vero era. Gaetano, un misi avanti, aviva attaccato turilla in una trattoria di Fiacca per via di tri picciottazzi che avivano fatto ammirati commenti sulle minne di Caterina.

«Seguitemi in caserma».

«E ccà chi ci abbada?».

«Ci abbado io» fici Jachino susennosi.

Il turco lo taliò. Quel clienti era già vinuto tri vote e aviva 'na facci da galantomo.

«Vabbeni» disse.

E po', approfittanno che 'na clienti era appena nisciuta, trasì nella càmmara della maga per cangiarisi di vistito. Accussì le disse che il brigateri dei carrabbineri l'aviva arristato, le consignò il dinaro che aviva 'n sacchetta pirchì ogni clienti, alla nisciuta, pagava cinco liri a lui e la rassicurò dicennole che sarebbi tornato presto.

Appresso, s'affacciò Jachino:

«Ai clienti ci abbado io».
Macari se non era vistuto da turco.

La prima clienti che Jachino fici trasire nella càmmara della maga, fu 'na fìmmina sissantina, tutta pittata 'n facci che pariva 'na pupa di zuccaro, bona vistuta, un aneddro in ogni dito, dù collane al collo, e un paro d'oricchini di brillanti. 'Na stampa e 'na figura con la madonna di Pompei.

Tirò fora dalla borzetta 'na fotografia e la pruì alla maga.

«Questo è mè figlio Lollo».

Un beddro picciotto vintino, ariata 'ntelligenti, facci simpatica.

«Che voliti dalla maga Arsenia?».

«Lollo si voli fari zito con una picciotta che a mia non mi piaci. Mi pare 'na farfalleddra, poco seria. Sugno sicura che il matrimonio porterà guai grossi a mè figlio».

«Videmo che dice la palla» fici la maga posannovi supra le mano.

Sinni stetti tanticchia con l'occhi 'nserrati, assorta, muovenno le labbra e po' disse:

«Abbisogna fari 'na prova. Scusatemi, signura, ma il vostro cognomi havi a chiffare con la corda?».

La signura sbarracò l'occhi per la sorprisa.

«Vero è! Cordaro mi chiamo!».

«La prova è valita. Pozzo procediri. Absalom absalom sharat catagon! Eccola ccà la picciotta che voli vostro figlio! Si chiama Assunta, vero?».

La signura per la maraviglia per picca non cadì 'n terra dalla seggia. Ma quant'era brava, 'sta maga!

«Vero è».

«Ebbeni, è 'na picciotta d'oro. Voi, mi dispiaci dirivillo, ma tra dù anni vi rompirete 'na gamma. E io nella palla vio ad Assunta che non vi lassa un momento, vi sorreggi, v'aiuta, vi conforta! Non fate perdiri né a vostro figlio né a voi 'st'occasioni!».

La signura Cordaro niscì non la finenno cchiù di fari ringrazio.

Non sapiva che sò figlio Lollo si era 'ncontrato nella matinata con la maga e l'aviva convinciuta, dù carte di cento liri alla mano, a diri alla matre, che aviva descritta alla precisioni, quello che le annava ditto.

Quanno alli deci e mezza l'albergo chiuì, nell'anticàmmara c'erano tri clienti. Dato che la maga a ogni clienti lo tiniva deci minuti, alle unnici il travaglio sarebbi finuto. Per riaccomenzare all'indomani a matino, pirchì nella piazza erano ristati 'na cinquantina di forasteri che avrebbiro passata la nuttata laffòra, mentri i vigàtesi sinni erano tornati alle loro case. Si sarebbiro però ripresentati quanno faciva jorno.

«Potiti trasire voi» fici Jachino al primo dei tri che aspittavano.

Era un povirazzo quarantino malo vistuto, un mezzo morto di fami. La giacchetta che portava aviva un gommito spirtusato.

Quello trasì dalla maga, s'assittò, disse che di nomi faciva Tano e di cognomi Verruso.

267

«Che volete dai poteri della maga Arsenia?».

«Dato che m'ammanca la qualunqui, ogni cosa che i vostri potiri mi danno a mia sta beni».

«Ma non v'abbisogna qualichi cosa di particolari?».

«Maga mia, io haio 'na mogliere e tri figli e non saccio che darici a mangiare. Haio un orticeddro e fino ad ora beni o mali tanticchia di virdura la mangiamo. Ma ora me lo devo vinniri. E don Paolino Milluso me lo voli pagari mezza lira».

«Non potiti circari a qualichiduno che ve lo paga bono?».

«Maga mia, voi siti forastera e non sapiti chi è don Paolino. Nisciuno ci si metti contro. Tutti si scantano di lui».

«Allura io che pozzo fari?».

«Sugno sicuro che lui domani a matino veni ccà. Non ce la potiti mettiri 'na bona palora?».

«Se pozzo...».

«V'arringrazio. Il Signuri ve lo devi ripagari supra all'arma e alla saluti. Sintiti, saccio che la vostra tariffa è cinco liri, ma io 'n sacchetta ho solamenti tri liri».

«Pigliativi 'ste dù liri e parlatimi di don Paolino. Po' tornati ccà dumani doppopranzo».

Quanno l'urtimo clienti sinni fu ghiuto, Jachino tuppiò alla càmmara della maga. La quali gli disse d'aspittari.

Po' Jachino la vitti nesciri in vistaglia e in ciavatte con un asciucamano, un saponi e un pettini.

«Mi vaio a lavare. Mi faciti un favori? Mi potiti contare i soldi che sunno supra al letto?».

Quanno lei tornò, trovò a Jachino 'mparpagliato.

«I conti non mi tornano».

«Pirchì?».

«Voi aviti arricivuto a novanta clienti. A cinco liri a clienti fanno quattrocentocinquanta liri. Ccà 'nveci ci stanno seicentoquarantacinco liri. Com'è 'sto fatto?».

«Po' ve lo spiego. Annate di là che mi devo vistiri».

Appresso comparse vistuta pronta per nesciri.

«Ho un pititto tali che mi mangiria 'na casa. M'accompagnati a un ristoranti?».

Jachino fici 'na facci dubbitosa.

«Forsi uno ancora aperto s'attrova. Ma vi conveni? Se qualichiduno putacaso v'arriconosci, voi non avrete paci».

«D'accordo. Ma io non pozzo annare a corcarmi accussì! È da aieri a sira che non mangio nenti!».

«Se non vi offinniti, potiti viniri a la mè casa. Io, per nicissità, sugno addivintato bravo a cucinari. Campo da sulo».

Un'orata doppo erano assittati a tavola.

Parlò sempri Caterina dicennogli che si chiamava Caterina, che Gaetano non era sò marito ma il sò amanti, che erano dù anni che stavano 'nzemmula, che lei si era mittuta a fari la maga masannò Gaetano le avrebbi fatto fari la buttana, che non ne potiva cchiù di lui pirchì era un lagnuso che campava alle sò spalli, non voliva travagliare e si jocava alle carte i soldi che lei guadagnava, che era già stato tri voti 'n galera per rissa, che tutto sommato aviva 'na sula doti.

«Quali?» spiò Jachino.

Caterina arrussicò e cangiò discurso. Gli contò il fatto di Lollo Cordaro e pirchì il conto non gli era tornato. Lui le disse che aviva fatto beni. Po' lui le spiò come le era vinuto 'n testa di mittirisi a fari la maga. E lei gli arrispunnì che abbastava picca, aviri tanticchia di fantasia e soprattutto accapire quello che il clienti addisidirava.

Si scolaro dù buttiglie di vino.

E alla fini macari Jachino arridiva alla minima minchiata.

E cchiù tardo Caterina ebbi modo di scopriri che la doti di Jachino, macari se a prima vista non pariva, era di gran lunga superiori a quella di Gaetano.

Non si trattava di pititto attrassato per la mancanza della mogliere, pirchì quanno uno ha mangiato, doppo si sazia. Jachino 'nveci alli sei del matino non era ancora saziato e continuava a pistari nel mortaio. Era 'na doti naturali.

L'unica cosa nigativa era che ogni tanto si sbagliava e la chiamava Anita.

Tre

Don Paolino Milluso, il terzo clienti della matinata, era priciso 'ntifico a come aviva ditto Tano Verruso.

Un sissantino grasso, con la catina d'oro supra al gilecco, un aneddro d'oro con lo stemma, 'na spilla d'oro alla cravatta, dù denti di davanti d'oro.

Tiniva al polso mancino 'na catinella d'oro dalla quali pinnuliava un corno macari isso d'oro massiccio. Guercio dell'occhio mancino e coi capilli russi. Taliò la zanzarera nìvura e fici lo spiritoso:

«Siti a lutto?».

E si misi a ridiri. Lei non gli arrispunnì.

«Chi cosa voliti dai mè potiri magici?».

Don Paolino continuò a ridiri, ma cchiù forti.

«Prima addimostratimi che siti 'na vera maga e po' vi dico quello che voglio da voi».

Caterina s'abbuttò.

«Non haio nenti da dimostri a nisciuno. Se non mi voliti cridiri, potiti tornarivinni da indove siti vinuto».

Don Paolino s'infuscò.

«A mia non si parla accussì!».

Caterina volanteri avrebbi attaccato turilla mannannolo fora, ma gli tornò a menti la facci di morto di fami di Tano Verruso e si tenne.

«Allura vi dugno 'na dimostrazioni a gratis».

Posò le mano supra alla boccia e chiuì l'occhi. Don Paolino sintì che murmuriava palore mammalucchigne, absalom, jafet, coridon, psalla...

«A mia per il culo voi non mi ci pigliate» disse don Paolino.

La maga ancora 'na vota fici finta di non avirlo sintuto.

«Il vostro occhio mancino» disse.

E non aggiungì palora.

«Embè?».

«Voi dicite a tutti che l'aviti perso 'n guerra».

«Accussì è».

«Nossignura, ve lo cavarono con un pezzo di ligno».

Era 'na cosa che picca sapivano e che le era stata contata da Tano. Quanno aviva vint'anni, don Paolino era annato a diri che aviva visto a don Tichino, il capo mafiuso di allura, che faciva all'amuri con una sò cognata.

E quello aviva ordinato di pigliarlo e di cavargli un occhio.

Don Paolino aggiarniò e addivintò muto.

«Allura, pozzo sapiri che aiuto addimannate ai potiri della maga?».

Don Paolino le dissi che voliva sapiri se 'Ngilina, la sò amanti vintina, gli mittiva le corna, come sospittava, ed eventualmenti con chi.

La maga tornò a posari le mano supra alla boccia e a diri palore mammalucchigne.

«No, vi sbagliate» fici doppo tanticchia. «'Ngilina è 'na picciotta che vi voli veramenti beni e non vi tradisci con nisciuno».

Se ce l'hai, teniti le corna, grannissimo bastardo!

«Grazii e bongiorno» disse don Paolino susennosi.

«Aspittate!» gridò a 'sto punto la maga.

Don Paolino si firmò.

«Assittativi!».

Don Paolino, 'ngiarmato, s'assittò.

«Oh matre santa! Oh matre santa!» si misi a fari la maga.

Siccome che non s'accapiva se era prioccupata o se era allegra, don Paolino, per il sì o per il no, con la mano dritta affirrò il corno d'oro massiccio.

«Mi voliti diri che viditi?».

«Maria che fortuna! Maria che ricchizza!».

Don Paolino lassò il corno.

«Voliti parlari chiaro? Di quali fortuna parlati?».

«Della vostra! Ccà la palla mi sta facenno vidiri... Maria, quant'oro!».

«Oro?! Unni?».

«Datimi 'na conferma. Voi, per caso, aviti la mezza 'ntinzioni di accattarivi un orticeddro?».

Vero maga era! Come faciva a sapirlo? Non ne aviva parlato con nisciuno, se non col propietario, quel morto di fami di Verruso. Perciò, quella fìmmina aviva veramenti il potiri!

«Beh, sì...».

«Maria quant'oro! Un mari d'oro!».

«Ma unni lo viditi? 'Nni l'orto?».

«Mi pari di sì e mi pari di no. Ma ora mi dispiaci ma la visioni si stancò».

«Che veni a diri?».

«Veni a diri che nella palla non si vidi cchiù nenti. C'era tanto oro che la visioni s'annigliò. Doviti tornari stasira tra le deci e le deci e mezza. Né prima né doppo. Devo fari in modo che la visioni non s'appanna».

«E come faciti?».

«Spero d'arriniscirici con la misticon tarassei bulon. Però non è ditto che abbasta. La cosa è grossa assà».

Tra i clienti del primo doppopranzo arrivò Tano Verruso.

«Seppi che don Paolino vinni a trovarivi».

«All'amo lo pigliai! Fatta è! Di sicuro lui domani vi veni a circare per accattarisi l'orto. Attento che gli potiti addimannare tutto il dinaro che voliti. Lui ve lo dà, potiti essirni sicuro».

«Macari dumila liri?».

«Macari cinquantamila!».

A Tano Verruso firriò la testa. Per picca non sbinni.

Alle novi di sira, Jachino notò che quattro dei deci posti nell'anticàmmara erano stati pigliati da quattro òmini che sapiva che erano pirsone di don Paolino. Alle deci, supra a nove delle deci seggie, era assittata squasi tutta la cosca di don Paolino. Il quali s'apprisintò alle deci e cinco. E subito gli altri novi si susero addritta, salutaro e niscero fora. Don Paolino detti a Jachino un foglio di cinquanta liri:

«Pago per mia e per l'amici che m'hanno tinuto il posto. Pozzo trasire?».

«Vaio a vidiri».

Jachino trasì nella càmmara della maga e tornò doppo tanticchia.

«Potiti trasire, ma non doviti parlarle per nisciuna raggiuni al munno. Sta facenno la misticon tarassei bulon».

Nella càmmara non c'era scuro fitto pirchì ardiva la grossa cannila allato alla boccia. La maga stava assittata 'n terra in un angolo e tra le gamme tiniva 'na buttiglia virdi dalla quali nisciva fumo di 'ncenso. A don Paolino vinni di tussiri, ma si dovitti tiniri e l'occhi gli principiaro a lacrimiare.

Appresso la maga si susì, posò la buttiglia supra al tavolino, s'assittò nella sò seggia e fici 'nzinga a don Paolino di fari altrittanto. Po' si susì daccapo, s'appuiò con le dù mano al tavolino e si calò fino a squasi toccare la boccia col naso.

«Si vidi nenti?» spiò don Paolino 'mpazienti.

«Silenzio!» fici 'mperativa la maga.

Taliò a longo e po' crollò supra alla seggia col sciato grosso come doppo 'na gran curruta.

«Nell'orto c'è la trovatura» disse.

La trovatura! Palora magica! Palora biniditta! Chi è che non spirava di trovari la trovatura? Non c'era viddrano nell'isola che non pinsava alla trovatura. In paìsi si diciva che all'origini delle ricchizze della famiglia Agrò c'era stata 'na trovatura. A mità dell'ottocento, Sarino Agrò era un povirazzo che possidiva mezza sarma di tirreno che non fruttava nenti. Un jorno, azzappanno, un pezzo di terra franò e rivilò 'na grutta suttirranea. Sarino ci trasì e vitti che dintra ci stavano deci quartare 'ntappate. Ne stappò una. Era china fino all'orlo di monete d'oro zecchino. Tutte e deci.

Di sicuro, erano state ammucciate dai briganti che non erano cchiù arrinisciuti a ripigliarisille.

Don Paolino si sintì mancari il sciato.

«È grossa 'sta trovatura?».

«Grossissima. Cinco giarre. Seppillite ad almeno deci metri sutta terra. In quattro c'è oro. Nella quinta ci stanno diamanti e brillanti. Vi potiti accattare la Sicilia 'ntera».

Don Paolino aviva i vistiti attaccati alla pelli per il sudori. La maga continuò:

«State attento assà, però. 'Sta trovatura non è cosa d'omo. È cosa soprannaturali, non saccio se divina o diabbolica, epperciò è cangiante».

«Che veni a diri?».

«Che ci stanno regole pricise, masannò la trovatura scompari».

«Dicitimille».

«L'orto va pagato per quello che vali, non in quanto tirreno, ma in quanto a quello che tiene dintra di isso. Se lo pagati di meno, la trovatura s'offenni e addiventa merda. Lo scavo deve principiari alla mezzannotti pricisa del terzo lunidì di novembriro, se accomenzate prima, la trovatura si sposta cchiù sutta. A ogni metro che scavate, quella sinni cala di un metro. La trovatura pò arrivari fino al centro della terra, voi no».

Quanno niscì dalla càmmara, don Paolino faciva 'mpressioni. Era tanto russo 'n facci che pariva gli pigliava un colpo polettico da un momento all'altro e non si riggiva supra alle gamme come un 'mbriaco.

Alla finuta del travaglio, senza manco dirisillo, Jachino e Caterina niscero dall'albergo e s'addiriggero di cursa verso la casa di lui. Caterina aviva guadagnato, oltre alle quattrocentocinquanta liri dei clienti di quel jorno, macari le cincomila liri che le aviva portato la signura Rosa, la mità della vincita del terno. Ora possidiva chiossà di seimila liri. La sò pirsonali trovatura. Che era distinata ad aumentari.

Mentre mangiavano, lei gli contò la facenna di don Paolino.

«Bono facisti. Ma pirchì gli dicisti di accomenzare a scavari a novembriro?».

Lei arridì.

«Per dù motivi. Il primo è che sugno sicura che don Paolino non ce la farà a non mittirisi a scavare prima. Eppercio, se non trova la trovatura, non potrà dare la colpa a nisciuno, sulo a se stisso. E il secunno è che a novembriro noi semo lontani e don Paolino non potrà rifarisi supra a mia».

Aviva ditto «noi semo lontani». Noi. Jachino non ci vitti cchiù dall'occhi e l'arrovesciò supra alla tavola ancora conzata.

Alle tri del matino le dissi:

«Tu sì la mè trovatura».

E per tutta la nuttata, non sbagliò, non la chiamò cchiù Anita.

All'indomani a matino ci fu 'na novità.
Prima che i clienti accomenzassero a essiri arricivuti, dalla finestra dell'anticàmmara che dava supra alla piazza s'affacciò il comannanti delle guardie municipali.

«Citatini! Visto e considerato che continua ad arrivare genti forastera dei paìsi vicini, il potestà dispone che la maga potrà riciviri sulamenti pirsone che risultano bitanti a Vigàta. Il controllo sarà fatto dall'impiegato dell'anagrafe. I forasteri sinni ponno tornari ai loro paìsi».

Nella piazza si scatinò il finimunno.
'N conclusioni, quattro firiti liggeri e tri pirsone arristate. L'impiegato dell'anagrafe, coi registri, pigliò posto nell'anticàmmara.

Verso l'unnici, s'appresentò un cinquantino vistuto di nìvuro con una vurza nìvura tinuta 'n mano. Era accompagnato da una guardia che l'aviva fatto passari 'n mezzo alla genti che aspittava dicenno:

«Non è un clienti! Parla cinco minuti con la maga e sinni va».

Appena fu nisciuto il clienti che era con la maga, il cinquantino trasì prisintannosi:

«Sono l'avvocato Michele Caruana. Difendo il signor Gaetano Zummo attualmente ristretto nel carcere di San Vito a Montelusa».

«E che volite da mia?».

«Il signor Zummo mi disse di rivolgermi a voi per l'anticipo sulla parcella».

«Ma aviti 'na carta indove sta scritto che voi siti il sò avvocato?».

«No, ma per farmi riconoscere come tale, e senza alcun dubbio, il signor Zummo mi rivelò una cosa».

«Sarebbi?».

L'avvocato si calò e le parlò all'oricchio. La maga arrussicò e spiò:

«Quant'è 'st'anticipo?».

«Cinquecento lire».

Chiossà di 'na jornata di travaglio! Ed era sulo un anticipo! Ma Gaetano aviva 'ntinzioni di sucarle il sangue? Comunque, non lo potiva lassare 'n càrzaro. Chiamò a Jachino, si fici dari i soldi, li passò all'avvocato. Ma quello non si cataminò.

«Che voliti ancora?».

«Il signor Zummo m'ha incaricato di dirvi che gli occorrono duecento lire per le spese personali, sigarette, vino extra, cose così. Le potete dare a me, gliele consegnerò io».

La maga fici 'nzinga di sì con la testa e Jachino stava per darglieli, ma ci arripinsò. La facenna, va a sapiri pirchì, non lo pirsuadiva.

«Scusate, ma come facciamo noi a sapere che voi siete veramente l'avvocato di Zummo? Fatemi vedere la delega».

«Ancora non me l'ha messa per iscritto. Ma mi sono fatto riconoscere dalla signura maga».

Jachino taliò a Caterina che arrussicò novamenti e disse che l'avvocato era a canuscenza di 'na cosa che sulo Gaetano potiva accanosciri.

«E cioè?» 'nsistì Jachino.

Caterina non arrispunnì. Allura parlò l'avvocato:

«La signura ha un neo sull'osso sacro».

Neo che Jachino aveva avuto modo d'accanosciri benissimo. Ma figurati se un carzarato havi bisogno d'arrivilari 'na cosa accussì al sò avvocato!

Jachino niscì di cursa, s'affacciò alla finesta dell'altra càmmara e si misi a fari voci:

«Guardie! Guardie!».

A loro Jachino contò la facenna. 'Na guardia spiò all'avvocato i documenti. E vinni fora, per prima cosa, che non si chiamava Michele Caruana ma Riccardo Bonsignore.

Allura 'na guardia annò a chiamari i carrabbineri. Accussì arrisultò macari che non era avvocato. E che fino al jorno avanti era stato compagno di cella di Gaetano Zummo. E alla fini il finto avvocato confissò d'essiri sò complice nel tentativo di futtiri setticento liri alla maga.

La quali giurò a se stissa e a Jachino che, per quanto l'arriguardava, da quel momento in po', dintra al càrzaro, Gaetano ci potiva fari i vermi.

Quattro

In quella stissa matinata, don Paolino Milluso s'avviò verso la casa di Tano Verruso. Aviva prescia d'accattarisi l'orto. Perciò, per fari subito l'atto di vinnita, si era portato appresso al notaro Digiovanni.

Quanno la mogliere di Verruso, Giurlanna, lo vitti spuntari nella strata, disse a sò marito:

«Vatti subito a corcare!».

Avivano parlato a longo della facenna la sira avanti ed erano arrivati alla conclusioni che con don Paolino avrebbi trattato Giurlanna, pirchì Tano davanti a quell'omo si pirdiva di coraggio.

Appena che don Paolino trasì col notaro, Giurlanna manco gli detti tempo di rapriri la vucca:

«Mè marito è corcato».

«Malato è?».

«Sissignura. Stanotti fici un sogno che lo scantò assà epperciò gli vinni la fevri a quaranta».

«E che sogno fici?».

«Gli spuntaro il catanonno, il nonno e il patre, tutti tri in fila e in forma di scheletri parlanti e gli dissiro che se si vinniva l'orto, tempo 'na simanata e si sarebbi attrovato catafero macari lui».

«Ma queste sunno minchiate!».

«Minchiate o no, di vinniri l'orto non sinni parla cchiù. Doviti accapirlo. Bongiorno».

«Un momento» fici don Paolino. «Volemo raggiunari tanticchia?».

«E che voliti raggiunari? Lui giustamenti non voli perdiri la vita per cento fituse mila liri!».

«Come centomila liri? Voliti babbiare? Quell'orto pò valiri sì e no cincomila liri!».

«Ah sì? E quanto vali, secunnu voi, la vita di un omo?».

Erano le novi del matino quanno don Paolino trasì, era mezzojorno quanno niscì. Si erano mittuti d'accordo per cinquantadù mila liri da pagari immediato. Trentamila l'aviva 'n sacchetta don Paolino, vintidù mila gliele 'mpristò il notaro.

Le dù mila liri in più Giurlanna le aviva volute come contributo all'immancabili funerali di sò marito.

L'ordinanza del potestà aviva come conseguenzia la forti riduzioni dei clienti in attesa, tanto che Jachino stimò che travaglianno tutto quel jorno e la matina appresso avrebbiro finuto coi clienti vigàtisi.

Alle quattro del doppopranzo la maga arricivì a un picciotto vintino, pallito, che, da come era vistuto, s'accapiva che non doviva stari tanto bono a dinari. Era nirbùso e 'mpacciato.

«Vegno al posto di mè matre».

«Non è possibbili. La boccia funziona sulo se c'è la diretta pirsona 'ntirissata».

«Ma io vegno a dirvi 'na prighera. Potiti fari un'opira bona?».

«Parlate».

«Mè matre travaglia da quarant'anni passati 'n casa dei signuri Vanasco come cammarera. I Vanasco hanno fiducia massima in lei. Un anno fa, 'na parti dei gioielli della signura Vanasco scomparse. Un latro era trasuto da 'na finestra lassata aperta e si aviva arrubbato 'na spilla preziusa, un aneddro di brillanti e dù para d'oricchini. 'Nzumma, un quarto di quello che c'era».

«E com'è che non s'arrubbò tutto?».

«Ora ve lo spiego. Nisciun latro era trasuto dalla finestra. Ad arrubbare era stata mè matre, ma nisciuno sospittò mai di lei».

«E pirchì lo fici?».

«Per mia. Mi era vinuta 'na malatia gravi e lei non aviva il dinaro per farimi curari bono. Arrubbò sulo quello che judicò bastevoli per pagari le cure. E accussì s'impignò la spilla e le altre cose 'nveci se le tinni di riserva. Ma la mè malatia era meno gravi di quello che era parsa a prima vista. A farla brevi, doppo dù misi ero guarito. Travaglianno e sparagnanno, avemo riscattato la spilla».

«Indov'è il probbrema?».

«Il probbrema è: come restituiri la spilla, l'aneddro e gli oricchini? Mè matre non se la senti di passare per latra all'occhi dei signuri Vanasco che la stimano e le vogliono beni. E siccome la signura pensa sempri a 'sti gioielli, mè matre l'ha convinciuta a viniri da voi. Alle sei sarà ccà».

«Ho capito. Indove teni i gioielli vostra matre?».

«Li ha ammucciati dintra al tronco cavo di un àrbolo d'aulivo, quello cchiù vicino al cancello della propietà dei Vanasco».

«Vabbeni, lassate fari a mia».

«Quanto voliti per il distrubbo?».

«Nenti».

«Vi pozzo vasare la mano?».

La maga gliela pruì.

Alle sei arrivò la signura Vanasco.

Alle sei e deci niscì squasi abballanno per la cuntintizza e 'nveci di pagari a Jachino la solita tariffa di cinco liri gli pruì 'na carta di cinquanta e non volli il resto.

Quanno la sira s'assittaro a tavola per mangiare, Caterina contò a Jachino la storia del picciotto e dei gioielli dintra all'àrbolo d'aulivo.

«Lo vedi come nasci 'na trovatura?» gli dissi arridenno Jachino.

Po' si fici serio. Aviva pinsato per tutta la jornata sempri a 'na stissa cosa.

«Con domani a matino il tò travaglio a Vigàta finisci».

«Embè? Ci sunno tanti paìsi indove annare!».

«E chi t'aiuta? Voi tornari con Gaetano?».

«Mai!».

Po' lo taliò e disse esitanti:

«Io... io m'ero fatta pirsuasa... che volivi essiri tu ad aiutarimi».

«E non ti sbagliavi!» fici Jachino volanno attraverso il tavolo e agguantannola.

Doppo tanticchia lei disse:

«Non 'nni potemo mettiri cchiù commodi?».

Si annarono a corcari.

«Io non ti voglio lassare cchiù, trovatura mia!» gli sussurrò Caterina.

«E io non ti lasso!».

Verso le tri del matino, Jachino disse che però non potiva annarisinni subito da Vigàta, ci voliva qualichi jorno per assistimari i sò 'ntiressi.

«Che 'ntiressi hai?».

«Ccà haio tirreni, case...».

«Allura sei ricco?».

«Beh, campo di rennita. Facemo accussì. Tu dumani, che non hai cchiù da riciviri clienti, lassi l'albergo e tinni veni a stari ccà, a la mè casa. T'arriposi un tri, quattro jorni e po', se vuoi, ripigli il travaglio».

'Ntanto era successo che alli otto di quella stissa sira, mentri che stava tornanno a la sò casa per mangiare, don Paolino Milluso era stato pigliato da un pinsero 'mproviso. Un pinsero che lo fici scantare mittennolo in agitazioni.

E se la maga, che oramà sapiva che in un orto c'era 'na trovatura, s'informava qual era 'st'orto e, saputolo, quella notti stissa, aiutata da Jachino Pizzuto, si mittiva a scavari ammucciuni e gli futtiva la trovatura?

L'orto s'attrovava in un loco solitario e manco era recintato. E non c'era un cani di guardia. Potivano fari i commodi sò fino a matino, nisciuno li avrebbi distrubbati!

Abbisognava attrovare un rimeddio. Ci pinsò supra tanticchia e po', senza perdiri tempo, annò a tuppiare da Munniddro Cosimato, il sò vici, e gli ordinò che tutti l'òmini della cosca, muniti di zappuni e pale, dovevano attrovarisi alle deci di sira in contrata Parrinello.

Accomenzaro a scavari nell'orto alla luci della luna che erano le deci e mezza. Scavaro la notti, scavaro all'alba, scavaro che s'era fatto jorno. Alle deci e mezza del matino avivano supirato i deci metri di profunnità. Della trovatura manco l'ùmmira.
«Scavati ancora» disse don Paolino.
Ma aviva principiato a scantarisi. E se la maga aviva raggiuni? Se la trovatura sinni calava via via cchiù abbascio pirchì non aviva rispittato il tempo giusto? Sudava e il sudori gli annigliava la vista. Ogni tanto gli ammancava il sciato.

Alli tri di doppopranzo l'ultimo clienti trasì nella càmmara della maga. Alli tri e mezza, fatta la baligia, Jachino pagò l'albergo e sinni niscì con lei. Si ficiro la strata a brazzetto. Come se erano dù ziti o marito e mogliere.
«Da questo momento, questa è la tò casa» le disse Jachino appena che lei trasì.
Caterina s'assittò supra alla seggia che stava nell'anticàmmara, si cummigliò la facci con la mano e si misi, quietamenti, a chiangiri.

Alli cinco del doppopranzo, Muniddro Cosimato e i deci òmini della cosca erano accussì morti di stanchizza che s'arrefutaro di scavari ancora.
Don Paolino parse nisciuto pazzo.
Si misi a santiari abballanno ora supra a un pedi ora supra all'altro e scocciò il revorbaro.

«Vi ordino di continuari!».

«Si dasse 'na carmata!» gli arrispunnì friddo friddo Cosimato.

Con la vava alla vucca e l'occhi sgriddrati, don Paolino gli sparò. Lo pigliò di striscio a un vrazzo.

Ma subito appresso aviri sparato, gli vinni un sintòmo.

Chiuì l'occhi, il revorbaro gli cadì di mano, fici dù passi avanti traballianno e si catafuttì dintra alla fossa. Cosimato, stringennosi il vrazzo che pirdiva sangue, s'affacciò a taliare.

Accapì 'mmidiato che don Paolino era morto.

«Cummigliatelo» ordinò.

Oramà il capo era lui. E l'òmini della cosca principiaro a inchiri di terra la fossa che avivano scavato.

L'indomani a matino Jachino pigliò il carrozzino e si portò a Caterina nel tirreno coltivato a vigna che possidiva nella collina di Santomorone.

«Quanno ci sarà la vindemmia, lasserai di fari la maga e tinni verrai ccà. Mentri che si fa la vindemmia, si è sempri a un passo dalla filicità».

Lei lo taliò. Ma come aviva fatto Anita a lassari a un omo accussì? Jachino parse che le aviva liggiuto nel pinsero:

«A lei piaciva la vita di cità».

Doppo, la portò nella casuzza che aviva a Capo Russello.

Stava in pizzo in pizzo a 'na punta di terra che s'infilava dintra al mare e darrè il tirreno pariva un pezzo di paradiso, verde di piante, di foglie, di frutti.

«Mi voglio fari un bagno a mari!» disse Caterina.

Scinnero fino alla pilaja che pariva fatta d'oro, torno torno non c'era nisciuno, sulo i gabbiani.

Caterina si livò il vistito, ristò in fodetta, trasì nell'acqua. Jachino le annò appresso in mutanne. Po' s'asciucaro al soli.

Appena tornaro a la casa per mangiare, dato che si erano portai la robba da Vigàta, Jachino disse:

«Prima devo fari 'na cosa».

Annò nella càmmara di dormiri, pigliò le dù fotografie che c'erano di Anita, le portò fora e le abbrusciò.

Quanno calò il soli, Jachino spiò:

«Vuoi tornari a Vigàta?».

«No» disse Caterina. «Voglio ristari ccà».

E po', taliannolo nel funno dell'occhi, aggiungì:

«Per sempri».

Epperciò fu in una casuzza di Capo Russello che finì la carrera della maga di Zammut, Arsenia, la chiaromante chiaroviggenti.

Sissant'anni appresso, un poviro opiraio che scavava un pozzo d'acqua amara dalle parti di contrata Parrinello, attrovò 'na trovatura che gli pirmittì di mannari a sò figlio a studiari.

Tutta robba d'oro: 'na catina di ralogio, un aneddro con uno stemma grosso, 'na spilla da cravatta, 'na catinella con un corno e dù denti.

La crozza di morto alla quali appartinivano i dù denti d'oro non s'attrovò.

La rivelazione

Uno

Mano a mano che miricani e 'nglisi, sbarcati in Sicilia nel misi di luglio di lu milli e novicento e quarantatri, ghivano liberanno a lento l'Italia dai todischi, tutti l'antifascisti che Mussolini tempo tempo aviva fatto connannari al càrzaro o al cunfino vinivano mittuti in libbirtà e sinni tornavano alle casuzze sò. E squasi tutti, doppo un piriodo di riposo, arripigliavano a fari politica.

A Vigàta per primo s'arricampò don Manueli Scozzari, vecchio liberali, che era stato confinato deci anni a Lipari. 'Nzemmula a lui, nella stissa isola, s'attrovava un altro vigàtisi, Luici Prestìa, comunista arraggiato, uno che annava pridicanno l'amuri libbiro e che voliva vidiri moriri arrustuti al Papa, ai cardinali e ai pispichi. Si era fatto cinco anni di càrzaro e quattro di cunfino: ne doviva scuttari ancora dù, ma a Lipari erano arrivati i miricani.

Però Prestìa si era arrefutato di farisi libbirari da loro. Era ristato 'nchiuso nella sò casa e non c'era stato verso.

«Prestìa, vidi ca il fascismo cadì e ora ccà c'è la democrazia» gli annò a diri il sinnaco appena nominato.

«L'americani ci hanno libbirato. Perciò tu non sei cchiù cunfinato e tinni poi tornari al paìsi».

«Iu non mi considiro libbirato».

«E pirchì?».

«Pirchì i miricani sunno capitalisti. E iu con loro non ci voglio aviri a chiffari».

La facenna s'arrisolvì quanno annò ad attrovarlo un vecchio compagno comunista che era stato in càrzaro con Gramsci e lo persuadì che se non era per i compagni sovietici i miricani se la potivano annare a pigliare 'n culo e che di òmini come a lui c'era nicissità nel partito.

«E po', 'n conclusioni, se io ho accittato che i miricani mi libbiravano, lo devi accittari macari tu».

E Prestìa aviva bidito.

Ma allura com'è che non era ancora tornato?

Passata 'na simanata senza vidirlo arricampare, Nunzia, la mogliere di Prestìa, annò a tuppiare alla porta di don Manueli. Ci vinni a rapriri la cammarera.

«Che voliti?».

«Volissi parlari con don Manueli».

«Viditi ca don Manueli non parla».

«Che veni a diri?».

«Veni a diri che siccome che sinni stetti deci anni senza parlari con nisciuno, ci persi la bitudini».

«E pirchì sinni stetti deci anni muto?».

«Pirchì l'autri confinati di Lipari erano comunisti e iddro coi comunisti non ci parla».

Allura Nunzia, capenno che non era cosa, salutò e sinni niscì.

Dispirata, annò ad attrovare al marisciallo dei carrabbineri che di nomi faciva Gaspano Trupia e che accanosciva bono a Luici, datosi che l'aviva arristato spisso prima che fusse 'ncarzarato.

«Mariscià, pi carità, vi potiti 'nformari pirchì mè marito non torna?».

«Ma vui veramenti aviti 'nteresse che torna?».

«Sò mogliere sugno».

«Io 'nveci all'idea che un jorno o l'altro torna, mi sento scotiri il sistema nirbùso. Senza di lui, nonostante le bumme, semo stati tutti nella paci di l'angili. Comunqui, m'informo e vi fazzo sapiri».

Arrisultò che Prestìa, appena che si era fatto persuadiri d'essiri libbiro, era annato 'n casa dell'ex segretario fascista di Lipari e l'aviva pigliato a càvuci. Era stato arristato e cunnannato a un anno di càrzaro.

«E allura che minchia di liberazioni è?» aviva addimannato ai carrabbineri che l'ammanittavano.

A Prestìa gli attoccava di diritto d'essiri il sigritario della sezioni comunista di Vigàta, ma dato che doviva starisinni ancora 'n càrzaro, i compagni eliggero sigritario provisorio all'avvocato Turiddruzzo Arnone, un bravo picciotto trentino, nipoti del parroco Don Anselmo Caruana.

Naturalmenti ficiro giuramento che mai e poi mai Prestìa doviva viniri a sapiri che sigritario, sia pure provisorio, era addivintato il nipoti di un parrino. L'avrebbi pigliata come un'offisa pirsonali e avrebbi fatto un quarantotto.

Passò un anno e di Luici Prestìa a Vigàta non si vitti manco l'ùmmira.

La povira mogliere annò novamenti dal marisciallo.

E accussì vinni a sapiri che sò marito era stato cunnannato a un altro anno di càrzaro. Pare che alla stazioni di Milazzo aviva arrubbato 'na bannera russa chiantata davanti a un binario e si era mittuto a cantari l'Internazionali. Pi miracolo il treno Palermo-Messina non era annato a sbattiri contro un merci. E quanno il capostazioni aviva tintato di livarigli la bannera dalle mano, aviva arricivuto un pugno 'n facci.

«Meglio accussì» aviva commentato il marisciallo Trupia. «Da Milazzo a ccà pi fortuna la strata è longa».

Naturalmenti Turiddruzzo Arnone vinni riconfermato per un'altra annata.

Quella sira stissa sò zio, 'u parroco Caruana, lo mannò a chiamari in gran sigreto per parlarici.

«Niputeddro mè, ho saputo che a Prestìa l'hanno risbattuto 'n càrzaro, comu merita. Voi comunisti che 'ntinniti fari?».

«In che senso, zizì?».

«Ora vegno e mi spieco. Ccà si tratta di rifari l'Italia e in primisi la Sicilia. E tu, come rapprisintanti comunista, saccio che travagli bono allato ai socialisti, ai democristiani, ai libbirali, a quelli del partito d'azioni. È accussì o no?».

«È accussì».

«E fino a quanno tu sarai sigritario, tutto andrà beni. Ma me lo dici che succedi quanno torna Prestìa?».

«E chi devi succediri, zizì?».

«Non te l'immagini? Quello un pazzo furioso è! Quello non senti raggiuni! Quello s'azzufferà con tutti e il partito comunista resterà isolato. Come un cani rugnuso. Arriflettici! Lo dico nel vostro stesso 'ntiressi».

Turiddruzzo Arnone stetti tutta la nuttata a considerari le palore di sò zio.

E arrivò alla conclusioni che aviva raggiuni.

Accussì convocò a tutti i compagni. E ci disse, ma come se fossi 'na prioccupazioni sò, tutta la facenna e po' concludì:

«E a scanzo di mali pinseri, v'annunzio che io non voglio cchiù fari il sigritario».

Si raprì la discussioni.

Sciaverio Cosimato, e con iddro trenta compagni, s'addichiarò d'accordo col sigritario: Prestìa era un probbrema che annava pigliato di petto senza pirdirici tempo.

Filippo Tornatore, e con iddro trenta compagni, disse 'nveci che Prestìa, quanno che tornava, doviva fari il sigritario come di giusto.

L'unico a non raprire vucca era stato, fino a quel momento, 'Ngiolino Tararà, amico da sempri di Luici Prestìa.

«E tu chi 'nni pensi?» gli spiò Turiddruzzo.

«Boh».

«Ccà non ci sunnu boh!».

«E vabbeni. Si devo essiri sincero, vi dico papali papali che a mia 'sta cosa non mi persuadi».

«Quali cosa?».

«Chista ca non torna».

«Spiegati meglio».

«Raggiunamu. Uno si fa cinco anni di càrzaro e po' dal càrzaro veni spiduto direttamenti al cunfino. Si fa quattro anni di cunfino e appresso veni libbirato pirchì nun c'è cchiù il fascismo. Ora io addimanno a ognuno di voi: che avistivu fatto doppo novi anni che non viditi alla famiglia?».

«Saremmo tornati a la casa!» fu la risposta squasi 'n coro.

«E lui invece si fa arristari 'na prima vota! E po' 'na secunna! Non vi veni un dubbio?».

«Quali dubbio?» spiò Turiddruzzo.

«Che lo sta facenno apposta!».

Tutti allucchero.

«Che si scanta a tornari!» spiegò meglio Tararà.

«Ma stai babbianno?» fici Tornatore. «E tu saresti 'u meglio amico di Prestìa? Non lo sai che a quello non lo scanta nisciuno?».

«A parti che io penso che tutti, macari l'eroe cchiù coraggioso che c'è mai stato supra alla facci della terra, prima o po' attrova qualichi cosa che lo fa scantare...».

«Un momento!» gridò Gennarino Cosco. «Desidero 'na spiegazioni 'mmidiata!».

«Parla» fici Turiddruzzo.

«Vorria sapiri dal compagno Tararà se, secunno lui, macari il compagno Stalin, lumi e guida di tutti noi, si scanta».

Si fici un silenzio di tomba. Tutti si votaro a taliare a Tararà che era addivintato giarno come un morto.

«Macari lui» disse Tararà.

Successi il virivirì. 'Na poco volivano la 'mmidiata spulsioni di Tararà dal partito, altri non erano d'accordo sostinenno che era 'na semprici pinioni pirsonali del compagno. Finalmenti Turiddruzzo arriniscì a ottiniri tanticchia di silenzio.

«Vorrei che il compagno Tararà concludissi il sò pinsero».

«E che c'è da concludiri? Che abbisogna attrovare la scascione, masannò mi joco i cabasisi che quello si fa arristari per la terza vota».

«Propongo un gruppo di studdio composto da me e dai compagni Tararà, Cosimato e Tornatore» disse Turiddruzzo Arnone.

E la reunioni si scioglì.

Alli novi di sira di quello stisso jorno, Tararà annò a tuppuliare a la casa di Turiddruzzo.

«C'è cosa?».

«Ti devo parlari da sulo a sulo, e in sigreto, nella tò qualità di nostro sigritario».

Turiddruzzo lo fici accomidari e gli offrì un bicchieri di vino.

«Turiddrù, quanti anni hai?».

«Vintinovi».

«Ti l'arricordi quanno i fascisti ficiro arristari a Prestìa?».

«E come no!».

«Ti l'arricordi quello che capitò?».

«Sì. Il direttori del carceri lo mannò direttamenti allo spitali pirchì i fascisti l'avivano massacrato».

«Accussì si disse».

Turiddruzzo s'imparpagliò.

«Pirchì si disse? Non annò accussì?».

Tararà fici 'nzinga di no con la testa.

«Ma tu lo sai quello che successi veramenti?».

Tararà fici 'nzinga di sì con la testa. E po' disse:

«I carrabbineri non l'arristaro a la sò casa, ma allo spitale. Io ero annato ad attrovarlo».

«Perciò non erano stati i carrabbineri a massacrarlo? Era già in quelle condizioni?».

«Sì».

«E allura cu fu?».

«Iu ti lu dicu, ma la cosa devi arristari ccà. Palora d'onori?».

«Palora d'onori. Cu fu?».

«Nunzia».

«Sò mogliere?» sbalordì Turiddruzzo.

«Sissignori».

«Ma se Nunzia va facenno come a 'na Maria pirchì sò marito non torna!».

«Appunto. Voli finiri l'opra».

«Ti voi spiegari?».

«Prestìa, che aviva sempri pridicato l'amuri libbiro, 'na sira, approfittanno che sò mogliere era dovuta annare 'n Palermo cu 'u figliu di un anno, lo volli praticare».

«E comu?».

«Si portò alla casa alle dù sorelle Melchiorre, le figlie dell'ingigneri che diriggiva la cintrali lettrica, dù picciotte bolognisi che si sapivano essiri comuniste. Stavano corcati tutti e tri, quanno Nunzia tornò 'n anticipo e lo mannò allo spitali con l'ossa rutte».

«Ma è storia vecchia!».

«Prestìa, allo spitale, mi dissi che Nunzia gli aviva promettuto di ripigliari 'u discurso quanno che si sarebbi arricampato».

«Ma via! Sono passati dieci anni! Nunzia avrà pirdonato!».

«Tu non l'accanosci a Nunzia! Quanno prometti, manteni».

«Che si può fari?».

«Nunzia non è comunista, è chiesastra divota. Parlanni cu tò zio 'u parrino. A iddro, Nunzia l'ascuta».

«E che dovrebbi fari mè zio?».

«Farisi scriviri da Nunzia 'na littra nella quali giura d'avirlo pirdonato. E gliela spidisci 'n càrzaro».

Due

«Io 'sta cosa non la fazzo manco si mi viniti a prigari 'n ginocchio! Manco se tutto 'ntero il partito comunista, Togliatti 'n testa, veni 'n chiesa, si cunfessa e si comunica!» sclamò arresoluto patre Caruana doppo che sò nipoti Turiddruzzo ebbi finuto di parlari.

«Ma zizì...».

«Ma zizì 'na minchia!» fici il parrino che quanno addivintava nirbùso parlava spartano.

«Mi spiega a vossia che ci costa?» 'nsistì Turiddruzzo, a malgrado che, conoscenno a sò zio, aviva accaputo che la partita era persa.

«Che mi costa?! Tu ti renni cunto che sei vinuto a spiarmi di fari tornari a Vigàta al cchiù firoci nimico della Chiesa? A un indemoniato come a Prestìa? A uno che si merita sulo le sciamme di lo 'nfernu? Sò mogliere fici benissimo a spaccarigli l'ossa allura quanno l'attrovò corcato con dù buttanazze e a voliri continuari a spaccariccilli. E po', sai come si dici? Tra moglie e marito non mettere dito».

A Turiddruzzo, a sintiri 'st'urtima frasi, ci acchianò subito il sangue alla testa.

«Però ci fu 'n'occasioni nella quali vossia tra moglie

e marito ci misi qualichi cosa di cchiù grosso di un dito!».

Patre Caruana addivintò russo come un pipironi, pariva che gli stava piglianno un corpo poplettico.

Turiddruzzo s'arrifiriva a 'na filama che era curruta 'n paìsi 'na decina d'anni avanti. La signura Erminia Boccolato, 'na biddrizza trentina, aviva un marito manisco. Perciò, ogni volta che le pigliava di cozzo e cuddraro, corriva 'n chiesa a farisi cunsolari da patre Caruana. E cunsola oggi, e cunsola dumani, fatto sta che la signura un bel jorno s'arritrovò con tanto di panza. E siccome che il marito non la toccava da sei misi, ed Erminia era sulo casa e chiesa, 'n paìsi si dissi che o era stato il parrino o lo Spirito Santo, tertium non datur.

Patre Caruana s'arripigliò dal mezzo sintòmo e ghittò fora a Turiddruzzo ordinannogli di non farisi vidiri cchiù.

Turiddruzzo arrifirì privatamenti a Tararà il fallimento della sò missioni presso lo zio e po' arreunì il gruppo di studdio.

Per primo pigliò la palora Tornatore.

«Compagni, vi devo subito addichiarare che io non crio che Prestìa non voli tornare, come sostèni il compagno Tararà. Mi sono fatto pirsuaso che trattasi chiuttosto di un eccesso di pressioni».

«E chi è, treno o papore?» addimannò Cosimato.

«Spiegati meglio» fici Turiddruzzo.

«Compagni, io penso che in questi novi anni il compagno Prestìa abbia accumulato dintra di lui 'na tali carica d'oddio verso la società borgisa che è addivintato

come a 'na caldaia sutta pressioni. Appena che può raprire le valvoli di sfogo, le rapre, masannò scoppia».
«E che proponi di fari?» spiò Turiddruzzo.
«Mi sono 'nformato. Prestìa nesci dal càrzaro doppodomani. Propongo che dù compagni lo vanno a pigliari e lo portano ccà, tinennolo stritto 'n mezzo a loro dù in modo che non possa fari minchiate».
«'Nzumma, 'na speci d'arresto» commentò Tararà.
Tornatore allargò le vrazza.
«Si potrebbi provari...» fici, dubbitoso, Turiddruzzo.
«Un momento» 'ntirvinni Cosimato. «Secondo il compagno Tornatore, Prestìa sarebbi 'na caldaia pronta a scoppiari e i dù che lo vanno a pigliari devono evitari che lui rapri le valvole di sfogo. È accussì?».
«Esattamenti» fici Tornatore.
«E voliti che la caldaia scoppia o rapre le valvole propio ccà a Vigàta? Ma vi rinnite conto che Prestìa è 'na vera bumma? Che se esplode e fa danno capace che ci fanno chiuiri la sezioni? Che capace che annamo a finiri tutti 'n galera?».
«Allora che proponi?».
«Che nisciuno vada a pigliarlo. Videmo come si comporta stavota e doppo 'nni parlamo».
Passò 'st'urtima proposta.

Come faciva da vint'anni a 'sta parti a ogni jovidì sira, Tararà annò a mangiari 'n casa di Nunzia. Prestìa, quanno si era maritato, aviva voluto accussì. E la mangiata sirali del jovidì era continuata macari quanno Prestìa era annato a finiri 'n càrzaro.

D'altra parti Nunzia si sintiva confortata dalla visita dell'amico di casa che spisso le arrisorbiva i probbremi che a una fìmmina sula, con un figlio oramà di deci anni, ci veni difficili arrisorbiri.

Quella sira Tararà però ci annò con un intento priciso, convinciri lui a Nunzia di scriviri la littra di pirdono per il marito.

Quanno finero di mangiari e Nicolino, 'u figlio, si annò a corcari, Tararà e Nunzia s'assittaro supra al divano a chiacchiariari con una buttiglia di vino bono davanti.

«Vi lo dissiro che a Luici doppodomani lo fanno nesciri?» le spiò a un certo momento Tararà.

«Me lo dissi il marisciallo».

Prima di passari alla dimanna appresso, 'Ngiolino Tararà sintì il bisogno di vivirisi un bicchieri con una muccunata sula. E Nunzia, che di certo s'aspittava la dimanna, sinni vippi uno macari lei, sia pure in sei muccunate.

«E vui che pensate di fari?».

Nunzia lo taliò strammata.

«E che doviria fari?».

Fìmmina perigliosa sei, pinsò 'Ngiolino. Vuoi ancora tiniri ammucciato il proposito tò?

«Siccome che Luici allo spitale mi disse...».

«Che vi disse?».

«Mi disse che gli avivate promittuto che quanno che sarebbi tornato a la casa, vi sareste vinnicata, gli avreste rumputo le poche ossa sane che gli ristavano».

Nunzia arridì e 'Ngiolino strammò.

Nunzia arridiva vascia, di gola, che pariva pricisa 'ntifica a 'na palumma in amuri.

E forsi per la prima vota in anni e anni di canuscenzia, Tararà la vitti com'era: 'na gran beddra fìmmina di quarantadù anni.

Per l'emozioni della scoperta 'mprovisa, si calumò un altro bicchieri.

E Nunzia gli annò appresso.

«Luici si sbagliò» dissi la fìmmina doppo tanticchia.

«In che senso?».

«Vero è che gli dissi che quanno tornava mi saria vinnicata, ma non rumpennogli novamenti l'ossa».

«E comu?».

Prima d'arrispunniri, Nunzia inchì daccapo i dù bicchieri. Se li scolaro 'n silenzio. Po' Nunzia parlò.

«Non vi l'immaginati comu?».

'Ngilino se l'immaginò e ristò muto. Po' finalmenti s'addecise a rapriri vucca.

«E vi siti vinnicata?».

«Non ancora. La promissa era che l'aviria fatto quanno tornava. E dato che torna doppodomani, è come se fusse già tornato. Non vi pare?».

«Certo che mi pare» dissi 'Ngiolino abbrazzannola e arrovisciannola supra al divano.

«Havi deci anni che omo non mi tocca» gli murmuriò Nunzia all'oricchi, squasi come per un avvertimento.

E nelle tri ori che vinniro appresso, si rifici abbunnannementi.

Po', avanti che Tararà sinni niscisse, gli disse:

«Tra noi dù, la cosa finisci ccà. Giusto?».

«Giusto».

«E si voliti fari sapiri a Luici che l'ho pirdonato, lo potiti fari».

L'indomani a matino, senza diri nenti a nisciuno, Tararà sinni partì per Milazzo. Naturalmenti non aviva il primisso di colloquio col carzarato, ma sapiva come arrisolviri la facenna. S'appostò davanti al portoni del càrzaro e appena vitti che 'na guardia carzararia vi s'addiriggiva per trasire, la firmò aducato.

«Signura guardia, mi devi ascusari se mi primetto, ma se voscenza mi pò fari un favori veramenti granni...».

E mentri che parlava cirimonioso, tiniva sutta all'occhi della guardia 'na carta di cento.

«Se pozzo...».

«È 'na cosa da nenti. Vossia l'accanosci al carzarato Luici Prestìa?».

«Certo».

«Abbisognerebbi che vossia ci dici che il sò amico Tararà, ca sugno io, ci fa sapiri che sò mogliere Nunzia lo pirdonò».

«Tutto ccà?» fici la guardia allunganno 'na mano per agguantari la carta di cento.

Ma Tararà fu lesto a scansarla.

«Aspetto risposta» dissi.

«Torno subito» fici la guardia.

Tornò doppo deci minuti.

«Ci ho parlato. V'arringrazia. Dice che gli aviti livato un grosso piso dal cori».

E allungò la mano. Stavota Tararà gli fici pigliari le cento.

«Nesci domani, vero?» spiò.

La guardia lo taliò 'mparpagliato.

«Nenti sapiti?».

«Che devo sapiri?».

«L'amico vostro passannaieri siccome che ebbi 'na discussioni col capoguardia, lo ghittò fora dalla cella a càvuci. Ci dettiro sei misi, per direttissima».

Tararà tirò fora dalla sacchetta un altro biglietto da cento. L'occhi della guardia sbrilluccicaro.

«Mi potissivo fari 'n autro favori?».

«A disposizioni».

«Ci potiti tornari a spiare 'na cosa?».

«Dicitimilla».

«Addimannatigli se avrebbi lo stisso pigliato a càvuci al capoguardia se sapiva a tempo che sò mogliere l'aviva pirdonato».

La guardia annò e tornò.

«Dice accussì che l'avrebbi fatto lo stisso».

E allura Tararà accapì che aviva completamenti sbagliato.

La scascione dello scanto di Luici era 'n'autra.

Ma quali?

La prima cosa che fici tornanno a Vigàta fu d'annare ad avvirtiri a Nunzia.

«Luici 'n autri sei misi si fici dari».

Nunzia non s'addimostrò particolarmenti addulurata.

«E pacienza» disse.

E po', talianno a 'Ngiolino nelle palle dell'occhi:

«Jovidì sira vini come 'u solito?».
«Che c'è dubbio?».
S'accapero 'mmidiato. Evidentementi, Nunzia ci aviva pigliato gusto a vinnicarisi.

Po' Tararà arrifirì a Turiddruzzo che Prestìa non sarebbe tornato prima di sei misi. Allura Turiddruzzo convocò il gruppo di studdio.
«Mi pare oramà evidenti che Prestìa se le va a circare tutte per non tornari».
'Ntirvinni Cosimato:
«Quello è capace di farisi dari l'ergastolo».
«Allura che si fa?» spiò Turiddruzzo.
«Avrei fatto 'na pinsata» disse Tornatore.
«Parla».
«Bisogna annare a Palermo e parlari col compagno senatori Pasqualotto».
Pasqualotto era lo stisso che a Lipari aviva convinciuto a Prestìa di considerarisi libbiro. Macari se a farlo erano stati i miricani.
«E che dovrebbi fari il senatori?».
«Dovrebbi fari la secunna. La prima la fici a Lipari. Ora lo prigamo d'annare a trovare a Prestìa in càrzaro. Ci devi diri che il partito gli ordina di tornari a Vigàta a fari il sò doviri di compagno».
La proposta vinni approvata all'unanimità.
Turiddruzzo, essenno il sigritario, e Tararà, essenno l'amico cchiù stritto, foro 'ncarricati d'annare a Palermo a parlare con Pasqualotto.

Tre

«Come no? Me l'arricordo benissimo al compagno Prestìa» fici il senatori Pasqualotto storcenno la vucca. «Quello è 'na vera testa di calabrisi, quanno amminchia supra a 'na cosa, non c'è verso. È un osso duro. Certo però che la facenna è stramma assà».

«Eh già» fici Turiddruzzo.

Era tanticchia sdilluso. Essenno che il senatori era della direzioni nazionali del partito, si sarìa aspittato da lui cchiù svirtizza, cchiù prontizza nel pigliari 'na decisioni.

Tararà 'nveci non fici commento.

«Ma dal cunfino dava notizie?» spiò il senatori.

Turiddruzzo taliò a Tararà.

«A mia qualichi littra me la mannò dal càrzaro» dissi 'Ngiolino.

«Che diciva?».

«Nenti di sustanzia. Mezza pagina di tri o quattro righi».

«E dal cunfino?».

«Dal cunfino sulo cartoline, 'na vota ogni dù misi, e tutte squasi aguali» dissi 'Ngiolino.

«Come uguali?» spiò il senatori.

«Beh, Luici Prestìa è sempri stato un omo mutanghero. Le cartoline 'na vota facivano "Io sto bene in salute e tu?", e 'n'autra vota "Come stai, io bene in salute". E io ci arrispunnivo lo stisso. "Io bene in salute, e tu?". Annò a finiri che un jorno a la mè casa arrivaro i carrabbineri e mi portaro 'n caserma».

«E pirchì?».

«Si erano fissati che si trattava di messaggi cifrati. Ci vosi la mano del Signuri per farli convinti che non c'era 'nganno. L'urtima cartolina di Prestìa l'arricivitti il dù di frivaro».

«Ne sei sicuro?» spiò il senatori. «Pirchì noi siamo stati libbirati ai primi d'austo. Da frivaro fanno sei misi. Come mai non ti scrissi cchiù?».

Tararà si stringì nelle spalle.

«Non saccio che diri».

«Ha 'na mogliere?» spiò ancora il senatori.

«Sì, e un figlio» disse Turiddruzzo.

«E a loro ha scritto?».

«Mai» arrispunnì Tararà.

Il senatori lo taliò strammato.

«Mai?!».

«Si erano sciarriati. Facenne famigliari».

«Ah» fici il senatori.

E appresso:

«Avete fatto sapiri a Prestìa dell'apertura della sezione del nostro partito a Vigàta?».

«Gliel'ho comunicato io pirsonalmenti con raccomannata con ricivuta di ritorno» disse Turiddruzzo. «Ho avuto la ricivuta, chisto sì, ma manco mezza palora. Silenziu completo».

«E quindi non ha preso la tessera» fu la logica conclusioni del senatori.

«Vero è!» sclamò Turiddruzzo.

Nisciuno ci aviva pinsato a quel particolari. Che non era cosa da pigliari suttagamma.

«Epperciò a nomi di quali partito gli vado a parlari se non è manco tesserato?» fici Pasqualotto.

Stetti a pinsarisilla tanticchia e po' parlò.

«Forse è meglio se io non espongo me stesso e il partito a 'na malafiura. Annateci a parlari voi. Vi faccio aviri il primisso per un colloquio per dumani matina stissa».

«A 'sto punto» disse Turiddruzzo, «io accompagno a Tararà a Milazzo, ma è cchiù giusto se al colloquio ci va sulo lui. A mia Prestìa manco m'accanosci».

Il treno portò ritardo e l'orario distinato ai colloqui coi carzarati era già finuto da tempo.

La guardia all'ingresso a Tararà non lo fici manco trasire.

Sinni stava tornanno al cafè indove l'aspittava Turiddruzzo quanno si sintì chiamari.

«Carissimo amico!».

Si voltò. Era la guardia dell'autra vota.

«Come mai da 'ste parti?».

Tararà gli spiegò la situazioni tinenno 'n mano dù carte da cento.

«Non c'è probbrema» fici la guardia.

Deci minuti doppo Tararà si vinni ad attrovari dintra a 'na cammareddra senza finestra con un tavolineddro 'n mezzo a dù seggie.

S'assittò e si misi ad aspittari.

Po' la porta si raprì e trasero Prestìa e la guardia.

«Aviti deci minuti pricisi» dissi la guardia niscenno fora e richiuiennosi la porta alle spalli.

I dù arristaro suli.

Tararà, per un momento, si 'ngiarmò.

Maria, quant'era strancangiato Luici!

Era sempri àvuto un metro e ottanta, il càrzaro non l'aviva fatto piegari, ma ora era addivintato sicco sicco che pariva priciso a 'no schelitro caminante e inoltri portava 'na gran varba accussì longa che gli arrivava alla panza, pejo di quella di San Giusippuzzo. Tiniva la mano dritta 'n sacchetta e sutta alla stoffa dei pantaluna si vidivano le sò dita che si cataminavano 'n continuazioni, mentri smuviva le labbra senza fari sono.

Che cuntava, i centesimi che tiniva 'n sacchetta?

Po' Tararà si susì di scatto e corrì ad abbrazzarlo.

Prestìa non ricambiò, sinni ristò com'era, un vrazzo lungo lo sciancu, 'na mano 'n sacchetta, la facci 'mpassibili, le labbra in movimento.

Tararà ebbi la 'mpressioni che l'amico non l'aviva arraccanosciuto.

«Tararà sugno, Luicì».

«Lu saccio» fici Prestìa assittannosi.

Macari Tararà s'assittò, ma pirchì si sintiva le gamme tagliate.

311

Che viniva a significari quell'accuglienzia 'ndiffirenti?

Aviva milli dimanni da farigli, ma non arrinisciva ad articolarinni manco una.

'Ntanto Prestìa lo taliava fisso.

Ecco, la sò famusa taliata non era per nenti cangiata, anzi si era fatta cchiù funnuta, ti trasiva dintra come a 'na lama e ti mittiva a disagio.

«Ci sunno sempri i gabbiani?».

Tararà non accapì.

«I gabbiani?».

«Sì, i gabbiani che trasino alla scurata dintra al porto appresso alle paranze».

Ma che minchiate gli passavano per la testa?

«Non ci sunno cchiù le paranze, ma i pescherecci».

«Vabbeni, ma i gabbiani?».

«Ci stanno».

Tararà accomenzò a sudari friddo. Vuoi vidiri che a Prestìa gli era nisciuto il senso?

«E il guardiano del camposanto è sempri Pitrino Ingrassia?».

«No, Pitrino morse sutta a un bummardamento» disse sempri cchiù strammato Tararà.

«Ah» fici Prestìa.

Tararà ora aviva il cannarozzo sicco, sintiva un gran bisogno di un bicchieri d'acqua.

«'Ngilì, ti devo diri 'na cosa» fici tutto 'nzemmula Prestìa abbascianno la voci.

«Dimmi» disse Tararà calannosi verso di lui.

Prestìa lo taliò.

La taliata gli pinitrò dritta dritta dintra al ciriveddro e al cori. Un bisturi.

«Pèntiti».

«Eh?».

«Pèntiti».

La porta si raprì.

«Colloquio terminato».

Senza dirigli 'na palora o farigli un saluto, Prestìa si susì e sinni niscì appresso alla guardia.

Ci vosiro cinco minuti sani a Tararà per arrecuperari le forzi, susirisi e nesciri macari lui dalla cammareddra.

E dunqui Prestìa aviva accaputo, sulo taliannolo, il sò granni 'mpaccio.

E aviva fatto dù cchiù dù. E gli aviva ditto di pintirisi della storia con Nunzia, sò mogliere.

Pirchì era chiaro che Prestìa era arrivato alla giusta conclusioni per quella facortà che aviva sempri avuto d'accanosciri l'òmini a 'na prima taliata e che gli si era evidentementi sbiluppata col càrzaro e il cunfino.

Turiddruzzo l'aspittava assittato a un cafè nelle vicinanze.

«Che ti disse?».

«Haio bisogno di un cognac».

Sulo doppo che se l'ebbi vivuto, disse:

«Prestìa non c'era».

«Come non c'era?».

«C'era uno che gli assimigliava, ma non era lui».

«Ma che mi stai contando?».

«Talè, quello che parlò con mia, non potiva essiri lui».
«Ma pirchì? Senti, dimmi chiaro che vi dicistivo».
«Prima mi spiò se a Vigàta c'erano ancora i gabbiani».
«Davero?!».
«E appresso se il custodi del cimitero era sempri Pitrino Ingrassia».
«E doppo?».
«Non parlò cchiù».

Tararà aviva addeciso che della facenna del pintimento a Turiddruzzo non gliene avrebbi parlato, era 'na cosa privata che non arriguardava al partito.

«Ma t'arraccanoscì?».
«Certamenti, mi chiamò 'Ngilino».
«La sai 'na cosa, Tararà?».
«Dimmilla».
«Per il culo ti pigliò».
«A mia?!».
«Sissignori, a tia».
«E pirchì?».
«Pirchì capenno il motivo della tò visita, 'nveci di pigliariti a cazzotti o a càvuci come fa con tutti, t'arrispittò come amico e si limitò a babbiariti. In sustanzia, sulla scascione del pirchì non torna, non voli dari spiegazioni».

Il gruppo di studdio prontamenti arreunito al ritorno dei dù, stabilì che la meglio era che il compagno Prestìa facisse quello che cridiva di fari. Il jorno che fusse ricomparso a Vigàta, sarebbi stato lui stisso a spiegari che 'ntinzioni aviva.

La secunna parti dell'incontro con Prestìa, quella che non aviva contato a Turiddruzzo, Tararà 'nveci, il jovidì che vinni, la contò para para a Nunzia, appena che si foro assittati doppo mangiato supra al divano con la buttiglia di vino davanti.

«Epperciò» concludì 'Ngilino «chista è l'urtima vota che, a scanso di tintazioni, vegno a mangiari 'nni tia».

«Che veni a diri? Che ti sei pintuto?».

«Pintuto no, ma di rifarlo non me la sento. Ora addiventa un tradimentu».

«Come vuoi tu» fici Nunzia.

E gli inchì novamenti il bicchieri di vino. Se lo vippiro 'n silenzio.

«E se non era lui?» spiò lei tutto 'nzemmula.

«Ma se mi chiamò 'Ngilino!».

«Ma quanto sei stupito! Il tò nomi era supra alla dimanna di colloquio! La guardia glielo avrà ditto chi era che gli voliva parlari».

«Vero è».

«E po' m'hai arrifirito che secunno Turiddruzzo quello che si spacciava per Luici ti pigliò per il culo».

«Embè?».

«Arrifletti: 'u vero Prestìa, il grannissimo amico tò, quello che con tia ci spartiva il pani e l'acqua, ti avrebbi mai 'ngannato?».

Tararà non ebbi di bisogno d'arriflittirici a longo.

«Mai!» dissi addeciso.

«Lo vidi che non era lui?».

«Ma se quello che ho viduto era un Luici fàvuso, quello vero indove s'attrova?».

«Forsi sarà stato trasferito di càrzaro e non vogliono fari sapiri indove l'hanno portato».

«Può essiri».

«Allura, semo d'accordo che il Prestìa che ti dissi di pintiriti non era vero?».

«D'accordo. Epperciò?».

«Epperciò non ti devi pintiri di nenti».

«Raggiuni hai!» dissi Tararà accomenzanno a livarisi la cammisa.

Quattro

La bumma scoppiò 'mprovisa dù jorni appresso. E fici un botto tali da lassari a tutti 'ntordonuti. Abbisogna sapiri che a Montelusa, il capoloco, i democristiani, genti ricca e bonostanti, stampavano un sittimanali che nisciva il sabato, s'acchiamava «Lo Scudo crociato» e si 'ntirissava dei fatti che capitavano in tutti i paìsi della provincia.

Naturalmenti, Turiddruzzo si l'accattava. Quella matina, nella prima pagina, c'era un articolo col titolo stampato grosso: «Il comunista recalcitrante».

Ci ghittò un'occhiata e ci morse il cori. C'era contata la storia di Luici Prestìa, il tirribbili comunista nimico giurato di nobili, borgisi e parrini, che stranamenti non voliva tornari a Vigàta, a malgrado che i sò compagni avissiro tintato cchiù vote di convincirlo.

«Noi» concludiva l'articolo «avanziamo un'ipotesi che non ci pare poi tanto campata in aria. E se per caso, nei lunghi anni di segregazione prima in carcere e poi al confino, e quindi di forzata meditazione, il Prestìa si fosse accorto della diabolica falsità della sua fede comunista? Se infine si fosse reso conto di quale offesa contro la libertà e la dignità dell'uomo sia il comunismo? E se non avesse il coraggio di rivelare questa sua nuova, sofferta, drammatica convinzione ai vecchi compagni? Ecco perché, molto probabilmente, recalcitra a tornare a Vigàta».

Doppo quattro uri di discussioni, duranti la quali volarono palore grosse, cazzuttuna e seggie, l'intera sezioni del partito comunista di Vigàta detti all'unanimità al sigritario il mannato di risolviri a tutti i costi la facenna. Abbisognava che Prestìa parlassi chiaro e spiegasse che minchia gli stava passanno per la testa.
E Turiddruzzo, ottinuto il primisso di 'n autro colloquio col carzarato per mezzo del senatori Pasqualotto, sinni partì per Milazzo.

Prestìa era priciso 'ntifico a come glielo aviva discrivuto Tararà. La sicchizza schiletrica, la varba bianca che gli arrivava alla cinta, la mano dritta 'n sacchetta che si cataminava 'n continuazioni, le labbra in movimento.
«Sono il compagno Arnone, segretario della sezione comunista di Vigàta» s'appresentò Turiddruzzo.
Prestìa lo taliò con l'occhi fatti a lama e non dissi nenti.
«La situazione per noi è diventata insostenibile per causa tua».
Prestìa non gli livava l'occhi di supra.
«Guarda cosa scrive di te il giornale dei democristiani».
Cavò il jornali dalla sacchetta, glielo posò aperto supra al tavolino.

Prestìa si calò a lento a liggirlo e quanno ebbi finuto, l'alluntanò con la mano verso Turiddruzzo.

«Ripigliatillo».

E po', voltanno la testa verso la finestra che non c'era, murmuriò:

«Se sapissitu chi spinno haio di vidiri i gabbiani!».

Allura vero era quello che gli aviva contato Tararà! Gli nascì dintra qualichi cosa che non accapì se era pena o raggia.

«Lu saccio, e saccio macari ca 'u custodi d'o cimitero morì».

Prestìa parse non avirlo sintuto. Ora Turiddruzzo provava sulamenti raggia.

«Allura, chi hai da diri?».

Prestìa, sempri a rilento, tornò a taliarlo. E po' disse:

«Tu sei un bravo picciotto».

«Grazie. Ma questo non c'entra 'na minchia con la questioni».

«Ci trase 'nveci. 'Nfatti è sulo pirchì sei un bravo picciotto che ti dico che tutto chiddro che c'è scritto supra a 'sto jornali è vero».

La terra si raprì sutta a Turiddruzzo e si l'agliuttì con tutta la seggia.

«Chi... chi veni a diri?».

«Che al comunismu nun ci criu cchiù».

Lo dissi a voci vascia, con una speci di rassignazioni, lo dissi come si pò diri d'aviri 'na malatia senza rimeddio. Se avissi gridato, avrebbi fatto meno effetto supra a Turiddruzzo.

A lui, il pinsero di Prestìa, del sò coraggio, della forza della sò pinioni, del prezzo che stava paganno per la sò fidi, gli era stato sempri di sostegno nell'anni amari del fascismo.

Di botto gli passò la raggia, 'mprovisa l'assugliò 'na botta di chianto che a malappena arriniscì a trattiniri.

Possibbili che Prestìa avissi accaputo quello che gli stava succidenno? Fatto sta che la mano mancina di Prestìa si caticaminò lenta lungo il tavolino, si posò un attimo supra a quella di Turiddruzzo, si ritraì.

«Tu sei proprio un bravo figliu».

La voci a Turiddruzzo gli niscì strozzata.

«Ma... comu successi? Che ti capitò?».

«'Na notti, a Lipari, mi spuntò Gesù».

A Turiddruzzo parse d'aviri sintuto malamenti.

«Cu è ca ti spuntò?».

«Gesù. E mi dissi di pintirimi di tutto il mali che facivo con le mè idee comuniste».

Turiddruzzo non era in condizioni di rapriri la vucca. Dovitti farisi forza per parlari.

«Scusami, non t'offinniri, ma quella sira tu avivitu vivuto?».

Prestìa scattò subito addritta, l'occhi furiosi, il pugno isato.

«Ora m'ammazza!» pinsò Turiddruzzo.

'Nveci Prestìa si controllò, gli sorridì amorevoli, scotì la testa, tornò ad assittarisi.

«Voi comunisti siti sempri dei povirazzi materialisti!».

«Mi lo dici come fu che ti spuntò?».

«Fu 'na notti di frivaro del milli e novicento e quarantatri, a Lipari. Io stava dormenno, 'na rumorata m'arrisbigliò. Gesù, priciso 'ntifico a come è nelle santuzze, stava dritto ai pedi del letto. Era luminoso. Mi sorridiva. Mi dissi: "sùsiti", ma non era un ordini, era come se m'addimannava un favori».

«E tu?».

«Mi susii. E allura mi dissi d'agginucchiarimi».

«E tu?».

«M'agginucchiai. E allura isò un vrazzo e mi binidicì coll'acqua biniditta».

Per quanto strammato, sturduto, confuso, Turiddruzzo sempri avvocato era. Epperciò l'urtime palore di Prestìa non gli sonaro.

«Con l'acqua biniditta?».

«Sì, aviva un caticeddro chino d'acqua biniditta».

«E usò l'aspersorio?».

«No, non l'aviva. Mi svacantò il caticeddro 'n testa. M'assammarò. Tanto che prima m'arrifriddai, e po' mi vinni la purmunia».

«Ma non ti potivi asciucare subito?».

«No, pirchì Gesù mi cumannò di ristari 'n ginocchio fino all'alba. Tu capisci, il friddo di frivaro, la finestra aperta… Comunqui, ebbi la grazia della rivelazioni. E da allura non fazzo che pintirimi. Lo vidi?».

Cavò fora la mano dritta che tiniva sempri 'n sacchetta.

Tra li dita stringiva un rusario.

«Prego 'n continuazioni. Io ho fatto il possibbili per non tornari a Vigàta, non volivo mittirivi in difficortà. Ma ora attrovai la soluzioni. Quanno nescio dal càrzaro, m'arritiro in un convento. E se 'n convento non mi pigliano, mi fazzo remita. A Vigàta non mi viditi cchiù».

«Colloquio terminato» fici 'na guardia trasenno.
Prestìa si susì.
«Ah, ti volivo diri 'na cosa».
«Dicimilla».
«Domani a matino haio 'n'autra visita. È un jornalista del jornali che m'hai fatto vidiri. Gli conterò quello che ho contato a te».
«Come vuoi tu» fici Turiddruzzo.

L'articolo niscì sullo «Scudo crociato» il sabato che vinni. E se il primo era stato 'na bumma, il secunno fu 'na bumma atomica.

Tri misi appresso, quanno ci foro le elezioni politiche, i comunisti squasi scomparero da Vigàta.

Tararà, a bella posta, misi prena a Nunzia e, d'accordo con lei, tanto avivano addeciso di mittirisi 'nzemmula, volli che tutti lo sapissiro.

Per aviri accussì vinnicato l'anuri dei comunisti ammacchiato dal traditori Prestìa, fu eleggiuto sigritario della sparuta e misiranda sezioni al posto di Turiddruzzo.

Il quali, da parti sò, fici paci con lo zio parrino e 'na sira annò a mangiari a la sò casa. Era da quanno aviva parlato con Prestìa che un pinsero gli firriava testa testa e certe vote non lo faciva manco dormiri. Finuto che ebbiro, Turiddruzzo tirò fora il discurso.

«Zizì, vossia se lo liggì l'articolo supra alla conversioni di Prestìa?».

«Certo che lo liggii e ci ho goduto tanto, niputuzzo mè, che a momenti mi viniva un sintòmo».

«Lo sapi che il jorno avanti dell'intervista io l'annai ad attrovari 'n càrzaro e lui mi contò la stissa cosa?».

«Non lo sapivo. Ma, come vedi, era sincero».

«Però nell'articolo ammancava 'na cosa che mi disse. Non saccio se la contò macari al jornalista o se il jornalista pinsò che era meglio non scrivirla».

«E cioè?».

«E cioè che Gesù lo binidicì».

«E che ci trovi di tanto strammo?».

«Lo binidicì svacantannogli 'n testa un caticeddro chino d'acqua. Ora a vossia ci arrisulta che Gesù usava binidiciri accussì?».

«Strammo mi pari» fici il parrino.

E cangiò discurso.

All'indomani a matino 'na cammarera 'n lagrimi annò a chiamari a Don Anselmo Caruana.

«Vinissi di cursa ca don Manueli Scozzari sta morenno e lo voli vidiri».

'U parrino strammò. Come ogni libbirali di rispetto, don Manueli era un libbiro pinsatori che non cridiva a Dio.

«Ma si voli confissari?».

«Non l'accapii. Non parla cchiù bono».

Per il sì o per il no, Don Anselmo s'armò di tutto

l'armamintario, compreso l'oglio santo, e sinni partì con la cammarera. Strata facenno, le spiò:

«Malato era?».

«Nonsi, bono stava. La botta gli vinni mentri liggiva "Lo Scudo crociato" che ci era abbonato. Ma era da un anno che non taliava cchiù i jornali. Non parlava, non voliva vidiri a nisciuno. Il jornali gli capitò pi caso sutta all'occhi, lo liggì e si misi a ridiri. Maria, da quand'era che non lo sintiva ridiri! Non si potiva tiniri. Ridiva e ridiva. Po' accomenzò ad assufficarisi sempri arridenno, si susì, cadì 'n terra che continuava ad arridiri, 'nzumma, gli vinni un colpo arridenno».

Appena che lo vitti, Don Anselmo si fici capace che quello oramà era cchiù ddrà che ccà.

«Don Manueli! Patre Caruana sugno!».

Il moribunno raprì l'occhi faticosi.

«Vi voliti confessari?».

Don Manueli fici 'nzinga di no con la testa. Isò la mano mancina che stringiva il jornali, se lo misi supra al petto, posò l'indici supra all'articolo che contava la conversione di Prestìa e po', con un filo di voci, disse:

«Sgherzo... fu...».

«Sgherzo?!» fici Don Anselmo subito allarmato.

«Sì... Fui io... a convinciri... a un picciotto di Lipari... lo truccai come a Gesù...».

Si firmò, aviva il respiro che pariva 'na sega contro un tronco d'àrbolo.

Macari il parrino tiniva il sciato sospiso.

«Volivo... futtiri a quel comunista arraggiato di Prestìa... Al picciotto ci passai di supra la pasta fosforescenti... accussì...».

Si dovitti firmari ancora cchiù a longo. Tutto 'nzemmula il petto gli s'accomenzò a scotiri come per un attacco di tossi.

«Hi... hi... hi...».

Ma quella non era tossi! si disse sbalorduto il parrino. Don Manueli stava arridenno! Moriva e arridiva!

«La purmunìa... ci fici... viniri...».

Non potì cchiù annari avanti. Oramà rantuliava. Ma fici 'no sforzo tirribbili per parlari e ci arriniscì.

«Facitilo... sapiri a tutti... sgherzo fu».

'Mproviso, posò la testa di lato e spirò.

«Mi dispiaci, ma ti sei arrivolto alla pirsona sbagliata» pinsò il parrino. «'Sto sigreto te lo porti nella tomba, amico mè».

E, agginocchiatosi, accomenzò a recitari le priere per i poviri morti.

Nota

Molto probabilmente in questi racconti i miei lettori troveranno casi di omonimia. Ecco appunto, si tratta di omonimie.

Tutte le situazioni, i nomi di persone e cose, mi sono stati suggeriti dalla fantasia e non dalla realtà.

Ci tengo a sottolinearlo e ci tiene ancor di più il mio avvocato.

A. C.

Indice

Gran Circo Taddei e altre storie di Vigàta

La congiura	11
Regali di Natale	49
Il merlo parlante	89
Gran Circo Taddei	127
La fine della missione	169
Un giro in giostra	209
La trovatura	249
La rivelazione	289
Nota	327

Questo volume è stato stampato
su carta Palatina
delle Cartiere Miliani di Fabriano
nel mese di marzo 2011
presso la Leva Arti Grafiche s.p.a. - Sesto S. Giovanni (MI)
e confezionato
presso IGF s.p.a. - Aldeno (TN)

La memoria

Ultimi volumi pubblicati

601 Augusto De Angelis. La barchetta di cristallo
602 Manuel Puig. Scende la notte tropicale
603 Gian Carlo Fusco. La lunga marcia
604 Ugo Cornia. Roma
605 Lisa Foa. È andata così
606 Vittorio Nisticò. L'Ora dei ricordi
607 Pablo De Santis. Il calligrafo di Voltaire
608 Anthony Trollope. Le torri di Barchester
609 Mario Soldati. La verità sul caso Motta
610 Jorge Ibargüengoitia. Le morte
611 Alicia Giménez-Bartlett. Un bastimento carico di riso
612 Luciano Folgore. La trappola colorata
613 Giorgio Scerbanenco. Rossa
614 Luciano Anselmi. Il palazzaccio
615 Guillaume Prévost. L'assassino e il profeta
616 John Ball. La calda notte dell'ispettore Tibbs
617 Michele Perriera. Finirà questa malìa?
618 Alexandre Dumas. I Cenci
619 Alexandre Dumas. I Borgia
620 Mario Specchio. Morte di un medico
621 Giorgio Frasca Polara. Cose di Sicilia e di siciliani
622 Sergej Dovlatov. Il Parco di Puškin
623 Andrea Camilleri. La pazienza del ragno
624 Pietro Pancrazi. Della tolleranza
625 Edith de la Héronnière. La ballata dei pellegrini
626 Roberto Bassi. Scaramucce sul lago Ladoga
627 Alexandre Dumas. Il grande dizionario di cucina
628 Eduardo Rebulla. Stati di sospensione
629 Roberto Bolaño. La pista di ghiaccio
630 Domenico Seminerio. Senza re né regno

631 Penelope Fitzgerald. Innocenza
632 Margaret Doody. Aristotele e i veleni di Atene
633 Salvo Licata. Il mondo è degli sconosciuti
634 Mario Soldati. Fuga in Italia
635 Alessandra Lavagnino. Via dei Serpenti
636 Roberto Bolaño. Un romanzetto canaglia
637 Emanuele Levi. Il giornale di Emanuele
638 Maj Sjöwall, Per Wahlöö. Roseanna
639 Anthony Trollope. Il Dottor Thorne
640 Studs Terkel. I giganti del jazz
641 Manuel Puig. Il tradimento di Rita Hayworth
642 Andrea Camilleri. Privo di titolo
643 Anonimo. Romanzo di Alessandro
644 Gian Carlo Fusco. A Roma con Bubù
645 Mario Soldati. La giacca verde
646 Luciano Canfora. La sentenza
647 Annie Vivanti. Racconti americani
648 Piero Calamandrei. Ada con gli occhi stellanti. Lettere 1908-1915
649 Budd Schulberg. Perché corre Sammy?
650 Alberto Vigevani. Lettera al signor Alzheryan
651 Isabelle de Charrière. Lettere da Losanna
652 Alexandre Dumas. La marchesa di Ganges
653 Alexandre Dumas. Murat
654 Constantin Photiadès. Le vite del conte di Cagliostro
655 Augusto De Angelis. Il candeliere a sette fiamme
656 Andrea Camilleri. La luna di carta
657 Alicia Giménez-Bartlett. Il caso del lituano
658 Jorge Ibargüengoitia. Ammazzate il leone
659 Thomas Hardy. Una romantica avventura
660 Paul Scarron. Romanzo buffo
661 Mario Soldati. La finestra
662 Roberto Bolaño. Monsieur Pain
663 Louis-Alexandre Andrault de Langeron. La battaglia di Austerlitz
664 William Riley Burnett. Giungla d'asfalto
665 Maj Sjöwall, Per Wahlöö. Un assassino di troppo
666 Guillaume Prévost. Jules Verne e il mistero della camera oscura
667 Honoré de Balzac. Massime e pensieri di Napoleone
668 Jules Michelet, Athénaïs Mialaret. Lettere d'amore
669 Gian Carlo Fusco. Mussolini e le donne
670 Pier Luigi Celli. Un anno nella vita
671 Margaret Doody. Aristotele e i Misteri di Eleusi
672 Mario Soldati. Il padre degli orfani
673 Alessandra Lavagnino. Un inverno. 1943-1944

674 Anthony Trollope. La Canonica di Framley
675 Domenico Seminerio. Il cammello e la corda
676 Annie Vivanti. Marion artista di caffè-concerto
677 Giuseppe Bonaviri. L'incredibile storia di un cranio
678 Andrea Camilleri. La vampa d'agosto
679 Mario Soldati. Cinematografo
680 Pierre Boileau, Thomas Narcejac. I vedovi
681 Honoré de Balzac. Il parroco di Tours
682 Béatrix Saule. La giornata di Luigi XIV. 16 novembre 1700
683 Roberto Bolaño. Il gaucho insostenibile
684 Giorgio Scerbanenco. Uomini ragno
685 William Riley Burnett. Piccolo Cesare
686 Maj Sjöwall, Per Wahlöö. L'uomo al balcone
687 Davide Camarrone. Lorenza e il commissario
688 Sergej Dovlatov. La marcia dei solitari
689 Mario Soldati. Un viaggio a Lourdes
690 Gianrico Carofiglio. Ragionevoli dubbi
691 Tullio Kezich. Una notte terribile e confusa
692 Alexandre Dumas. Maria Stuarda
693 Clemente Manenti. Ungheria 1956. Il cardinale e il suo custode
694 Andrea Camilleri. Le ali della sfinge
695 Gaetano Savatteri. Gli uomini che non si voltano
696 Giuseppe Bonaviri. Il sarto della stradalunga
697 Constant Wairy. Il valletto di Napoleone
698 Gian Carlo Fusco. Papa Giovanni
699 Luigi Capuana. Il Raccontafiabe
700
701 Angelo Morino. Rosso taranta
702 Michele Perriera. La casa
703 Ugo Cornia. Le pratiche del disgusto
704 Luigi Filippo d'Amico. L'uomo delle contraddizioni. Pirandello visto da vicino
705 Giuseppe Scaraffia. Dizionario del dandy
706 Enrico Micheli. Italo
707 Andrea Camilleri. Le pecore e il pastore
708 Maria Attanasio. Il falsario di Caltagirone
709 Roberto Bolaño. Anversa
710 John Mortimer. Nuovi casi per l'avvocato Rumpole
711 Alicia Giménez-Bartlett. Nido vuoto
712 Toni Maraini. La lettera da Benares
713 Maj Sjöwall, Per Wahlöö. Il poliziotto che ride
714 Budd Schulberg. I disincantati
715 Alda Bruno. Germani in bellavista

716 Marco Malvaldi. La briscola in cinque
717 Andrea Camilleri. La pista di sabbia
718 Stefano Vilardo. Tutti dicono Germania Germania
719 Marcello Venturi. L'ultimo veliero
720 Augusto De Angelis. L'impronta del gatto
721 Giorgio Scerbanenco. Annalisa e il passaggio a livello
722 Anthony Trollope. La Casetta ad Allington
723 Marco Santagata. Il salto degli Orlandi
724 Ruggero Cappuccio. La notte dei due silenzi
725 Sergej Dovlatov. Il libro invisibile
726 Giorgio Bassani. I Promessi Sposi. Un esperimento
727 Andrea Camilleri. Maruzza Musumeci
728 Furio Bordon. Il canto dell'orco
729 Francesco Laudadio. Scrivano Ingannamorte
730 Louise de Vilmorin. Coco Chanel
731 Alberto Vigevani. All'ombra di mio padre
732 Alexandre Dumas. Il cavaliere di Sainte-Hermine
733 Adriano Sofri. Chi è il mio prossimo
734 Gianrico Carofiglio. L'arte del dubbio
735 Jacques Boulenger. Il romanzo di Merlino
736 Annie Vivanti. I divoratori
737 Mario Soldati. L'amico gesuita
738 Umberto Domina. La moglie che ha sbagliato cugino
739 Maj Sjöwall, Per Wahlöö. L'autopompa fantasma
740 Alexandre Dumas. Il tulipano nero
741 Giorgio Scerbanenco. Sei giorni di preavviso
742 Domenico Seminerio. Il manoscritto di Shakespeare
743 André Gorz. Lettera a D. Storia di un amore
744 Andrea Camilleri. Il campo del vasaio
745 Adriano Sofri. Contro Giuliano. Noi uomini, le donne e l'aborto
746 Luisa Adorno. Tutti qui con me
747 Carlo Flamigni. Un tranquillo paese di Romagna
748 Teresa Solana. Delitto imperfetto
749 Penelope Fitzgerald. Strategie di fuga
750 Andrea Camilleri. Il casellante
751 Mario Soldati. ah! il Mundial!
752 Giuseppe Bonarivi. La divina foresta
753 Maria Savi-Lopez. Leggende del mare
754 Francisco García Pavón. Il regno di Witiza
755 Augusto De Angelis. Giobbe Tuama & C.
756 Eduardo Rebulla. La misura delle cose
757 Maj Sjöwall, Per Wahlöö. Omicidio al Savoy
758 Gaetano Savatteri. Uno per tutti

759 Eugenio Baroncelli. Libro di candele
760 Bill James. Protezione
761 Marco Malvaldi. Il gioco delle tre carte
762 Giorgio Scerbanenco. La bambola cieca
763 Danilo Dolci. Racconti siciliani
764 Andrea Camilleri. L'età del dubbio
765 Carmelo Samonà. Fratelli
766 Jacques Boulenger. Lancillotto del Lago
767 Hans Fallada. E adesso, pover'uomo?
768 Alda Bruno. Tacchino farcito
769 Gian Carlo Fusco. La Legione straniera
770 Piero Calamandrei. Per la scuola
771 Michèle Lesbre. Il canapé rosso
772 Adriano Sofri. La notte che Pinelli
773 Sergej Dovlatov. Il giornale invisibile
774 Tullio Kezich. Noi che abbiamo fatto La dolce vita
775 Mario Soldati. Corrispondenti di guerra
776 Maj Sjöwall, Per Wahlöö. L'uomo che andò in fumo
777 Andrea Camilleri. Il sonaglio
778 Michele Perriera. I nostri tempi
779 Alberto Vigevani. Il battello per Kew
780 Alicia Giménez-Bartlett. Il silenzio dei chiostri
781 Angelo Morino. Quando internet non c'era
782 Augusto De Angelis. Il banchiere assassinato
783 Michel Maffesoli. Icone d'oggi
784 Mehmet Murat Somer. Scandaloso omicidio a Istanbul
785 Francesco Recami. Il ragazzo che leggeva Maigret
786 Bill James. Confessione
787 Roberto Bolaño. I detective selvaggi
788 Giorgio Scerbanenco. Nessuno è colpevole
789 Andrea Camilleri. La danza del gabbiano
790 Giuseppe Bonaviri. Notti sull'altura
791 Giuseppe Tornatore. Baarìa
792 Alicia Giménez-Bartlett. Una stanza tutta per gli altri
793 Furio Bordon. A gentile richiesta
794 Davide Camarrone. Questo è un uomo
795 Andrea Camilleri. La rizzagliata
796 Jacques Bonnet. I fantasmi delle biblioteche
797 Marek Edelman. C'era l'amore nel ghetto
798 Danilo Dolci. Banditi a Partinico
799 Vicki Baum. Grand Hotel
800
801 Anthony Trollope. Le ultime cronache del Barset

802 Arnoldo Foà. Autobiografia di un artista burbero
803 Herta Müller. Lo sguardo estraneo
804 Gianrico Carofiglio. Le perfezioni provvisorie
805 Gian Mauro Costa. Il libro di legno
806 Carlo Flamigni. Circostanze casuali
807 Maj Sjöwall, Per Wahlöö. L'uomo sul tetto
808 Herta Müller. Cristina e il suo doppio
809 Martin Suter. L'ultimo dei Weynfeldt
810 Andrea Camilleri. Il nipote del Negus
811 Teresa Solana. Scorciatoia per il paradiso
812 Francesco M. Cataluccio. Vado a vedere se di là è meglio
813 Allen S. Weiss. Baudelaire cerca gloria
814 Thornton Wilder. Idi di marzo
815 Esmahan Aykol. Hotel Bosforo
816 Davide Enia. Italia-Brasile 3 a 2
817 Giorgio Scerbanenco. L'antro dei filosofi
818 Pietro Grossi. Martini
819 Budd Schulberg. Fronte del porto
820 Andrea Camilleri. La caccia al tesoro
821 Marco Malvaldi. Il re dei giochi
822 Francisco García Pavón. Le sorelle scarlatte
823 Colin Dexter. L'ultima corsa per Woodstock
824 Augusto De Angelis. Sei donne e un libro
825 Giuseppe Bonaviri. L'enorme tempo
826 Bill James. Club
827 Alicia Giménez-Bartlett. Vita sentimentale di un camionista
828 Maj Sjöwall, Per Wahlöö. La camera chiusa
829 Andrea Molesini. Non tutti i bastardi sono di Vienna
830 Michèle Lesbre. Nina per caso
831 Herta Müller. In trappola
832 Hans Fallada. Ognuno muore solo
833 Andrea Camilleri. Il sorriso di Angelica
834 Eugenio Baroncelli. Mosche d'inverno
835 Margaret Doody. Aristotele e i delitti d'Egitto
836 Sergej Dovlatov. La filiale
837 Anthony Trollope. La vita oggi
838 Martin Suter. Com'è piccolo il mondo!
839 Marco Malvaldi. Odore di chiuso
840 Giorgio Scerbanenco. Il cane che parla
841 Festa per Elsa
842 Paul Léautaud. Amori
843 Claudio Coletta. Viale del Policlinico
844 Luigi Pirandello. Racconti per una sera a teatro